Medo
e outras histórias

Livros do autor na Coleção **L&PM** Pocket:

Brasil, um país do futuro

Stefan Zweig

Medo

e outras histórias

Tradução de Lya Luft e Pedro Süssekind

www.lpm.com.br

L&PM POCKET

Coleção **L&PM** Pocket, vol. 567

Título original: *Angst; Der Amokläufer; Schachnovelle*

Tradução: Lya Luft (Medo) e Pedro Süssekind (Amok e Xadrez)
Capa: Ivan Pinheiro Machado sobre foto de Paolo Pellegrin, Magnum Photos.
Revisão: Rosélis Pereira e Jó Saldanha

CIP-BRASIL. CATALOGAÇÃO-NA-FONTE
SINDICATO NACIONAL DOS EDITORES DE LIVROS, RJ.

Z96m   Zweig, Stefan, 1881-1942
          Medo e outras histórias / Stefan Zweig; tradução Lya Luft (Medo) e Pedro Süssekind (Amok e Xadrez). - Porto Alegre, RS : L&PM, 2007

          224 p. - (L&PM pocket ; v.567)

          Tradução de: *Angst; Der Amokläufer; Schachnovelle*

          ISBN 978-85-254-1228-7

          1. Novela alemã. I. Luft, Lya, 1938-. II. Süssekind, Pedro, 1973-. III. Título. IV. Título: Amok. V. Título: Xadrez. VI. Série.

06-4023.   CDD 833
                                          CDU 821.112.2-3

© WILLIAMS VERLAG, Zürich, 1976

Todos os direitos desta edição reservados a L&PM Editores
PORTO ALEGRE: Rua Comendador Coruja 314, loja 9 - 90220-180
                Floresta - RS / Fone: 51.3225.5777
PEDIDOS & DEPTO. COMERCIAL: vendas@lpm.com.br
FALE CONOSCO: info@lpm.com.br
www.lpm.com.br

Impresso no Brasil
Verão de 2007

Sumário

Medo / 7

Amok / 77

Xadrez / 147

Sobre o autor / 218

Medo

Tradução de Lya Luft

Quando descia as escadas do apartamento de seu amante, Irene foi outra vez dominada por um medo insensato. De súbito um círculo negro zunia diante de seus olhos, os joelhos congelaram-se numa paralisia horrenda, ela teve de agarrar-se rapidamente no corrimão para não cair para a frente. Não era a primeira vez que ousava aquela visita perigosa, esse calafrio repentino não lhe era estranho; apesar de tentar resistir interiormente, a cada volta para casa ela era vítima desses inexplicáveis ataques de um medo insensato e ridículo. Vir para aqueles encontros era muito mais fácil. Mandava o carro parar na esquina, corria depressa, e sem erguer os olhos, aqueles poucos passos até o portão da casa, e subia rapidamente os degraus sabendo que ele já esperava lá dentro, atrás da porta que se abria depressa, e esse primeiro medo, no qual também ardia a impaciência, desfazia-se ardente no abraço que a saudava. Quando era o caso de voltar para casa, porém, subia como um calafrio esse horror misterioso, confusamente mesclado com o calafrio da culpa e aquela fantasia louca de que todo olhar estranho na rua haveria de ler nela de onde vinha, reagindo com um sorriso atrevido à sua perturbação. Até os últimos minutos perto dele eram envenenados pela crescente inquietação desse pressentimento; quando ia partir, suas mãos tremiam de pressa nervosa, escutava distraída as palavras dele, defendendo-se precipitadamente dos restos da paixão dele;

sair, sair era o que tudo nela queria, sair do quarto dele, da casa, da aventura, voltando para o seu calmo mundo burguês. Mal se atrevia a olhar-se no espelho, temendo a desconfiança em seu próprio olhar; mas era preciso averiguar se nada em suas roupas revelava, pela desarrumação, a paixão daquelas horas. Então vinham ainda as últimas palavras, inutilmente apaziguadoras, que, de nervosa, ela mal ouvia, e aquele segundo à escuta atrás da porta para ver se ninguém subia ou descia pela escada. Mas o medo já esperava do lado de fora, impaciente por agarrá-la, e inibia tão imperiosamente o pulsar de seu coração que descia ofegante os poucos degraus até sentir faltarem-lhe as forças que reunira nervosamente.

Por um minuto ficou assim, parada, de olhos fechados, respirando avidamente o frescor penumbroso do patamar. Então uma porta bateu num andar superior, ela se retesou, assustada, e, fechando melhor involuntariamente com as mãos o denso véu, desceu correndo os últimos degraus. Agora restava a ameaça daquele terrível e derradeiro instante, o horror de sair de um portão estranho para a rua, talvez enfrentando a pergunta importuna de algum conhecido que passava querendo saber de onde ela vinha, e a perturbação e o perigo de uma mentira: ela baixou a cabeça como o saltador que toma impulso, e correu com súbita determinação para o portão entreaberto.

Lá se chocou duramente com uma mulher que obviamente queria entrar.

– Perdão – disse, constrangida, esforçando-se por passar depressa. Mas a criatura fechou-lhe o caminho da porta, encarando-a zangada e ao mesmo tempo com franco sarcasmo:

– Finalmente consegui pegar você! – berrou ela sem se importar, com voz grosseira. – Naturalmente uma dessas que se dizem decentes! Não se contenta com um homem só e o dinheiro dele e todas essas coisas; precisa roubar também o amante de uma pobre moça...

– Pelo amor de Deus... o que é que a senhora... a senhora está enganada... – gaguejou Irene com uma desajeitada tentativa de escapar, mas a criatura fechava a porta com seu corpo maciço, gritando-lhe na cara em tom estridente:

– Não, não estou enganada... conheço você... esteve com meu namorado Eduard... agora finalmente eu a peguei, agora sei por que ultimamente ele tem tão pouco tempo para mim... Por sua causa, então... sua ordinária!

– Pelo amor de Deus – interrompeu Irene, tentando apaziguá-la –, não grite desse jeito.

E involuntariamente voltou para o vestíbulo. A mulher a encarava ironicamente. Aquele medo trêmulo, aquele visível desamparo parecia de alguma forma fazer-lhe bem, pois agora examinava sua vítima com um sorriso confiante e de zombeteira satisfação. Sua voz ficou mais calma e quase bonachona na sua vulgaridade.

– Então são assim as mulheres casadas, as nobres, as finas, que vão roubar os homens das outras. Com véu, naturalmente, com véu para depois poderem bancar as mulheres decentes...

– O que... o que quer de mim? Se nem a conheço... Tenho de ir agora...

– Tem de ir... sim, claro... para junto do senhor seu marido... bancar a fina dama na sua sala aquecida, e deixar que as criadas lhe tirem as roupas... Mas se a gente está batendo as botas de fome, damas finas como você não se interessam por esse tipo de coisa... E ainda roubam a última coisa que temos, essas damas decentes...

Irene endireitou-se e, seguindo um instinto vago, meteu a mão na bolsinha e pegou todas as notas que pôde apanhar.

– Tome aqui... mas agora me deixe... nunca mais volto aqui... Juro.

A criatura pegou o dinheiro com um olhar mau.

– Vagabunda – murmurou.

Irene estremeceu ouvindo a palavra, mas viu que a outra liberava a porta e precipitou-se para fora, ofegante e atordoada, como um suicida saltando de uma torre. Enquanto ela se afastava correndo, os rostos que passavam lhe pareciam máscaras contorcidas; abriu caminho com dificuldade até um táxi estacionado na esquina. Jogou-se no banco do carro como um saco informe, sentia-se rígida e imóvel interiormente; e, quando o motorista perguntou à passageira esquisita para onde queria ir, ela o fitou por um momento sem entender, até que seu cérebro abalado pôde finalmente assimilar as palavras dele.

– Para a estação sul – disse então, rapidamente, e, com a súbita idéia de que aquela criatura a podia estar seguindo, acrescentou: – Depressa, depressa, ande depressa!

Só durante o trajeto ela realmente sentiu o quanto aquele encontro atingira seu coração. Apalpou as próprias mãos, duras e frias como coisas mortas penduradas em seu corpo, e de repente começou a tremer tanto que chegava a sacudir-se. Algo amargo rastejava pela sua garganta acima, sentiu náuseas e ao mesmo tempo uma raiva obtusa e insensata querendo rasgar seu peito lá bem no fundo, como numa câimbra. Quis gritar ou bater com os punhos, libertar-se do horror daquela lembrança que se prendera em seu cérebro como gancho, aquele rosto desfeito com o riso sarcástico, aquele ar de vulgaridade que vinha com o hálito mau da proletária, a boca ordinária que cuspira cheia de ódio palavras vulgares na sua cara, e o punho erguido, vermelho, com o qual a ameaçara. A sensação de náusea foi ficando cada vez mais intensa, o balanço do carro em disparada jogava-a de um lado para outro, quis pedir ao motorista que fosse um pouco mais devagar, quando lhe ocorreu, em tempo, que talvez não tivesse mais dinheiro suficiente, pois dera todas as notas à chantagista. Fez rapidamente sinal de parada e, com o motorista novamente espantado, desembarcou. Por sorte, o dinheiro que tinha sobrado dera para pagar a corrida até ali. Mas então se viu num bairro desconhecido, numa multidão de pessoas ocupadas que a magoavam fisicamente a cada palavra e olhar. E seus joelhos frouxos de medo a levavam com dificuldade, mas ela precisava ir para casa e, reunindo toda a sua energia, avançou de ruela em ruela com um esforço sobre-humano, como se chapinhasse num lodaçal ou na neve alta. Finalmente chegou em casa e subiu as escadas com uma pressa nervosa que logo controlou para que sua agitação não chamasse a atenção de ninguém.

Só agora, quando a criada lhe tirava o manto e quando ouviu no quarto ao lado seu filhinho brincando com a irmã menor, e seu olhar apaziguado abrangeu seus objetos, sua posse e seu abrigo, ela recuperou a aparência externa de controle, enquanto por baixo a onda de excitação ainda rolava dolorosamente no peito tenso. Tirou o véu, alisou o rosto com a determinação de parecer inocente e entrou na sala de jantar, onde o marido lia o jornal diante da mesa posta para a refeição da noite.

– Atrasada, atrasada, querida Irene – saudou ele com uma branda censura, levantou-se e beijou-a no rosto, o que lhe causou uma penosa sensação de vergonha.

Sentaram-se à mesa e, indiferente, mal se desligando do jornal, ele perguntou:

– Onde andou tanto tempo?

– Eu estava... estava... com Amélia... que tinha coisas a fazer... e eu fui com ela – completou Irene, já irada pela maneira impensada com que mentira. Normalmente sempre se prevenia com alguma mentira cuidadosamente arquitetada que desafiasse todas as possibilidades de verificação, mas naquele dia o medo a fizera esquecer isso, forçando-a a uma improvisação desajeitada. E, de repente, pensou, e se o marido telefonasse para conferir, como vira acontecer numa peça de teatro a que assistira recentemente?

– Mas o que foi?... Você parece tão nervosa... e por que não tira o chapéu? – perguntou o marido. Ela sobressaltou-se, mais uma vez flagrada em seu constrangimento, levantou-se depressa, foi até o quarto para tirar o chapéu, e no espelho fitou seus próprios olhos inquietos até parecerem outra vez firmes e seguros. Depois voltou à sala de jantar.

A empregada veio com a refeição, e foi mais uma noite como todas as outras, talvez um pouco mais calada e menos animada do que habitualmente, uma noite com conversas pobres, cansadas, muitas vezes trôpegas. Os pensamentos dela retornavam incessantemente pelo caminho e sempre se assustavam quando chegavam àqueles minutos na horrenda presença da chantagista: ela erguia o olhar para sentir-se abrigada, tocava com ele ternamente cada um dos objetos espalhados pela sala segundo sua lembrança e importância, e uma leve tranqüilidade retornava. E o relógio na parede, varando o silêncio com seu confortável passo de aço, devolveu imperceptivelmente ao coração dela algo de seu próprio ritmo regular, seguro e despreocupado.

***

Na manhã seguinte, quando o marido estava no escritório e as crianças tinham ido passear, e ela finalmente ficou a sós consigo mesma, aquele encontro pavoroso, visto em retrospectiva na clara luz da manhã, perdeu muito do que tinha de assustador. Irene recordou que seu véu era muito denso e que aquela criatura não devia ter distinguido bem suas feições, nem as reconheceria. Ponderou com calma todas as medidas a tomar para prevenir-se. De modo algum voltaria a procurar o amante na casa dele – e com isso certamente removia-se a mais provável causa de nova surpresa. Portanto, restava apenas o perigo de reencontrar a criatura por acaso, mas mesmo isso era improvável, pois partira de carro e a outra não a poderia ter seguido. Ela não sabia o nome nem o endereço de Irene e não havia por que temer qualquer outro modo de identificação, uma vez que seu rosto permanecera indistinto. Mas mesmo para esse caso extremo Irene estava preparada. Então, já livre do torno do medo que a apertara, decidiu que simplesmente manteria a calma, negando tudo, protestando friamente que era um engano, e, como era quase impossível obter prova daquela visita, eventualmente poderia acusar a criatura de chantagista. Não era em vão que Irene era esposa de um dos mais famosos defensores do distrito; conhecia o suficiente das conversas dele com os colegas para saber que chantagens somente podiam ser eliminadas com atitude imediata e grande sangue-frio, porque cada hesitação, cada demonstração de inquietação por parte do perseguido apenas aumentaria a superioridade do adversário.

A primeira medida foi uma breve carta ao amante dizendo que não poderia ir ao seu encontro no outro dia, à hora marcada, nem nos dias seguintes. Relendo o bilhete em que pela primeira vez disfarçou sua letra, achou-o um tanto frio, e já queria substituir as palavras casuais por outras mais íntimas, quando se lembrou do dia anterior e da raiva a que inconscientemente atribuía a frieza daquelas linhas. Seu orgulho estava instigado pela penosa revelação de ter substituído nas graças do amante uma antecessora tão indigna e ordinária, e, analisando com raiva as palavras que escrevera, alegrou-se, vingativa, com a maneira fria com que de certa forma conferia às suas visitas uma espécie de aura de humor condescendente.

Conhecera o rapaz, um pianista famoso num círculo ainda limitado, em uma reunião à noite, e pouco depois, sem querer direito e quase sem entender, tornara-se sua amante. Nada em seu sangue na verdade desejara o dele, nada sensual e pouca coisa emocional a ligara ao corpo dele: ela se entregara sem precisar dele, sem o desejar intensamente, por uma certa preguiça de resistir-lhe à vontade, e uma espécie de curiosidade inquieta. Nada nela, nem seu sangue plenamente satisfeito com a felicidade conjugal, nem a sensação tão freqüente em mulheres de que seus interesses emocionais estão morrendo à míngua, fizera-a sentir necessidade de um amante; ela era perfeitamente feliz junto de seu marido rico, intelectualmente superior a ela, com os dois filhos, aninhada e contente na calmaria de sua existência confortável. Mas existe um relaxamento da atmosfera que torna as pessoas tão sensuais quanto o calor ou a tempestade, um equilíbrio de felicidade que é mais excitante do que a desgraça, e para muitas mulheres a ausência de desejos é tão funesta quanto uma insatisfação duradoura é funesta pela falta de esperança. A saciedade não excita menos do que a fome, e a sua vida segura e protegida a deixava curiosa por aventuras. Em parte alguma de sua vida havia resistências. Onde quer que pusesse a mão, pegava em algo macio; estava cercada de cuidados, carinho, amor morno e respeito doméstico, e, sem adivinhar que essa existência comedida nunca é determinada por coisas exteriores, mas é sempre, apenas, reflexo de um isolamento interior, ela de alguma forma sentia que esse conforto lhe roubava algo da vida real.

Agora que se aproximava dos trinta anos, voltavam a despertar seus vagos sonhos de mocinha com o grande amor e o êxtase da emoção, adormecidos pelo amigável apaziguamento dos primeiros anos de casada e pelo alegre encantamento da maternidade, e, como qualquer mulher, ela se julgava capaz de uma grande paixão sem a coragem de a experimentar, nem de pagar pela aventura seu verdadeiro preço, o perigo. Quando, num desses momentos de uma satisfação que ela própria não conseguia aumentar, aquele jovem se aproximara dela com desejo intenso e indisfarçado e, rodeado pelo romantismo da arte, entrara no seu mundo burguês, onde habitualmente os homens festejavam a "bela mulher" que ela era apenas com brincadeiras sem graça e pequenas coqueterias, sem jamais desejarem a sério a fêmea que havia nela, pela primeira vez desde seus tempos de mocinha Irene se sentiu intimamente excitada. Talvez nada a atraísse na maneira dele além de uma sombra de melancolia que pairava sobre seu rosto quem sabe um pouco interessante demais, e daquela postura melancólica com a qual ele atacava um (bem ensaiado) *impromptu*. Para ela, que se sentia rodeada apenas de pessoas saciadas e burguesas, havia nessa tristeza uma antevisão do mundo mais elevado que aparecia colorido nos livros e que se movia, romântico, nas peças de teatro, e involuntariamente ela se debruçou sobre a beirada de seus sentimentos cotidianos para contemplá-lo. Um elogio talvez mais ardente do que seria adequado, num segundo de arrebatamento, fez com que ele erguesse os olhos do piano para a mulher e já esse primeiro olhar a assediou.

Ela assustou-se e sentiu ao mesmo tempo a sensualidade de todo o medo: um diálogo, no qual tudo parecia iluminado e aquecido por chamas subterrâneas, ocupou e excitou muito a sua curiosidade já animada, tanto que não fugiu de outro encontro num concerto público. Depois viram-se mais vezes, e em breve não era apenas por acaso. A vaidade por sentir que ela, até ali dando pouco valor a seus próprios julgamentos musicais, e com razão negando qualquer importância ao seu senso artístico, pudesse ser a que compreendia e aconselhava o verdadeiro artista – o que ele afirmou várias vezes – fez com que poucas semanas depois ela confiasse precipitadamente na sugestão dele de querer tocar sua mais nova composição para ela, e só para ela, em sua própria casa – promessa que talvez na intenção dele fosse mais ou menos sincera, mas que sucumbiu entre os beijos e por fim na surpresa da entrega dela.

Sua primeira sensação foi de susto com aquela inesperada mudança para o sensual, o calafrio misterioso que envolvia essa relação logo se rompeu, e a culpa por aquele adultério não-desejado só se acalmou em parte pela vaidade que lhe fazia cócegas, porque pela primeira vez, como pensava, por decisão própria, desafiava o mundo burguês em que vivia. O calafrio de sua primeira ação má, que nos primeiros dias a assustava, transformou sua vaidade em orgulho. Mas também essas excitações misteriosas só eram plenas nos primeiros momentos. No fundo, seu instinto se revoltava contra aquele homem e sobretudo contra o novo que havia nele, o diferente, aquilo que na verdade seduzira a sua curiosidade. A extravagância das roupas, o jeito cigano de sua moradia, sua vida financeira desregrada sempre oscilando entre esbanjamento e constrangimento eram antipáticos aos seus sentimentos burgueses; como a maioria das mulheres, ela queria o artista de um modo muito romântico, de longe, num convívio muito cortês, um cintilante animal de rapina, mas atrás das grades de ferro da moral. A paixão que a embriagava quando ele estava tocando inquietava-a quando ele estava fisicamente perto; na verdade ela não queria esses abraços súbitos e imperiosos, cuja desconsideração egoísta sem querer comparava com o ardor do marido, que depois de todos aqueles anos ainda era tímido e cheio de veneração.

Mas agora que a traição fora cometida sempre voltava a ele, nem feliz nem decepcionada, mas por certa sensação de dever e pela indolência do hábito. Era uma dessas mulheres, comuns mesmo entre as levianas e até as prostitutas, cuja concepção burguesa de vida é tão forte que até no adultério colocam uma ordem, e no excesso uma espécie de domesticidade, buscando revestir os mais estranhos sentimentos com a máscara paciente do cotidiano. Em poucas semanas ela colocou seu jovem amante num lugar ordenado de sua vida, destinou-lhe como a seus sogros um dia da semana, e com essa nova relação não renunciava a nada de sua ordem antiga, apenas acrescentava algo à sua vida. Em breve esse amante já não alterava o confortável mecanismo de sua existência, tornando-se uma excrescência da sua equilibrada felicidade, como um terceiro filho ou um automóvel, e em breve a aventura lhe pareceu tão banal quanto um prazer permitido.

Mas da primeira vez em que teve de pagar pela aventura o seu verdadeiro preço, o perigo, começou a calcular de maneira mesquinha o seu valor. Mimada pelo destino, acarinhada pela família, quase sem ter o que desejar por causa das condições financeiras favoráveis, o primeiro desconforto já parecia excessivo à sua sensibilidade. Imediatamente recusou-se a ceder algo de sua despreocupação espiritual, e na verdade estava disposta a sacrificar, sem refletir, o amante à comodidade.

A resposta dele, uma carta assustada, nervosa e repleta de hesitações, que um mensageiro trouxera na mesma tarde, uma carta que suplicava, perturbada, queixava-se e acusava, abalou outra vez sua decisão de terminar com a aventura, pois a avidez dele lisonjeava sua vaidade, o desespero dele a deixava encantada. O amante insistia em pelo menos um breve encontro para tentar esclarecer sua culpa caso a tivesse ofendido sem saber, e esse novo jogo fez com que quisesse continuar fazendo-se de ofendida, tornando-se ainda mais desejável pela recusa. Agora estava mergulhada em algo excitante, e isso, como a todas as pessoas interiormente frias, fazia-lhe bem, essa sensação de estar rodeada pelo incêndio da paixão, mas sem arder. Então convidou-o a uma confeitaria, da qual de repente se lembrou, pois quando mocinha tivera lá um encontro com um ator, encontro que agora lhe parecia infantil por ter sido tão respeitoso e superficial. Estranho, sorriu de si para si, que o romantismo começasse a florir de novo em sua vida agora, depois de ter murchado em todos os anos de seu casamento. E já quase se alegrava intimamente pelo encontro com aquela mulher vulgar do dia anterior, que lhe causara de novo uma emoção real, tão forte e estimulante que seus nervos habitualmente relaxados ainda vibravam subterraneamente.

Desta vez pegou um vestido escuro e pouco chamativo e outro chapéu, para confundir a memória da criatura, caso a encontrasse. Tinha o véu preparado para dissimular-se, mas num súbito ímpeto desafiador deixou-o de lado. Acaso ela, uma mulher respeitada, deveria ter medo de sair à rua por receio de uma pessoa que nem conhecia? E já ao medo do perigo se misturava uma instigante, estranha atração, um prazer belicoso e perigosamente excitante parecido com o de quem sente nos dedos a fria lâmina de um punhal ou fita a boca do cano de um revólver em cujo ventre negro se instalou a morte, comprimida. Nesse calafrio de aventura havia algo inusitado em sua vida protegida que a atraía como num jogo, uma sensação que agora esticava maravilhosamente seus nervos fazendo correr faíscas elétricas em seu sangue.

Um medo breve perpassou-a só no primeiro momento em que saiu à rua; um calafrio nervoso e gelado como quando colocamos a ponta do pé na água para ver sua temperatura antes de nos entregarmos às ondas. Mas esse frio a atingiu apenas um momento; depois, de repente, rumorejava nela uma rara alegria de viver, o prazer de estar caminhando com um passo firme, elástico e tenso que nem conhecia. Quase lhe deu pena que a confeitaria ficasse tão perto, pois agora a vontade era prosseguir ritmicamente na magnética e misteriosa sensação de aventura. Mas o tempo que destinara àquele encontro era curto, e uma agradável impressão de segurança lhe dizia que o amante já esperava por ela.

Estava sentado a um canto quando ela entrou, e levantou-se de um salto, com uma excitação que lhe foi a um tempo agradável e penosa. Teve de pedir-lhe que falasse mais baixo, tão ardentemente brotava do tumulto da excitação dele um redemoinho de perguntas e acusações. Sem mencionar o verdadeiro motivo de sua ausência, ela brincou com alusões que o instigaram ainda mais por serem imprecisas. Desta vez permaneceu inalcançável aos desejos dele, e hesitou até mesmo em fazer-lhe promessas, porque sentia o quanto o instigavam essa recusa e fuga repentinas... E quando depois de meia hora de diálogo acalorado, ela o deixou sem pelo menos lhe dar ou prometer alguma carícia, ardia internamente numa sensação muito singular, que só conhecera em mocinha. Era como se uma chamazinha crepitando brilhasse bem no fundo e só aguardasse o vento soprar para o fogo se fechar sobre sua cabeça. Levava consigo, ao passar rapidamente, cada olhar que lhe lançavam na ruela, e o inesperado sucesso representado por muitos desses apelos masculinos de repente atiçou de tal maneira a curiosidade por seu próprio rosto que parou diante do espelho da vitrine de uma florista para contemplar sua própria beleza na moldura de rosas vermelhas e violetas cintilantes de orvalho. Encarou-se com olhar faiscante, leve e jovem, uma boca sensualmente entreaberta sorria-lhe satisfeita, e sentia o corpo alado quando continuou a andar; o anseio por algo que lhe descarregasse a tensão física, dança ou tumulto, desfez o ritmo habitualmente comedido de seu caminhar, e só a contragosto escutou da igreja de São Miguel, pela qual passava rapidamente, o toque da hora chamando-a para casa, para o seu estreito mundo ordenado. Desde seus dias de jovenzinha não se sentia tão leve, sentidos tão agitados, pois nem os primeiros dias do casamento nem os abraços do amante tinham espicaçado tanto seu corpo, e era intolerável a idéia de já agora desperdiçar em horas regradas toda essa singular leveza, essa doce embriaguez do sangue. Parou mais uma vez, hesitante, na frente de sua casa, respirando com peito amplo esse ar quente, a perturbação dessa hora, para sentir bem fundo no coração essa última onda de aventura, que já morria.

Então alguém lhe tocou o ombro. Ela se virou.

– O que... o que é que você quer outra vez? – gaguejou mortalmente assustada, pois de repente via aquele rosto odiado, e assustou-se ainda mais ouvindo-se dizer aquelas palavras funestas. Tomara o propósito de não reconhecer mais aquela mulher se alguma vez se encontrassem, de negar tudo, enfrentando cara a cara a chantagista... E agora era tarde demais.

– Estou esperando há meia hora, senhora Wagner.

Irene estremeceu ouvindo o seu nome. A criatura sabia seu nome, seu endereço. Agora tudo estava perdido, entregue sem salvação nas mãos da outra. Tinha nos lábios as palavras cuidadosamente preparadas e calculadas, mas sua língua estava paralisada e sem forças para emitir um som.

– Faz meia hora que estou esperando, senhora Wagner.

A criatura repetiu as palavras, ameaçadoras como uma acusação.

– O que quer... o que quer de mim...

– A senhora sabe, senhora Wagner. – Irene estremeceu de novo ouvindo seu nome. – Sabe muito bem por que estou aqui.

– Eu nunca mais me encontrei com ele... agora me deixe... nunca mais o verei... nunca...

A criatura esperou calmamente, até que, nervosa, Irene não conseguiu mais falar. Então disse, grosseira como se falasse com um subalterno:

– Não minta! Eu a segui até a confeitaria... – e, vendo Irene recuar, acrescentou, sarcástica: – Afinal eu não tenho compromissos. Fui despedida da loja por falta de trabalho, segundo disseram, e porque os tempos estão ruins. Bom, então gente como nós aproveita para também passear um pouco... como as mulheres decentes.

Disse isso com uma maldade fria que perfurou o coração de Irene. Ela se sentia desamparada diante da brutalidade dessa pessoa vulgar, e sentia cada vez mais medo de que a criatura falasse alto e seu marido passasse por ali, pois então tudo estaria perdido. Rapidamente apalpou dentro do seu regalo, abriu a bolsa de prata e tirou todo o dinheiro que seus dedos conseguiram agarrar. Meteu-o com nojo na mão insolente que já se estendia devagar, certa do lucro.

Mas dessa vez a mão insolente não se recolheu assim que sentiu o dinheiro, humilde como da outra vez, mas ficou hirta no ar, aberta como garras.

– Me dê também a bolsinha de prata para eu não perder o dinheiro! – e da boca zombeteira saiu uma risada baixa e rouca.

Irene fitou os olhos dela, mas só um segundo. Aquele sarcasmo malcriado e ordinário era insuportável. A repulsa varou todo o seu corpo como uma dor ardente. Fugir, fugir, nunca mais ver aquele rosto! Virando-se para o outro lado, com gesto rápido estendeu a bolsa cara, e depois, perseguida pelo horror, correu escadas acima.

O marido ainda não estava em casa, de modo que pôde jogar-se no sofá. Ficou deitada imóvel, como atingida por um martelo; só pelos dedos corria um tremor louco sacudindo o braço até os ombros, mas não conseguia se defender da violência do horror desencadeado. Só quando ouviu a voz do marido lá fora é que se controlou, com enorme esforço, e arrastou-se para outro aposento com movimentos automáticos e sentidos mortos.

***

Agora o horror estava instalado em sua casa e não saía dos quartos. Nas muitas horas vazias que lhe traziam de volta à memória, em ondas, aquele encontro medonho, entendeu claramente que não havia saída. Aquela criatura sabia – ela não podia entender como – o nome dela, seu endereço e, como as primeiras tentativas tinham dado tão certo, agora sem dúvida não pouparia meios de aproveitar sua cumplicidade tornando a chantagem permanente. Anos e anos a fio pesaria sobre sua vida como um pesadelo impossível de remover nem com o mais desesperado esforço, pois, embora rica e esposa de um homem de fortuna, Irene não conseguiria obter sem falar com o marido uma quantia tão grande que a livrasse definitivamente daquela criatura. E além disso – isso ela sabia de relatos casuais de seu marido e de seus processos – os acordos e promessas de gente tão desonrada e pérfida como aquela não valiam nada. Por um mês ou dois, talvez, ela calculava, ainda poderia manter a desgraça afastada; depois o castelo artificial de sua felicidade doméstica desabaria, e pouca satisfação oferecia a certeza de que na queda arrastaria a chantagista consigo. Pois o que eram seis meses de prisão para aquela pessoa ordinária que certamente já fora condenada antes, em comparação com a existência que ela própria estava perdendo, sabendo, com horror, que era a única possível para ela? Iniciar uma existência nova, desonrada e sua, parecia-lhe inconcebível, pois até ali sempre fora presenteada pela vida, não tendo construído pessoalmente nem uma parcela de seu próprio destino. E além do mais ali estavam seus filhos, ali estava seu marido, ali era seu lar, todas as coisas que só agora que as iria perder realmente percebia o quanto eram parte e essência de sua vida interior. Tudo isso que antes ela apenas roçava com o vestido de repente lhe parecia espantosamente necessário, e era impensável, irreal como um sonho, que uma desconhecida vagabunda, à espreita em algum lugar na rua, tivesse o poder de rebentar com uma única palavra aquele ambiente cálido.

Não havia como remover essa fatalidade, disso ela tinha uma certeza medonha, fugir era impossível. Mas o que... o que iria acontecer? Da manhã à noite ela remexia essa pergunta. Um dia o marido receberia uma carta, já o via entrar, pálido, olhar sombrio, pegando-a pelo braço e perguntando... mas então... que aconteceria então? O que ele faria? Neste ponto as imagens se perdiam no escuro de um medo confuso e cruel. Ela não sabia mais como continuar, e suas suspeitas se precipitavam, vertiginosas, no insondável. Mas nessas especulações uma coisa era cruelmente certa: na verdade, pouco conhecia o marido e era incapaz de calcular suas reações. Casara-se com ele por sugestão dos pais, mas sem resistir, e com uma simpatia agradável que os anos não tinham decepcionado, e vivera a seu lado oito anos de felicidade tranquila e confortável; tinha filhos dele, um lar, e incontáveis horas de comunhão física, mas só agora, indagando qual seria o seu comportamento, entendeu como ele lhe permanecera distante e desconhecido. Nas memórias febris com que examinava os últimos anos como se lançasse sobre eles holofotes fantasmagóricos, descobriu que nunca pesquisara a verdadeira natureza dele, e depois de anos nem ao menos sabia se ele era duro ou condescendente, severo ou sensível. Com um sentimento de culpa funestamente tardio despertado pelo grave medo por sua existência, teve de admitir que só conhecia o lado superficial e social da natureza dele, não o interior, do qual naquela hora trágica teria de brotar a decisão. Involuntariamente, começou a procurar pequenos traços e alusões, e a lembrar como, em conversas com ela, ele julgara questões parecidas, e, para seu dolorido espanto, notou que ele quase nunca lhe falara sobre suas opiniões pessoais; e, por outro lado, que ela também jamais lhe dirigira perguntas desse tipo. Só agora começava a avaliar toda a vida dele, em traços isolados que pudessem definir-lhe o caráter. O medo dela batia com seu tímido martelo em cada pequena lembrança, para penetrar nas câmaras secretas do coração dele.

Passou a espreitar suas menores manifestações e aguardava febrilmente sua chegada. Seu cumprimento mal lhe roçava o rosto, mas nos seus gestos – como beijava a mão dela ou acariciava seu cabelo com os dedos – ela pensava ver uma ternura que, embora evitando atitudes tempestuosas, podia significar um profundo afeto. Ele sempre era comedido ao falar com ela, nunca impaciente ou nervoso; todo o seu comportamento era de uma amabilidade sossegada, mas, começava ela a suspeitar, pouco diferente daquela com que tratava os criados e certamente menor do que o seu jeito de tratar as crianças, sempre animado, ora alegre, ora apaixonado. Também nesse dia ele se informou minuciosamente dos assuntos domésticos para dar a ela oportunidade de revelar-lhe seus interesses, mas ocultando os dele; e pela primeira vez ela descobriu, porque o observava, o quanto ele a poupava, com que discrição se esforçava por se adaptar às conversas cotidianas dela – cuja inofensiva banalidade de repente ela reconheceu com horror. Mas de si mesmo ele nada revelou ao falar, e a curiosidade dela, ansiosa por algo que a acalmasse, não foi satisfeita.

Então, como as palavras não o traíam, ela interrogou seu rosto, agora que estava sentado em sua poltrona lendo um livro, bem iluminado pela luz elétrica. Analisou o semblante dele como o de um estranho, procurou os traços familiares mas subitamente desconhecidos do caráter dele, que os oito anos de vida em comum tinham ocultado à indiferença dela. A fronte era clara e nobre, com marcas de força intelectual, mas a boca era severa e implacável. Tudo nos traços muito viris era tenso, era energia e força: espantada por descobrir beleza neles, e com certa admiração, ela contemplava aquela gravidade reservada, aquela visível aspereza dele, que até então, simplória, apenas considerara pouco interessante e teria alegremente trocado por maior animação social. Mas os olhos, nos quais devia estar encerrado o verdadeiro segredo, estavam baixados sobre o livro, portanto ocultos à sua contemplação. Podia apenas fitar interrogativamente o perfil, como se aquela linha sinuosa significasse uma única palavra de perdão ou condenação, esse perfil desconhecido cuja dureza a assustava, mas em cuja determinação pela primeira vez percebia uma beleza singular. De repente sentiu que gostava de olhar para ele, com prazer e orgulho. Alguma coisa se crispou doloridamente dentro dela no despertar dessa sensação, pena por algo que desperdiçara, uma tensão quase sensual que não recordava ter jamais obtido com tamanha intensidade do corpo dele. Então ele ergueu os olhos do livro. Ela se recolheu depressa no escuro para não acender, com a ardente pergunta de seu olhar, a suspeita dele.

***

Há três dias não saía de casa. E já notava com desconforto que sua presença, de repente tão constante, chamava a atenção dos outros, pois era raro que ficasse em casa muitas horas, quanto mais vários dias. Com pouca inclinação para a vida doméstica, dispensada das pequenas preocupações de administrar a casa por ser materialmente independente, entediada consigo mesma, para ela a casa era pouco mais do que um transitório local de repouso, e a rua, o teatro, as reuniões sociais com seus encontros divertidos, o eterno fluxo de mudanças exteriores, eram seu lugar preferido, porque ali o prazer não exigia qualquer esforço interior, e, com as emoções meio adormecidas, os sentidos percebem mais excitações. Irene pertencia em todo o seu modo de pensar àquela elegante comunidade da burguesia vienense, cujo dia parecia ordenar-se segundo algum acordo secreto que determinava que todos os membros dessa liga invisível se encontrassem incessantemente à mesma hora com os mesmos interesses, e aos poucos o sentido de suas existências fosse esse eterno observar-se e encontrar-se. Agora, sozinha consigo mesma e isolada, sua vida, habituada ao convívio indiferente, perdia toda a sustentação: sem seu alimento habitual de sensações extremamente insignificantes, mas mesmo assim indispensáveis, os sentidos se rebelavam, e em breve estar sozinha produziu uma nervosa hostilidade contra si mesma. Sentia o tempo pesar sobre ela mesma, infinito; as horas sem sua costumeira ocupação perderam todo o significado. Andava de um lado para outro em seus aposentos, ociosa e nervosa como entre as paredes de uma masmorra; as ruas, o mundo, que eram sua verdadeira vida, estavam proibidos, a chantagista postava-se ali ameaçadora como o anjo com a espada de fogo.

    Os primeiros a notar a mudança foram os filhos, especialmente o menino, mais velho, que expressava com constrangedora ingenuidade seu espanto por ver a mamãe tanto tempo em casa, e os criados apenas murmuravam comentando suas suspeitas com a governanta. Em vão ela se esforçou por desculpar sua chamativa presença com as mais diversas necessidades que em parte inventava com bastante felicidade – mas exatamente esse lado artificial de suas explicações mostrou-lhe o quanto se tornara inútil em seu próprio meio, por causa desses muitos anos de indiferença. Onde quer que quisesse fazer alguma coisa, topava com a resistência de interesses estranhos que rejeitavam suas súbitas tentativas como sendo uma intromissão insolente em direitos adquiridos. Todos os lugares estavam ocupados; por falta de hábito, ela era um corpo estranho no organismo de sua própria casa. Portanto, não sabia o que fazer consigo mesma nem com o tempo, e até as tentativas de se aproximar das crianças falhavam, pois consideravam o seu súbito interesse um controle aborrecido, e sentiu-se corar, envergonhada, quando numa dessas tentativas de vigiá-los o menino de sete anos lhe perguntou, malcriado, por que, afinal, ela já não ia mais passear. Por toda parte onde quisesse ajudar, só perturbava a ordem, e onde se interessava, despertava suspeitas. Além disso, faltava-lhe capacidade de tornar menos visível aquela sua presença constante através de uma discrição inteligente, permanecendo calma em seu quarto com um livro ou algum trabalho; o medo que, como toda emoção mais forte, nela se transformava em nervosismo, perseguia-a fazendo-a correr incessantemente de um aposento a outro. Sobressaltava-se a cada chamada do telefone, a cada toque de campainha na porta, e sempre se apanhava espiando a rua atrás das cortinas, faminta por gente ou pelo menos por vê-la, nostálgica por liberdade e mesmo com muito medo de subitamente ver, entre os rostos que passavam, olhando para cima, aquele que a perseguia até em sonhos. Sentia sua calma existência de repente desfazer-se e diluir-se, pressentia a ruína de toda a sua vida. Aqueles três dias na prisão do quarto lhe pareceram mais longos do que os oito anos de seu casamento.

Mas semanas atrás ela aceitara, junto com o marido, um convite para a terceira noite, que agora seria impossível recusar sem motivo adequado. Além disso, as grades invisíveis de horror erguidas em torno de sua vida precisavam ser quebradas para ela não sucumbir. Precisava de gente, algumas horas de descanso de si mesma e daquele isolamento suicida do medo. E, além do mais, onde estaria mais abrigada do que na casa de outras pessoas, de amigos? Onde estaria mais segura contra aquela perseguição invisível que rondava seus caminhos? O calafrio durou apenas um segundo, o breve segundo em que saía da casa – pela primeira vez desde aquele encontro voltava à rua onde a criatura podia estar à espreita em qualquer canto. Pegou sem notar o braço do marido, fechou os olhos e deu rapidamente os poucos passos da calçada até o carro que esperava, mas depois, abrigada ao lado do marido, o automóvel disparando pelas ruas noturnas e desertas, aquele peso interior se desfez, e subindo os degraus da casa dos outros sabia que estava protegida.

Por algumas horas, podia novamente ser como fora por muitos anos: despreocupada, alegre, com a alegria intensa e consciente de quem sai das paredes do cárcere para a luz do sol. Ali havia paredes que a protegiam de toda a perseguição, o ódio ali não podia entrar; ali havia só pessoas que a amavam, sem intenção alguma; ali estava cercada das fagulhas rubras da leviandade, uma ciranda de prazeres que enfim voltava a rodeá-la. Pois ao entrar percebia pelos olhares dos outros que estava bonita, e seria ainda mais bela pela sensação consciente há tanto tempo desejada. Como aquilo fazia bem depois de todos os dias de silêncio em que sentira o arado cortante daquele único pensamento lavrar seu cérebro de maneira estéril, tudo nela machucado e dolorido! Como fazia bem voltar a ouvir palavras lisonjeiras, crepitando, elétricas e animadoras até embaixo da pele, fazendo o sangue disparar. Lá ficou, parada, olhando fixo, algo em seu peito se agitava e queria sair. De repente, soube que era o nosso encarcerado querendo libertar-se. E estourou como uma rolha de garrafa de champanhe, deu cambalhotas pequenas, e ela ria e ria, e de vez em quando envergonhava-se daquela euforia de bacante, mas no momento seguinte voltava a rir. Em seus nervos relaxados vibrava a eletricidade, todos os sentidos estavam excitados, fortes e saudáveis; pela primeira vez em vários dias ela comeu com fome verdadeira e bebeu como quem morre de sede.

Sua alma ressequida, sequiosa por gente, bebia vida e prazer. Ao lado, havia música que chamava e penetrava fundo sob sua pele em fogo. Começava a dança e sem perceber ela já estava no meio do torvelinho. Dançou como nunca na vida. Aquele giro vertiginoso expulsou dela todo o peso, o ritmo crescia em seu corpo, conferindo-lhe um movimento fogoso. Se a música parava, ela sentia o silêncio como uma dor, a serpente da inquietação começava a colear em seus membros trêmulos, e lançava-se de volta no torvelinho como num banho, numa água que a lavasse, fresca e apaziguadora. Normalmente fora apenas uma dançarina medíocre, controlada demais, contida demais, movimentos demasiadamente rígidos e cuidadosos; mas aquela ebriedade de alegria desencadeada desfez toda a inibição física. Uma fita de aço de vergonha e circunspeção que habitualmente fixava suas mais loucas paixões rasgava-se ao meio, e ela se sentia desfeita, solta, inquieta, feliz. Sentia braços e mãos ao seu redor, toques e afastamentos, sopro de palavras, cócega de risos, música vibrando em seu sangue, todo o corpo tenso, tão tenso que suas roupas ardiam no corpo e ela teria gostado de arrancar todos os trajes e sentir melhor essa vertigem no corpo nu.

– Irene, o que foi? – Ela virou-se cambaleando e de olhos risonhos, ainda ardente dos abraços do parceiro. Então, duro e frio, o olhar fixo e espantado do marido perfurou seu coração. Ela se assustou. Estava louca demais? Sua intensidade traíra alguma coisa?

– O que... que quer dizer com isso, Fritz? – gaguejou, admirada com o olhar penetrante dele, que parecia entrar cada vez mais fundo e que ela já sentia no coração. Quis gritar diante da determinação perquiridora desse olhar.

– Estranho – murmurou ele por fim. Nessa voz havia um assombro vago. Ela não ousou perguntar a que ele se referia. Mas um calafrio percorreu seus membros quando ele se afastou sem dizer mais nada e ela viu seus ombros largos, duros e grandes, sobre eles um pescoço férreo e tenso. Como de um assassino, pensou de repente, absurdamente, e afastou a idéia. Como se o visse pela primeira vez, a seu próprio marido... só agora sentia, horrorizada, que ele era forte e perigoso.

A música recomeçou. Um cavalheiro veio até ela, que pegou seu braço mecanicamente. Mas agora tudo estava mais desbotado, a melodia clara já não conseguia levantar seus membros hirtos. Um peso soturno crescia nela vindo do coração e atingindo os pés: cada passo lhe doía. E teve de pedir ao parceiro que a liberasse. Involuntariamente olhou em torno, ao recuar, para ver se o marido estava por perto. E assustou-se. Ele estava parado bem atrás dela como se aguardasse, e mais uma vez o seu olhar chocou-se com o dela. O que queria? Quanto já saberia? Fechou sem sentir o decote do vestido, como se precisasse proteger dele o peito nu. O silêncio dele era tão obstinado quanto o seu olhar.

– Vamos? – perguntou ela, medrosamente.
– Sim.

A voz dele soou dura e hostil. Ele foi na frente. Ela viu mais uma vez a nuca larga e ameaçadora. Vestiram-lhe o casacão de peles, mas mesmo assim ela sentia frio. Rodaram no carro em silêncio. Ela não ousava dizer uma palavra. Sentia vagamente um novo perigo. Agora estava encurralada.

***

Nessa noite teve um sonho opressivo. Ouvia-se uma música desconhecida, o salão era claro e de teto alto; ela entrou, muitas pessoas e cores se misturavam aos movimentos dela; então, um jovem a quem vagamente pensou conhecer aproximou-se. Pegou-lhe o braço e dançaram. Sentia-se bem, suave, uma só onda de música a erguia no alto e nem sentia mais o chão, e assim dançaram por muitos salões nos quais lustres dourados bem em cima sustentavam chamazinhas como estrelas, e muitos espelhos de parede a parede lhe devolviam seu próprio sorriso, levando-a mais longe em reflexos infinitos. A dança era cada vez mais alada, a música, cada vez mais ardente. Notou que o jovem se apertava mais contra o seu corpo, sua mão se enterrava no braço dela, nu, fazendo-a gemer de um prazer doloroso, e agora que seus olhos mergulhavam nos dele pensou reconhecê-lo. Parecia um ator a quem amara de longe quando menina; quis pronunciar seu nome, feliz, mas ele lhe fechou a boca e abafou seu pequeno grito com um beijo ardente. E assim, lábios unidos, um só corpo queimando, voaram pelos aposentos como se um vento feliz os carregasse. As paredes passavam em disparada, ela não sentia mais o teto que se erguia, nem o tempo; estava indizivelmente leve e de membros soltos. De repente alguém tocou seu ombro. Ela parou, e com ela a música, as luzes apagaram-se, as paredes aproximaram-se negras, o dançarino sumia. "Me devolva meu homem, sua ladra!", berrava a mulher horrenda, pois era ela... e as paredes reboaram, e a mulher fechou sobre seu pulso dedos gelados. Ela se retorceu e ouviu seu próprio grito, um som louco, um guincho de horror, e as duas puseram-se a lutar, mas a mulher era mais forte, arrancou-lhe o colar de pérolas e metade do vestido, expondo, nus, seu peito e os braços debaixo dos farrapos pendurados. E de repente havia outra vez gente ao redor, vinham de todos os salões com murmúrio crescente e ficaram contemplando a seminua, sarcasticamente, e a mulher, que berrava em tom agudo: "Ela o roubou de mim, essa adúltera, essa prostituta". Ela não sabia onde se esconder, pois as pessoas se aproximavam cada vez mais, olhavam sua nudez, careteando, curiosas e boquiabertas; e quando seu olhar vacilante procurou ajuda, viu de repente, na moldura sombria da porta, seu marido, imóvel, a mão direita escondida nas costas. Deu um grito e saiu correndo pelos muitos aposentos, atrás dela a multidão ávida; sentia o vestido escorregar pelo corpo e mal conseguia segurá-lo. Então uma porta abriu-se diante dela, ela desceu as escadas ansiosa por se salvar, mas lá embaixo esperava a ordinária, com sua saia de lã e as mãos em garras. Ela saltou de lado e correu como louca, mas a outra se precipitou atrás, e assim as duas dispararam pela noite em longas ruas silenciosas, os lampiões inclinando-se para elas com sorriso cínico. Ela ouvia os tamancos de madeira da outra atrás de si, mas cada vez que chegava a uma esquina, a mulher saltava dessa, e da outra; estava à espera atrás de todas as casas, à direita e à esquerda. E sempre aparecia horrendamente multiplicada, impossível de escapar, sempre saltava em frente e a queria agarrar, a ela que sentia os joelhos cederem. Finalmente ali estava sua casa, ela correu, mas quando abriu a porta num arranco seu marido estava ali parado, faca na mão, encarando-a com olhar penetrante. "Onde você esteve?", perguntou sombrio. "Em parte alguma", ouviu sua voz dizendo, e uma risada estridente a seu lado: "Eu vi tudo! Eu vi tudo!", gritava a mulher rindo, subitamente dando risadas dementes junto dela. Então seu marido ergueu a faca e ela gritou: "Socorro! Socorro!".

Abriu os olhos e seus olhares apavorados depararam com os do marido. O que... o que era aquilo? Estava em seu quarto, a lâmpada brilhando baça, estava em casa em sua cama, tudo fora um sonho. Mas por que o marido estava sentado na beira da cama olhando-a como se estivesse enferma? Quem acendera a luz, por que estava tão sério e rígido? Foi varada por um susto. Olhou a mão dele: não, não havia nenhuma faca. Lentamente a rigidez do sono a deixou, com o relampejar de suas imagens. Devia ter sonhado e gritado, acordando o marido. Mas por que estava tão sério, tão penetrante seu olhar, tão implacavelmente grave?

Tentou sorrir.

– O que... o que foi? Por que me olha assim? Acho que tive um pesadelo.

– Sim, você gritou bem alto. Ouvi do outro quarto.

O que terei gritado, o que revelei, pensou ela num calafrio, o que é que ele sabe? Mal ousou olhar de novo para ele. Mas ele a contemplava bem sério com uma calma singular.

– O que está acontecendo com você, Irene? Alguma coisa está acontecendo. Faz dias que está mudada, parece estar com febre, nervosa, consumida, e quando dorme pede socorro...

Ela tentou sorrir de novo.

– Não – insistiu ele –, não me esconda nada. Você tem alguma preocupação, alguma coisa a atormenta? Todo mundo na casa já notou como você está mudada. Tenha confiança em mim, Irene.

Aproximava-se imperceptivelmente dela, que sentiu os dedos dele acariciarem seu braço nu, e uma estranha luz nos seus olhos. Foi dominada pela vontade de lançar-se contra o corpo firme dele, agarrar-se a ele, confessar tudo e não o deixar partir antes de a ter perdoado, nesse mesmo momento em que a vira sofrer.

Mas a lâmpada iluminava palidamente o rosto dela e teve vergonha. Teve medo da palavra.

– Não se preocupe, Fritz – disse, procurando sorrir, enquanto seu corpo tremia até os dedos nus dos pés. – Eu só estou um pouco nervosa. Vai passar.

A mão que já a segurava recolheu-se depressa. Ela tremeu, vendo-o agora pálido na luz vítrea, a fronte coberta pelas pesadas sombras de pensamentos soturnos. Ele levantou-se devagar.

– Não sei, mas todos esses dias me parece que você tem algo a me dizer. Algo que interessa só a você e a mim. Estamos sozinhos agora, Irene.

Ela ficou deitada sem se mexer, hipnotizada por aquele olhar sério e enevoado. Agora tudo podia se resolver, ela sentiu, bastava dizer uma palavra, uma pequena palavra: "perdão", e ele nem perguntaria por quê. Mas aquela luz estava acesa, forte, insolente, à escuta! No escuro ela teria podido falar, sentia isso. Mas a luz lhe roubava as forças.

– Então, realmente nada, você não tem nada a me dizer?

Como era terrível a sedução, como era macia a voz dele! Nunca o ouvira falar assim. Mas a luz, a lâmpada, aquela luz amarela e ávida!

Ela se controlou.

– O que é que você está pensando? – disse rindo, e assustou-se com o tom falso da própria voz. – Só porque durmo mal acha que tenho segredos? Quem sabe até alguma aventura?

Ela própria sentiu calafrios ouvindo a mentira em suas palavras, teve horror de si mesma, e involuntariamente desviou o olhar.

– Muito bem, então... durma bem.

Ele disse isso laconicamente, bem áspero. Com voz bem diferente, como uma ameaça ou uma perigosa zombaria maligna.

E apagou a luz. Ela viu sua sombra branca desaparecer na porta, silenciosa, um espectro noturno; e quando a porta se fechou, foi como se um caixão se fechasse. Ela sentiu o mundo morto e oco, só dentro de seu corpo hirto o coração pulsava louco e forte contra o peito, cada batida uma dor.

***

No dia seguinte, quando almoçavam juntos – as crianças tinham brigado e só se acalmaram com dificuldade –, a criada trouxe uma carta. Era para a senhora, e esperavam resposta lá fora. Ela contemplou espantada a letra desconhecida e abriu o envelope depressa, empalidecendo fortemente ao ver a primeira frase. Levantou-se de um salto e assustou-se ainda mais ao ver, no evidente espanto do marido, o quanto sua precipitação a traía.

A carta era breve. Três linhas:

"Por favor, entregue imediatamente cem coroas ao portador desta".

Nada de assinatura nem data na letra visivelmente disfarçada, apenas aquela ordem horrenda e imperiosa! Irene correu para seu quarto para pegar dinheiro, mas perdera a chave da caixinha; abriu e remexeu todas as suas gavetas até que finalmente a encontrou. Meteu as notas em um envelope, tremendo, e entregou-a pessoalmente ao criado que aguardava na porta. Fez tudo isso sem pensar, como que hipnotizada, e nem pensou em hesitar. Depois – afastara-se apenas por dois minutos – voltou à sala.

Todos calados. Sentou-se tímida e desajeitada, e queria procurar alguma desculpa quando – sua mão tremia tanto que teve de largar depressa o copo –, com terrível susto, notou que, cega pelo nervosismo, deixara a carta aberta ao lado de seu prato. Um pequeno gesto, e seu marido poderia tê-la pegado, teria talvez bastado um simples olhar para ler as linhas em letras grandes e desajeitadas. Ela não conseguiu falar. Pegando o bilhete disfarçadamente, amassou-o, mas, quando ia guardá-lo, levantou os olhos e deparou com o olhar intenso do marido, um olhar penetrante, severo e doloroso, que antes nunca vira. Só agora, há alguns dias, ele a olhava com aqueles súbitos golpes de desconfiança que a faziam tremer no íntimo, e que ela não sabia fazer parar. Com um olhar desses ele avaliara o corpo dela aquela vez na dança, e era o mesmo que à noite, na véspera, faiscara no sonho dela como um punhal.

Era um saber ou um querer-saber que o deixava tão afiado e tão brilhante, parecendo de aço, tão doloroso; e, enquanto ainda procurava uma palavra, recordou algo há muito esquecido: que certa vez o marido contara que enfrentara como advogado um juiz cuja arte residia em examinar os documentos com olhos míopes e, na hora da pergunta decisiva, erguia rápido o olhar e o cravava como um punhal no acusado, que, a esse olhar penetrante e alerta de atenção concentrada, perdia o controle e abandonava inerme a mentira cuidadosamente arquitetada. Acaso ele próprio entenderia dessa perigosa arte, e ela seria a vítima? Estremeceu tanto mais por saber que uma enorme paixão psicológica o prendia à profissão bem além das exigências jurídicas. Investigar, analisar e chantagear um crime podiam ocupá-lo como a outros os jogos de azar ou o erotismo, e nesses dias de caçada psicológica ele sempre ficava ardente. Um nervosismo ardente que às vezes o fazia rever à noite decisões esquecidas manifestava-se por uma impenetrabilidade férrea, e ele comia e bebia pouco, fumava incessantemente, poupando as palavras para a hora em que estaria no tribunal. Uma vez ela o vira lá em um discurso e nunca mais quisera assistir a ele, tanto se assustara com aquela paixão sombria, o fogo quase maligno de seu discurso e um traço rude e sombrio em seu rosto que pensara ter visto novamente apenas uma vez, no olhar fixo sob as sobrancelhas ameaçadoramente franzidas.

Todas aquelas lembranças perdidas acumularam-se num segundo, impedindo-a de dizer o que se formava em seus lábios. Calava-se, e ficou mais perturbada ao reparar no quanto esse silêncio era perigoso, e o quanto perdia a última possibilidade plausível de uma explicação. Não se atreveu mais a erguer os olhos, mas agora, com eles baixos, assustou-se ainda mais quando viu as mãos dele, geralmente calmas e comedidas, movendo-se pela mesa como pequenos animais selvagens. Por sorte o almoço terminou, as crianças levantaram-se de um salto e correram para a sala ao lado com suas vozes agudas e alegres, enquanto a governanta tentava em vão inibir sua agitação alegre; também seu marido se ergueu e foi ao quarto ao lado, com passo pesado e sem olhar para trás.

Mal ficou sozinha, ela pegou de novo a carta funesta, releu ainda uma vez as palavras: "Por favor, entregue imediatamente cem coroas ao portador desta". Depois, enraivecida, rasgou-a em pedacinhos e amassava os restos para os jogar no cesto de papéis quando pensou melhor, parou, inclinou-se diante da lareira e jogou o papel nas chamas, que sibilaram. A labareda branca que devorou avidamente a ameaça a deixou mais tranqüila.

Nesse momento ouviu os passos do marido que voltava e estava na porta. Levantou-se depressa, rosto vermelho do calor e de ter sido apanhada. A portinhola da lareira ainda estava reveladoramente aberta, e procurou, desajeitada, escondê-la com o corpo. Ele aproximou-se da mesa, acendeu um fósforo para o charuto, e quando a chama chegou-lhe perto do rosto, ela pensou ver um frêmito em suas narinas, o que nele sempre era sinal de raiva. Ele a contemplou calmamente:

– Quero só chamar sua atenção para o fato de você não ser obrigada a me mostrar cartas. Se deseja ter segredos só para si, tem toda a liberdade para isso.

Ela ficou quieta e não se atreveu a olhar para ele. Ele esperou um instante, depois soprou a fumaça do charuto com toda a força do peito e, com passo pesado, saiu da sala.

***

Ela não queria pensar em mais nada, só viver, atordoar-se, encher o coração com ocupações vazias e sem sentido. Não suportava mais a casa, tinha de sair, sentia isso, precisava sair à rua, estar com outras pessoas, para não enlouquecer de horror. Esperava que, com aquelas cem coroas, pelo menos tivesse comprado alguns dias de liberdade da chantagista, e decidiu dar novamente um passeio, ainda mais que havia uma série de coisas a providenciar, e esconder de casa seu comportamento mudado. Agora tinha um jeito especial de fugir. Do portão da casa corria de olhos fechados para a rua, como um nadador salta do trampolim. E uma vez que tinha o asfalto duro debaixo dos pés, a cálida torrente humana ao seu redor, ela se movia numa pressa nervosa, tão rapidamente quanto podia andar uma dama sem chamar atenção, cegamente em frente, olhos fixos no chão, no temor compreensível de encontrar outra vez aquele olhar hostil. Se alguém a espreitava, pelo menos ela não queria saber disso. Mas sentia que só nisso pensava e assustava-se quando alguém roçava seu corpo casualmente. Seus nervos sofriam dolorosamente a cada ruído, cada passo que se aproximasse, cada sombra que passasse por ela; só no carro ou na casa de outros conseguia respirar de verdade.

Um senhor a cumprimentou. Levantando os olhos, reconheceu um amigo de sua família que conhecera na juventude, um cavalheiro de barba grisalha amável e falante, de quem em geral preferia fugir porque tinha mania de se queixar horas a fio de pequenos sofrimentos físicos talvez apenas imaginários. Mas agora lamentava ter apenas retribuído sua saudação sem procurar a companhia dele, pois um conhecido seria uma defesa contra uma interpelação da chantagista. Hesitou e quis retroceder, mas foi como se alguém viesse depressa ao seu encontro por trás, e instintivamente, sem refletir, seguiu em frente intempestivamente. Mas sentia nas costas, junto com o pressentimento cruelmente aguçado pelo medo, uma aproximação cada vez mais rápida, e corria sempre mais depressa, embora soubesse que no final não escaparia da perseguição. Seus ombros começaram a tremer pressentindo a mão que – o passo estava cada vez mais perto – no instante seguinte a tocaria; quanto mais queria apressar o passo, mais pesados ficavam seus joelhos. Agora o perseguidor estava bem perto, e de trás, insistente mas baixinho, alguém chamou "Irene!", uma voz que no começo teve alguma dificuldade em reconhecer, mas que não era a da temida, horrenda mensageira da desgraça. Respirando aliviada, virou-se: era o seu amante, que quase se chocou com ela pela maneira brusca como ela se deteve. Pálido e desfeito estava o rosto dele, com todos os sinais de nervosismo e, vendo o olhar perplexo dela, já envergonhado. Ele levantou a mão para saudá-la, inseguro, mas deixou-a cair de novo vendo que ela não lhe oferecia a sua. Apenas o fitou, um, dois segundos, tão inesperada era a presença dele. Exatamente dele tinha esquecido naqueles dias de medo. Mas agora, vendo-lhe o rosto pálido e interrogativo de perto com aquela expressão de vazio perplexo que toda sensação de incerteza sempre expressa nos olhos, de repente a raiva espumou dentro dela numa onda quente. Seus lábios tremeram procurando uma palavra, e a excitação em seu rosto era tão visível que ele, assustado, apenas gaguejou seu nome:

– Irene, o que tem você? – E, vendo o gesto impaciente dela, acrescentou, já encolhido: – O que foi que eu lhe fiz?

Ela o encarava com raiva malcontida.

– O que você me fez? – perguntou ela, sarcástica. – Nada! Nada mesmo! Só coisas boas! Só coisas agradáveis!

O olhar dele estava atônito, a boca, entreaberta de espanto, o que aumentava ainda mais sua aparência ridícula e simplória.

– Mas, Irene... Irene!

– Não faça escândalo – ordenou ela, rudemente. – Nem faça comédia comigo. Certamente ela está outra vez espreitando aqui por perto, a sua bela amiga, ela vai me atacar de novo.

– Mas quem... quem?

Ela queria lhe dar um soco na cara, aquela cara desfeita, tola e hirta. Sentia a mão agarrando a sombrinha. Nunca odiara nem desprezara tanto uma pessoa.

– Mas Irene... Irene... – gaguejava ele cada vez mais confuso. – O que foi que eu lhe fiz?... De repente você some... Eu espero dia e noite... Hoje passei o dia inteiro parado diante de sua casa esperando para poder-lhe falar por um minuto.

– Você estava esperando... então... você também.

A raiva a deixava atordoada. Como seria bom dar-lhe uma bofetada! Mas controlou-se, olhou-o ainda uma vez cheia de uma intensa repulsa, ao mesmo tempo refletindo se não devia cuspir na cara dele, como um insulto, toda a sua ira acumulada; mas de repente virou-se e entrou na multidão sem olhar para trás. Ele ficou parado, com a mão estendida, suplicante, perplexo e trêmulo, até que foi empurrado pela multidão da rua como a torrente leva uma folha caída que oscila e gira e finalmente acaba sendo levada dali.

***

Agora, de repente lhe parecia totalmente irreal e absurdo que aquela pessoa tivesse sido seu amante. Não conseguia lembrar de nada, nem da cor de seus olhos, o formato do rosto, nenhuma de suas carícias lhe era presente fisicamente, e nenhuma de suas palavras ecoava nela senão aquele "Mas, Irene!" choramingento, efeminado, canino, gaguejado em desespero. Nem uma só vez em todos aqueles dias, embora ele fosse a causa de toda a desgraça, tinha pensado nele, nem ao menos em sonhos. Ele não era nada em sua vida, nem uma sedução, quase nem uma lembrança. Já não podia compreender que um dia seus lábios tivessem beijado aquela boca, era capaz de jurar que jamais lhe pertencera. O que fizera nos braços dele, que terrível insanidade a impelira a uma aventura que seu próprio coração não entendia mais, nem seus sentidos? Ela não sabia mais nada daquilo, tudo nesse fato lhe era estranho, ela parecia estranha a si mesma.

Mas tudo não se transformara naqueles seis dias, naquela semana de horror? Como divisor de águas, o medo corrosivo desagregara a sua vida e apartara seus elementos. De repente as coisas tinham um peso diferente, todos os valores trocados, todas as relações perturbadas. Era como se até ali apenas tivesse tateado pela vida com uma sensação penumbrosa e olhar semicerrado, e agora, de súbito, tudo estava iluminado de dentro numa claridade terrível e bela. Bem diante de si havia coisas que jamais tocara e que, de repente compreendia, eram sua verdadeira vida; e, por outro lado, tudo o que lhe parecera importante desaparecia como fumaça. Até ali vivera numa atividade social animada, naquele convívio ruidoso e falastrão dos círculos afortunados – na verdade tinha vivido só para isso; mas agora, há uma semana, renunciando a tudo isso na prisão de sua própria casa, de nada sentira falta, apenas horror daquela vazia atividade dos desocupados e, involuntariamente, comparando a esse primeiro sentimento intenso que lhe era dado, avaliava agora a superficialidade das inclinações a que se entregara até então, e a infinita perda de um amor verdadeiro. Via seu passado como quem contempla um abismo.

Casada há oito anos, na loucura de uma felicidade modesta demais, ela nunca se aproximara do marido, permanecera estranha à sua natureza interior, à natureza de seus próprios filhos. Entre ela e eles havia gente paga para isso, governantas e criadagem para a eximirem de todas as pequenas preocupações que só agora – desde que observava mais de perto a vida dos filhos – começava a perceber que podiam ser muito mais agradáveis do que os ardentes olhares dos homens, e dar-lhe mais felicidade do que um abraço amoroso. Lentamente sua vida começava a adquirir um novo sentido, estabelecendo novas relações, mostrando-lhe um semblante grave e cheio de significado. Desde que conhecera o perigo e com ele um primeiro sentimento verdadeiro, todas as coisas, mesmo as mais estranhas, começaram a parecer próximas. Ela se sentia presente em tudo, e o mundo, antes transparente como vidro, de repente, diante da escura superfície de sua própria sombra, tornava-se um espelho. Para onde quer que olhasse e escutasse, de súbito havia realidade.

Estava sentada junto das crianças. A governanta lia para elas a lenda da princesa que podia visitar todos os aposentos do seu palácio menos um, aquele trancado com uma chave de prata, mas que, para sua própria condenação, ela acabou abrindo. Aquele não seria seu próprio destino, também ela atiçada pelo proibido não caíra em desgraça? Pareceu-lhe haver uma profunda sabedoria naquela pequena lenda que uma semana atrás ela ainda teria achado simplória. No jornal apareceu a história de um oficial que, sob chantagem, se tornara um traidor. Ela mesma não faria o impossível para obter dinheiro a fim de comprar alguns dias de paz, uma ilusão de felicidade? Cada frase que falava de suicídio, cada crime, cada desespero de repente se tornava real para ela. Tudo lhe dizia "eu": aquele que estava cansado da vida, o desesperado, a criada seduzida e a criança abandonada, tudo lhe aparecia como seu próprio destino. De repente sentia toda a riqueza da vida, e soube que nunca mais uma hora de seu destino seria pobre, e agora, que tudo se dirigia para o fim, ela sentia tudo começar. E esse maravilhoso entrelaçamento com todo o infinito mundo seria dilacerado pelos punhos grosseiros de uma mulher vagabunda? Por causa de um único erro deveriam ser arruinadas todas as coisas grandes e belas das quais pela primeira vez se sentia capaz?

E por que – ela se defendia cegamente contra uma fatalidade que, sem saber, pensava estar vivendo –, por que logo ela receberia uma punição tão horrível por um erro menor? Quantas mulheres conhecia, vaidosas, insolentes, sensuais, que até sustentavam amantes e nos braços deles zombavam dos próprios maridos, mulheres que viviam na mentira como na própria casa, que nessa mentira ficavam mais bonitas, mais fortes na dissimulação, mais inteligentes no perigo, enquanto ela desmoronava, impotente, no primeiro medo, no primeiro erro?

Mas acaso ela realmente seria culpada? No seu íntimo sentia que aquela pessoa, seu amante, era-lhe estranha, ela jamais lhe dera nada da sua verdadeira vida. Nada recebera dele, nada de si lhe concedera. Todas essas coisas passadas e esquecidas não tinham sido crime dela, mas de outra mulher que ela mesma nem entendia, e da qual nem ao menos conseguia se lembrar direito. Seria permitido castigar um crime já anistiado pelo tempo?

De repente ela se assustou. Sentiu que aqueles nem eram mais seus pensamentos. Quem dissera aquilo? Alguém perto dela, recentemente, há poucos dias. Refletiu e seu susto não diminuiu quando recordou que fora seu próprio marido quem lhe despertara aquele pensamento. Ele voltara de um julgamento, nervoso, pálido, e de repente, habitualmente tão calado, dissera a ela e a amigos que por acaso estavam presentes:

– Hoje um inocente foi condenado.

Quando perguntaram como, ele ainda contou, nervoso, que acabavam de punir um ladrão por um roubo cometido há três anos, e, na opinião dele, injustamente, pois depois de três anos o crime nem era mais crime. Castigavam outra pessoa, duplamente, aliás, porque ele já tinha passado aqueles três anos na prisão de seu próprio medo, da eterna inquietação de ser descoberto.

Horrorizada, ela recordou que naquela vez contradissera o marido. Sua sensibilidade alienada considerava o criminoso apenas um risco para a segurança burguesa, que tinha de ser eliminado a qualquer preço. Só agora via como seus argumentos tinham sido lamentáveis, como haviam sido bondosos e justos os do marido. Acaso ele também saberia entender que ela não tinha amado uma pessoa, mas uma aventura? Que ele era cúmplice pela sua excessiva bondade, pelo conforto com que a rodeara, deixando-a mais frágil? Ele seria bom juiz em causa própria?

***

Mas a inquietação não permitiu que cultivasse doces esperanças. Já no dia seguinte chegou outro bilhete, outro golpe de chibata atiçando seu medo diminuído. Desta vez exigiam duzentas coroas, que ela entregou sem resistir. Ficou horrorizada com o aumento de preço da chantagem, que estava materialmente incapaz de cumprir, pois, embora de família rica, não estava em condições de obter tais quantias sem chamar a atenção. Além do mais, de que adiantava? Ela sabia que amanhã seriam quatrocentas coroas, e em breve mil, sempre mais, enquanto mais ela desse; quando não tivesse mais meios, viriam a carta anônima e a derrocada final. O que ela estava comprando era apenas tempo, uma trégua, dois dias ou três de descanso, uma semana talvez, mas um tempo horrivelmente sem valor, cheio de tormento e tensão. Agora havia semanas que dormia mal, com pesadelos piores do que a vigília; faltava-lhe o ar para respirar, a liberdade de movimentos, a calma, a ocupação. Não conseguia mais ler nem fazer nada, acossada por demônios do medo. Sentia-se doente. De vez em quando precisava sentar-se, tanto pulsava seu coração, um peso invadia todo o seu corpo com o caldo denso e um cansaço quase doloroso, mas mesmo assim não conseguia dormir. Toda a sua existência estava solapada pelo medo que a devorava, o corpo envenenado, e intimamente ansiava que aquele estado enfermiço finalmente irrompesse em uma dor visível, um mal realmente palpável e clínico que despertasse nos outros compaixão e piedade. Sentia inveja dos que estavam doentes, nessas horas de tormentos subterrâneos. Como devia ser bom estar deitada num sanatório, numa cama branca entre paredes brancas, rodeada de piedade e flores. Viriam pessoas bondosas, e por trás da nuvem de dor veria a cura, ao longe, como um grande sol bondoso. Se ela sentisse dor ao menos poderia gritar alto, mas agora tinha de encenar incessantemente a tragicomédia de uma alegria saudável que diariamente enfrentava novas situações terríveis. Com nervos dilacerados precisava sorrir e parecer alegre, sem que ninguém adivinhasse o infinito esforço daquela alegria fingida, a força heróica que esbanjava nessa autoviolação diária e mesmo assim inútil.

Só uma pessoa entre todas ao seu redor, pressentia ela, parecia adivinhar algo do terrível tormento em seu interior, e apenas porque estava sempre à espreita. Ela sentia – e essa certeza a obrigava a dupla cautela –, que ele pensava nela o tempo todo, da mesma forma que ela pensava nele. Ambos rondavam-se dia e noite, girando um em torno do outro, e se espreitavam, escondendo atrás das costas o próprio mistério. Seu marido também tinha mudado ultimamente. A ameaçadora severidade daqueles primeiros dias inquisitoriais cedera nele a uma espécie de bondade e preocupação que a fazia pensar involuntariamente nos tempos de noivado. Ele a tratava como a uma enferma, com um cuidado perturbador; envergonhava-a tanto amor imerecido, e de outro lado o temia, pois agora também podia significar algum ardil para, num instante imprevisto, arrancar-lhe das mãos cansadas o seu segredo. Desde aquela noite em que a espreitara dormindo, e aquele dia em que vira a carta em suas mãos, a desconfiança dele parecia ter-se transformado em compaixão, ele tentava conquistar sua confiança com uma ternura que por vezes a acalmava e quase a fazia ceder, mas no instante seguinte dava outra vez lugar à desconfiança. Seria apenas um ardil, o juiz seduzindo o acusado, a ponte pênsil para a confiança que sua confissão atravessaria e que, subitamente recolhida, a deixaria indefesa, entregue à arbitrariedade dele? Ou ele também já sentia que aquele estado de espreitamento e escuta se tornava insuportável, e a compreensão dele era tão forte que em segredo ele também sofria com o sofrimento dela, dia a dia mais visível? Ela sentia um calafrio singular vendo que de vez em quando ele praticamente lhe oferecia a palavra salvadora e lhe facilitava a confissão. Compreendia a intenção dele e agradecia-lhe a bondade. Mas também sentia que a compreensão dele fazia crescer a vergonha dela, impedindo-a de pronunciar a palavra, mais severamente do que antes a inibira a desconfiança.

Uma vez, naqueles dias, ele lhe falou claramente, olho no olho. Ela voltara para casa e ouvira vozes altas na ante-sala, a do marido, áspera e enérgica, a tagarelice mal-humorada da governanta e, no meio disso, choro e soluços. Sua primeira sensação fora susto. Sempre que ouvia vozes alteradas ou alguma agitação na casa, estremecia. Medo era a sensação com que agora reagia a tudo que fosse incomum, medo intenso de que a carta já tivesse chegado e o segredo tivesse sido revelado. Sempre que abria a porta, seu primeiro olhar interrogativo avaliava os rostos para ver se nada acontecera na sua ausência, se a catástrofe já não tinha desabado enquanto ela estava fora. Desta vez logo reconheceu ser uma briga de crianças, um pequeno tribunal improvisado, e tranqüilizou-se. Há poucos dias uma tia dera um brinquedo ao menino – um cavalinho colorido, que a menina, que recebera presentes menores, invejava amargamente. Em vão tentara fazer valer seus direitos, tão avidamente que o menino se recusou a deixá-la sequer tocar no brinquedo, o que primeiro provocou gritos de raiva na criança, depois um silêncio embotado, encolhido e obstinado. Mas na manhã seguinte o cavalinho sumira, e todos os esforços do menino foram em vão, até que por acaso encontram o objeto perdido no fogão, despedaçado, quebradas as partes de madeira, o pêlo colorido arrancado, e o interior retirado. Naturalmente a suspeita recaiu sobre a menina; o menino correra para o pai, chorando, para acusar a malvada, que não conseguiu escapar de uma justificação, e o interrogatório estava iniciando.

    Irene sentiu uma súbita inveja. Por que as crianças sempre procuravam o pai em suas preocupações, e não a ela? Desde sempre confiavam ao seu marido todas as brigas e queixas; até ali gostara de se ver livre desses pequenos aborrecimentos, mas de repente ansiava por eles, porque significavam amor e confiança.

O pequeno tribunal logo se resolveu. No começo a criança negou, embora baixando timidamente os olhos e com a voz reveladoramente trêmula. A governanta testemunhou contra ela, dizendo ter ouvido a menina, enraivecida, ameaçar jogar o cavalinho pela janela, o que a criança tentou em vão negar. Houve um pequeno tumulto e soluços de desespero. Irene olhou para o marido; parecia-lhe que ele não presidia o julgamento da criança mas o dela, pois talvez no dia seguinte estivesse assim na frente dele com o mesmo tremor e a mesma voz falhando. No começo o marido olhou severamente quando a criança insistiu na mentira, mas depois, palavra a palavra, baixou as suas resistências, sem jamais se zangar quando ela se recusava admiti-la. E quando a negativa passou a uma teimosia embotada, ele lhe falou com bondade, provou praticamente a necessidade interna daquele procedimento e de certa forma desculpou sua atitude ruim feita num momento de raiva, sem pensar que realmente magoaria o irmão. Explicou à menina, cada vez mais insegura, sua própria ação, de modo tão cálido e insistente, como algo compreensível mas mesmo assim condenável, e por fim ela começou a chorar feito louca. E logo, protegida pela torrente de lágrimas, finalmente gaguejou a confissão.

Irene correu para abraçar a menina que chorava, mas esta a empurrou enfurecida. Seu marido também lhe pediu que não demonstrasse uma compaixão precipitada, pois não pretendia deixar passar o fato sem castigo; deu a sentença, insignificante mas importante para a criança, de que no dia seguinte não poderia ir a uma festa aguardada com alegria havia semanas. A criança escutou a sentença chorando alto; o menino começou a comemorar alto o seu triunfo, mas seu sarcasmo prematuro e cheio de rancor fez com que também levasse castigo, sendo igualmente proibido de ir à festa infantil. Tristes mas consolados pelo castigo comum, os dois finalmente saíram da sala, e Irene ficou sozinha com o marido.

Sentiu de repente que aquela era enfim a oportunidade de, por alusões e sob o disfarce de um diálogo sobre a culpa e a confissão da criança, falar de si mesma, e teve uma vaga sensação de alívio por poder confessar-se ao menos de forma oculta, e pedir compaixão. Pois se ele recebesse com bondade sua intervenção em favor da menina seria um sinal, e nesse caso talvez ousasse falar em si mesma.

– Diga, Fritz – começou –, você realmente pretende proibir as crianças de irem à festa amanhã? Vão ficar muito tristes, especialmente a pequena. Afinal o que ela fez não foi tão grave assim. Por que a castiga com tanta severidade? Não tem pena dela?

Ele a encarou. Então sentou-se confortavelmente. Parecia disposto a comentar o ocorrido, e um pressentimento a um tempo agradável e assustador a fez perceber que ele lhe explicaria tudo palavra por palavra; ela aguardava a pausa no final que, de maneira intencional ou ponderada, demorou-se particularmente.

– Se eu tenho pena dela? Não tenho mais. Pois agora tudo é mais fácil para ela porque foi punida, embora lhe pareça amargo. Infeliz ela esteve ontem, quando o pobre cavalinho quebrado estava metido no fogão, todo mundo na casa procurando por ele e ela o tempo todo temendo que a gente descobrisse tudo. O medo é pior do que o castigo, pois este é algo determinado, mais claro do que o terrível incerto, o horrendamente interminável da tensão. Assim que ela soube qual seu castigo, sentiu-se melhor. Não se iluda com o choro dela; foi porque brotou o que estava contido lá dentro. E dentro é pior do que fora. Se ela não fosse uma criança, ou se a gente pudesse compreender tudo que se passa nela, creio que veríamos que, na verdade, apesar do castigo e das lágrimas, ela está contente, e certamente mais alegre do que ontem, quando andava por aí aparentemente despreocupada, e ninguém suspeitava dela.

Ela ergueu os olhos. Era como se o marido tivesse dirigido cada palavra contra ela. Ele parecia nem prestar atenção nela, mas, talvez sem entender seu olhar, prosseguiu:

– É realmente assim, acredite. Conheço isso do tribunal e dos julgamentos. Os acusados sofrem mais com o ocultamento do erro e a ameaça da descoberta, sob o cruel peso de terem de defender uma mentira contra mil pequenos ataques dissimulados. É terrível ver um caso em que o juiz tem tudo nas mãos, a culpa, a prova, talvez até a sentença, tudo menos a confissão que está dentro do acusado e não quer sair, por mais que se puxe e tente. É terrível ver o acusado retorcer-se e reagir porque precisam extrair o "sim" de dentro dele como com um gancho que o arrancasse de sua carne renitente. Às vezes já está bem em cima na garganta, uma força irresistível empurra de baixo, eles sufocam, quase pronunciam a palavra; então o poder maligno os domina, aquela incompreensível sensação de teimosia e medo, e voltam a engolir tudo. E a luta recomeça. Às vezes os juízes sofrem mais do que as vítimas. E os acusados sempre os encaram como inimigos, quando, na verdade, eles os ajudam. E eu, como seu advogado, como seu defensor, na verdade deveria dizer aos meus clientes que não confessassem, mas firmassem e fortalecessem sua mentira; mas muitas vezes não me atrevo, pois sofrem mais com a não-confissão do que com a confissão e o castigo. Na verdade, ainda não compreendi bem como se pode fazer uma coisa, consciente do perigo, e depois não ter a coragem de confessar. Considero mais lamentável do que qualquer crime esse medo da palavra.

– Você acha... que sempre... é sempre apenas medo... que impede as pessoas? Não poderia... não poderia ser vergonha... vergonha de pronunciar as palavras... de se despir diante de todo mundo?

Ele ergueu os olhos, admirado. Não estava habituado a receber respostas dela. Mas aquela palavra o fascinou.

– Você diz vergonha... isso... isso também é apenas uma forma de medo... Não, não o medo do castigo, mas... sim, eu entendo...

Ele se levantara, estava singularmente excitado, andou de um lado para outro. Aquela idéia parecia ter tocado dentro dele algo que agora estremecia e se movia agitado. De repente ele parou.

– Eu admito... Vergonha diante das pessoas, dos estranhos... do populacho, que devora o destino alheio nos jornais como um pão com manteiga... mas pelo menos a gente poderia confessar aos que estão mais próximos... Você recorda aquele incendiário que defendi no ano passado... que passou a gostar tão singularmente de mim... ele me contou tudo, historinhas de sua infância... até coisas muito íntimas... Você vê, ele certamente cometera o ato, e foi condenado... mas nem a mim admitiu... Era o medo de que eu o traísse, não a vergonha, pois ele confiou em mim... Penso que fui a única pessoa na vida por quem ele sentiu algo como amizade... então já não era vergonha do estranho... O que era então, se podia confiar em mim?

– Talvez – disse ela, virando-se para o outro lado, porque ele a olhava de um modo que lhe fazia tremer a voz –, talvez... a vergonha seja maior... diante daqueles de quem a gente... se sente mais próximo.

Ele parou de súbito, como se uma força interior o dominasse.

– Então você acha... você acha... – de repente sua voz estava diferente, bem macia e aveludada –, você acha... que

Helena... poderia ter admitido sua culpa mais facilmente a outra pessoa... quem sabe à governanta... que ela...

– Tenho certeza... ela resistiu tanto exatamente a você... porque... porque seu julgamento é o mais importante... porque... porque... ela... ama você mais do que a todos...

Ele parou mais uma vez.

– Talvez... Talvez você tenha razão, sim, certamente é isso... mas é estranho... pois exatamente nisso eu nunca pensei... e é tão simples... Talvez eu tenha sido severo demais, você me conhece... não tive má intenção. Mas vou até eles agora mesmo. Claro que ela pode ir... eu só queria castigar a sua teimosia, a sua resistência, e... a falta de confiança dela em mim... Mas você tem razão, não quero que você pense que sou incapaz de perdoar... não quero isso... logo de você, Irene.

Ele a encarou e ela sentiu que ficava vermelha sob aquele olhar. Era intencionalmente que ele falava assim ou era o acaso, um acaso sorrateiro e perigoso? Ela ainda sentia uma indecisão terrível.

– A sentença foi revogada. – Ele parecia de alguma forma estar se divertindo agora. – Helena está livre, e eu mesmo vou lhe anunciar isso. Está contente comigo agora? Ou deseja ainda alguma coisa?... Você... está vendo... está vendo que hoje estou generoso... talvez porque esteja contente por ter reconhecido em tempo uma injustiça. Isso sempre dá alívio, Irene, sempre...

Ela pensou entender o que aquela ênfase significava. Involuntariamente chegou mais perto dele, já sentia a palavra brotar dentro de si, e também ele se adiantou como se quisesse pegar de suas mãos aquilo que a oprimia tanto. Mas então viu no olhar dele a avidez pela confissão, por algo na natureza dela, uma ardente impaciência, e de repente tudo desmoronou. Sua mão caiu cansada, e ela se desviou. Era inútil, sentiu, jamais poderia dizer a palavra libertadora que ardia dentro dela consumindo a sua paz.

O aviso era como um trovão próximo, mas ela sabia que não havia como fugir. E secretamente ansiava por aquilo que até então temera tanto, o raio salvador: ser descoberta.

***

Seu desejo pareceu realizar-se mais depressa do que ela imaginara. Agora a luta já durava duas semanas, e Irene sentia que chegara ao fim de suas forças. Há quatro dias aquela criatura não se anunciava, e o medo estava tão embutido em seu corpo, invadira seu sangue de tal modo que a cada toque de campainha na porta ela se levantava de um salto para interceptar em tempo a mensagem da chantagista. Nessa precipitação havia uma impaciência, quase uma nostalgia, pois a cada pagamento desses ela comprava uma noite de paz, algumas horas com as crianças, um passeio. Por uma noite, um dia, podia respirar aliviada, sair à rua e encontrar amigos; o sono era sábio, não se deixava enganar por aquele precário consolo enganador, e à noite enchia o seu sangue com pesadelos dilacerantes de medo.

Mais de uma vez ela saíra correndo ao toque da campainha, para abrir a porta, mesmo sabendo que essa pressa em antecipar-se aos criados despertava suspeitas e facilmente causaria uma desconfiança hostil. Mas como eram frágeis essas pequenas resistências de uma reflexão mais ponderada, quando o som do telefone, um passo na rua atrás dela ou um chamado da campainha da porta fazia seu corpo estremecer como sob uma chibatada. Mais uma vez a campainha a arrancara do quarto fazendo-a correr até a porta. Ela abriu e, ao primeiro olhar, viu uma mulher estranha, e depois, horrorizada, recuou ao reconhecer em roupas novas e sob um chapéu elegante o odiado rosto da sua chantagista.

— Ah, é a senhora mesma, senhora Wagner, que bom. Tenho algo importante a lhe dizer.

E sem esperar resposta da assustada mulher que se apoiava na maçaneta da porta com mão trêmula, ela entrou, largou a sombrinha de um vermelho berrante, obviamente uma primeira aplicação dos frutos de suas chantagens. Movia-se com incrível segurança, como se estivesse em sua própria casa, e, contemplando a imponente decoração com agrado e ao mesmo tempo contentamento, seguiu sem ser convidada em direção à porta entreaberta na sala.

— Por aqui, não é mesmo? — perguntou com sarcasmo contido, e quando a apavorada dona da casa, ainda incapaz de falar, quis protestar, acrescentou em tom apaziguador: — Podemos resolver tudo depressa se não lhe for incômodo.

Irene foi atrás dela sem retrucar. A idéia de que a chantagista estava em sua própria casa, essa audácia que superava suas mais horrendas suspeitas, a deixava atordoada. Era como se tudo aquilo fosse um sonho.

— Bela casa a sua, muito bonita. — A criatura admirava tudo com visível satisfação, enquanto se aboletava. — Ah, mas que poltrona boa! E quantos quadros! Só aí a gente vê como se vive mal. Muito bela a sua casa, senhora Wagner, muito linda.

Então, vendo a criminosa tão confortável em sua própria casa, finalmente irrompeu a raiva na martirizada.

— O que deseja aqui, sua chantagista? Perseguindo-me até dentro de minha própria casa? Mas eu não deixarei que me torture até a morte. Eu vou...

Medo

– Não fale tão alto – interrompeu a outra com uma familiaridade ofensiva. – A porta está aberta e os criados poderiam ouvir. Não que eu me importe. Não nego nada, meu Deus, e afinal na prisão não vai ser pior para mim do que agora, nessa minha vida miserável. Mas a senhora, senhora Wagner, deveria ter mais cuidado. Vou fechar a porta, se ficar nervosa. Mas saiba que insultos não me impressionam.

A força de Irene, por um momento fortalecida pelo ódio, desmoronou outra vez, impotente, vendo o quanto aquela criatura era inabalável. Como uma criança que espera a tarefa que lhe será ditada, ficou ali parada, quase humilde, e inquieta.

– Então, senhora Wagner, não quero rodeios. Não ando muito bem de vida, a senhora sabe. Eu já lhe disse. E agora preciso de dinheiro por causa dos juros. Faz muito tempo que tenho dívidas, e outras coisas mais. Quero finalmente botar minha vida em ordem. Por isso vim ver se a senhora me ajuda... digamos, quatrocentas coroas.

– Não posso – gaguejou Irene, assustada com a quantia que realmente não tinha mais em moeda sonante. – Desta vez realmente não tenho. Este mês já lhe dei trezentas coroas, de onde vou tirar tudo isso?

– Bom, a senhora vai dar um jeito, pense um pouquinho. Uma mulher tão rica há de ter todo o dinheiro que quiser. Mas tem de querer, claro. Portanto, reflita, senhora Wagner, e dê um jeito.

– Mas eu realmente não tenho tanto. Daria com prazer, mas não tenho. Posso lhe dar alguma coisa... talvez cem coroas...

– Eu disse que preciso de quatrocentas. – A mulher falava rudemente, como que ofendida com a impertinência.

– Mas eu não tenho! – gritou Irene, desesperada. E se seu marido chegasse agora, pensou, ele podia chegar a qualquer momento. – Eu lhe juro que não tenho...

– Pois então, tente conseguir...

– Não posso.

A criatura a encarou de cima a baixo como se a quisesse avaliar.

– Bom... por exemplo, esse anel aí... Seria fácil de botar no prego. Não entendo muito de jóias, claro... Nunca tive uma... mas acho que a gente consegue quatrocentas coroas por ele...

– O anel! – gritou Irene. Era seu anel de noivado, o único que jamais tirava e que era altamente valorizado por uma bela pedra cara.

– Ué, e por que não? Eu lhe mando o recibo do penhor, e pode pegar de novo se quiser. Não vou ficar com ele. O que faria uma pessoa pobre como eu com um anel desses?

– Por que está me perseguindo? Por que está me atormentando? Eu não posso... não posso. Precisa entender isso... Veja, eu fiz o que podia. Tem de entender isso. Tenha piedade de mim!

– Ninguém teve pena de mim. Quase me deixaram morrer de fome. Por que logo eu teria pena de uma mulher tão rica?

Irene quis dar uma resposta veemente. Então – seu sangue congelou – ouviu uma porta fechar-se. Devia ser o marido voltando do escritório. Sem refletir, arrancou o anel do dedo e estendeu-o à mulher, que esperava, e o fez desaparecer depressa.

– Não tenha medo, estou indo – disse a criatura, vendo um medo indizível no rosto da outra, que escutava, tensa, a ante-sala onde se ouvia distintamente um passo masculino. Ela abriu a porta, cumprimentou o marido de Irene que entrava e que a encarou por um instante sem lhe dar muita atenção, e desapareceu.

– Uma senhora que veio pedir informações – disse Irene com o resto de suas forças assim que a porta se fechou atrás da criatura. O pior momento passara. Seu marido ainda respondeu, e entrou calmamente na sala onde a mesa estava posta para o almoço.

Irene sentiu o dedo em fogo no lugar onde habitualmente ficava o fresco aro do anel; era como se todo mundo olhasse na pele nua uma marca a fogo. Durante o almoço sempre escondia a mão, e na sua sensibilidade excessiva imaginava que o olhar do marido procurava sua mão o tempo todo, perseguindo cada um de seus movimentos. Esforçou-se ao máximo para desviar a atenção dele e fazer fluir a conversa com perguntas incessantes. Falava com ele, falava com as crianças, com a governanta, sempre voltava a acender a conversa com as pequenas chamas de suas perguntas, mas sua inspiração falhava e a conversa voltava a morrer sufocada. Ela tentava parecer animada, levar os outros a serem alegres, brincava com as crianças, instigando-as uma contra a outra, mas elas não brigavam nem riam: ela mesma sentia que devia haver algo muito falso na sua alegria, que inconscientemente os outros deviam estranhar. Quanto mais se esforçava, mais falhavam suas tentativas. Por fim ficou cansada, e se calou.

Os outros também se calaram; ouvia-se apenas o leve rumor dos pratos e dentro dela as vozes sufocantes do medo. Então de repente seu marido disse:

– Onde está seu anel?

Ela estremeceu. Dentro dela uma palavra bem clara: Acabou! Mas seu instinto ainda se defendia. Reunir todas as forças, dizer só uma frase, ainda uma palavra. Inventar ainda uma mentira, uma última mentira.

– Eu... eu o mandei para limpar.

E ao mesmo tempo, fortalecida na mentira, acrescentou:

– Vou pegar depois de amanhã.

Depois de amanhã. Agora estava comprometida, a mentira haveria de desabar e ela também. Agora ela mesma determinara um prazo, e todo o seu medo confuso de repente era repassado de uma nova sensação, uma espécie de felicidade por saber a decisão tão próxima. Depois de amanhã: agora ela sabia qual o seu prazo, e, nessa certeza, uma calma singular recobriu seu medo. Internamente crescia algo, uma nova força, força para viver e força para morrer. A consciência finalmente assegurada da decisão iminente começou a difundir dentro dela uma inesperada claridade. O nervosismo cedeu maravilhosamente a uma reflexão ordenada; o medo, a uma sensação de paz cristalina que ela não conhecia, graças à qual conseguia ver de repente todas as coisas de sua vida de modo transparente e em seu verdadeiro valor. Avaliou sua vida e sentiu que ainda tinha bastante peso. Que a poderia manter e intensificar naquele sentido novo e mais elevado aprendido nos últimos dias de medo; podia reencetá-la ainda uma vez, pura e segura, sem mentiras, sentia-se disposta a isso. Mas estava cansada demais para continuar vivendo como desquitada, adúltera, manchada pelo escândalo, e também cansada demais para prosseguir com aquele perigoso jogo de uma calma comprada e com prazo certo. Sentia que não podia mais pensar em resistir, o fim estava próximo, estava ameaçada de ser traída diante do marido, dos filhos, de tudo o que a rodeava e até de si mesma. Impossível fugir de um adversário que parecia onipresente. E a confissão, ajuda segura, era-lhe negada, agora sabia isso. Havia apenas um único caminho aberto, mas desse não havia retorno.

A vida ainda a atraía. Era um daqueles dias elementares de primavera, que às vezes irrompem inesperadamente do regaço fechado do inverno, um dia com céu azul infinito, cuja alta vastidão se pensava sentir como um sopro depois daquelas sombrias horas de inverno.

As crianças entraram correndo, em seus trajes claros, que usavam pela primeira vez naquele ano, e ela teve de se controlar para não reagir com lágrimas ao júbilo delas. Assim que o riso das crianças se desfizera dentro dela com seu doloroso eco, tratou de executar as suas decisões, cheia de determinação. Primeiro queria tentar retomar o anel, pois, fosse qual fosse o seu fim, sobre a sua memória não deveria recair qualquer suspeita, ninguém deveria possuir uma prova visível da sua culpa. Ninguém deveria adivinhar seu terrível segredo, muito menos as crianças; teria de parecer um acaso pelo qual ninguém seria responsável.

Ela foi até uma casa de penhores para penhorar uma jóia herdada que quase nunca usava, e assim obter dinheiro suficiente para eventualmente comprar de volta o anel daquela criatura. Sentindo-se mais segura com o dinheiro na bolsa, continuou caminhando a seu bel-prazer, desejando intimamente aquilo que até ontem mais temera: encontrar a chantagista. O ar era suave e a claridade do sol jorrava sobre os telhados. Algo do movimento impetuoso do vento contagiava o ritmo das pessoas, que andavam mais leve e rápido do que nos sombrios dias de inverno. E ela própria pensava sentir um pouco disso. A idéia de morrer, que a mão trêmula agarrara na véspera como num vôo e não largara mais, cresceu, de súbito, tornando-se gigantesca, escapando aos seus sentidos. Seria possível que a palavra de uma mulher ordinária e repulsiva destruísse tudo isso, as casas com as fachadas cintilantes, os carros em disparada, as pessoas risonhas e dentro dela aquela inebriante sensação de sangue? Uma palavra poderia apagar a chama infinita com que o mundo inteiro se incendiava no coração dela?

Andava e andava, mas já não de olhar baixo, e sim encarando tudo abertamente, quase ávida por finalmente encontrar a mulher tão procurada. Agora a vítima procurava o caçador, e assim como o animal mais fraco, acuado, de repente se vira com a determinação do desespero ao sentir que não vai escapar e enfrenta o perseguidor, agora ela queria enfrentar cara a cara a sua torturadora e lutar com aquelas últimas forças que o impulso de viver confere aos desesperados. Chegou intencionalmente perto da moradia onde habitualmente a chantagista espreitara por ela, uma vez até atravessou depressa a rua porque uma mulher qualquer lhe recordara a outra pelos trajes. Já não era mais pelo anel em si que lutava, pois ele apenas significava um adiamento e não a libertação, mas ansiava por esse encontro como por um sinal do destino, e possuir o anel outra vez lhe parecia uma decisão de vida ou morte, tomada por sua própria vontade. Mas a criatura não estava em parte alguma. Desaparecera como um rato num buraco, na incessante agitação dessa cidade imensa. Decepcionada, mas não sem esperanças, ela voltou ao meio-dia para casa, para logo depois do almoço reiniciar a procura vã. Mais uma vez andou pelas ruas e agora, sem encontrar nada, voltou a crescer nela o horror a que quase se desabituara. Não era mais a mulher nem o anel o que a inquietava, mas o terrível aspecto secreto de todos esses encontros que a lógica não explicava. Aquela criatura descobrira o nome dela e seu endereço como por magia, conhecia todos os seus horários e condições em sua casa, viera sempre nos momentos mais perigosos e assustadores, e no instante mais desejado de repente sumira. Tinha de estar em algum lugar naquela agitação enorme, perto mas mesmo assim inatingível sempre que a gente a buscava, e essa ameaça informe, essa incompreensível proximidade da chantagista, bem perto de sua vida mas mesmo assim inalcançável, deixava a mulher abatida, impotente e entregue àquele medo cada vez mais místico. Era como se forças mais altas se houvessem conjurado diabolicamente para liquidar com ela, de tal maneira aquela confusão de acasos hostis zombava da sua fragilidade. Já nervosa, com passo febril, ela ainda corria pela mesma rua, acima e abaixo. Como uma puta, pensou. Mas a criatura continuava invisível. Só a escuridão agora descia ameaçadora, a noite de primavera, precoce, desfazia as cores claras do céu numa sombra suja, a noite caía depressa. Lampiões acenderam-se nas ruas, a torrente humana corria mais veloz, voltando às suas casas, toda a vida parecia desaparecer numa corrente escura. Ela andou de um lado a outro mais algumas vezes, espreitou ainda a rua com uma última esperança, depois dirigiu-se para sua casa. Estava com frio.

Subiu, cansada. Ouviu que no quarto botavam as crianças na cama, mas evitou dar-lhes boa-noite. Despedir-se por uma noite pensando na noite eterna? Para que ainda ver as crianças? Para sentir uma felicidade serena em seus beijos alegres, e amor em seus rostos claros? Para que martirizar-se com uma alegria já perdida? Cerrou os dentes: não, não queria sentir mais nada da vida, nada mais do que era bom e risonho e que a prendia com muitas lembranças, pois no dia seguinte teria de rasgar todo esse tecido com um ímpeto só. Agora queria pensar só no que era repulsivo, no feio, no ordinário, no funesto, na chantagista, no escândalo, em tudo o que a levava em direção ao abismo.

A volta do marido interrompeu suas reflexões sombrias e solitárias. Esforçando-se amavelmente para manter uma conversa animada, ele procurou aproximar-se dela pela palavra, e fez uma porção de perguntas. Ela pensava ver certo nervosismo nessa solicitude súbita, mas não queria conversar, lembrando a conversa do dia anterior. O medo a impedia de comunicar-se pelo afeto, de deixar-se prender pela simpatia. Ele pareceu sentir sua resistência e estava preocupado. Ela temeu mais uma vez que essa preocupação os aproximasse mais e despediu-se cedo para dormir.

– Até amanhã – respondeu ele. E ela saiu da sala.

Amanhã: como estava perto, e como era infinitamente remoto! Incrivelmente longa e escura lhe pareceu a noite insone. Aos poucos foram rareando os ruídos da rua, e nos reflexos no quarto ela viu os lampiões apagando-se lá fora. Por vezes pensou sentir a respiração, ali perto, nos outros quartos, a vida dos filhos, o marido, e o mundo tão próximo e já distante, quase desaparecido; mas ao mesmo tempo havia um indizível silêncio que não vinha da natureza, não vinha de fora, mas de dentro, de uma fonte que rumorejava, misteriosa. Sentia-se encaixotada num infinito silêncio e no escuro céu invisível em seu peito. Por vezes os relógios pronunciavam alto um número na treva, e a noite era negra e morta, mas pela primeira vez ela pensou entender o sentido dessa escuridão interminável e vazia. Não refletia mais sobre despedida e morte, mas apenas em como refugiar-se nelas e poupar o mais possível as crianças e a si mesma do opróbrio do sensacionalismo. Recordou todos os caminhos que conduziam à morte, pensou em todas as possibilidades de se destruir, até que recordou, com uma espécie de susto alegre, que o médico lhe prescrevera morfina durante uma enfermidade dolorosa que provocava insônia, e que aquela vez ela tomara em gotas o veneno doce-amargo, de um frasquinho cujo conteúdo, tinham-lhe dito, bastava para fazer alguém adormecer suavemente. Ah, não ser mais perseguida, poder descansar, repousar no infinito, não mais sentir os golpes do medo no coração! A idéia de adormecer suavemente atraiu a insone, pensava já sentir o gosto amargo nos lábios e a noite macia dos sentidos. Levantou-se depressa e acendeu a luz. O frasquinho, que logo achou, estava apenas meio cheio; receou que não bastasse. Remexeu febrilmente as gavetas até finalmente encontrar a receita que possibilitava preparar uma quantidade maior. Dobrou o papel sorrindo, como se fosse um dinheiro valioso: agora estava com a morte nas mãos. Com um calafrio, e ainda assim tranqüila, quis voltar para a cama, mas então, passando pelo espelho iluminado, envolta na camisola branca como numa mortalha, sentiu horror, apagou a luz e fugiu para a cama solitária, com frio, e ficou deitada insone até o amanhecer.

De manhã queimou toda a sua correspondência, ordenou toda a sorte de pequenas coisas, mas evitou ao máximo ver as crianças e tudo o que amava. Agora queria apenas impedir que a vida se agarrasse a ela com prazer e sedução dificultando ainda mais, com uma hesitação inútil, a decisão tomada. Depois saiu mais uma vez para a rua, tentou mais uma vez o destino, quem sabe encontraria a chantagista. Mais uma vez andou incansavelmente pelas ruas, mas não mais com aquela tensão incrível. Algo dentro dela já estava cansado, não queria mais lutar. Caminhou e caminhou por duas horas como por um dever de consciência. A criatura não estava em parte alguma. E não lhe doía mais. Quase nem desejava mais esse encontro, tão fraca se sentia. Olhava bem no rosto das pessoas e todos lhe pareciam estranhos, todos mortos e inanimados. Tudo aquilo já estava distante e perdido, não lhe pertencia mais.

Só uma vez teve um sobressalto. E foi como se do outro lado da rua sentisse de repente na multidão o olhar do marido, aquele olhar singular, duro e penetrante que só vira recentemente. Aborrecida, olhou fixamente para o outro lado, mas o vulto desaparecera rápido atrás de um carro que passava, e ela se acalmou pensando que a essa hora ele sempre estava ocupado no tribunal. Seu senso de horário ficou perturbado naquela excitação de quem procura, e chegou atrasada para o almoço. Mas ele também ainda não estava lá, como habitualmente, veio dois minutos depois, um pouco nervoso, pensou ela.

Agora contava as horas até a noite e assustou-se vendo como ainda faltavam muitas, como era estranho aquilo, como precisava de pouco tempo para a despedida, como lhe parecia ter pouco valor tudo o que não podia ser levado junto. Sentiu uma espécie de sonolência. Mecanicamente voltou à rua, andando ao léu, sem pensar nem olhar. Numa esquina um cocheiro freou no último instante os cavalos, o varal parou bem diante dela. O cocheiro praguejou coisas vulgares, ela nem se virou: teria sido salvação ou adiamento? Um acaso teria poupado sua decisão final. Continuou andando, cansada: fazia bem não pensar em nada, só sentindo no íntimo aquela sombria sensação de fim, um nevoeiro que baixa mansamente e oculta todas as coisas.

Quando casualmente levantou os olhos para ver o nome da rua, teve um sobressalto: em sua andança confusa, por acaso chegara quase diante da casa do ex-amante. Seria um sinal? Talvez ele ainda pudesse ajudar, devia saber o endereço da criatura. Ela quase tremeu de alegria. Como não pensara nisso, nessa coisa tão simples? De repente voltou a sentir o corpo ágil, a esperança animava seus pensamentos vagarosos, que agora emergiam enredados. Ele tinha de ir com ela até a criatura, e acabar com aquele assunto de uma vez por todas. Precisava ameaçá-la, qualquer coisa que interrompesse as chantagens, talvez uma certa quantia bastasse para afastá-la da cidade. De repente lamentou ter tratado tão mal o pobre rapaz ainda recentemente, mas ele a ajudaria, estava certa disso. Que estranho que a salvação viesse agora, na última hora.

Correu depressa escadas acima e tocou a campainha. Ninguém abriu. Escutou: pareceu-lhe ter ouvido passos cautelosos atrás da porta. Tocou de novo. Novamente, silêncio. E, novamente, rumor baixinho lá dentro. Isso a fez perder a paciência: tocou sem parar, afinal tratava-se de sua vida.

Finalmente algo se mexeu atrás da porta, a fechadura estalou, uma fresta estreita abriu-se.

– Sou eu – disse ela depressa.

Ele abriu a porta, como se tivesse levado um susto.

– É você... a senhora... cara senhora – gaguejou ele, visivelmente constrangido. – Eu estava... perdão... eu não estava preparado... para a sua visita... perdoe meus trajes.

E apontou para a camisa meio aberta, sem colarinho.

– Preciso urgentemente falar-lhe... tem de me ajudar – disse ela, nervosa, porque ainda estava no corredor como uma mendiga. – Pode me deixar entrar e me ouvir por um minuto? – acrescentou, irritada.

– Por favor – murmurou ele, envergonhado, lançando um olhar para o lado –, agora estou... não posso...

– Mas tem de me ouvir. Afinal, é tudo culpa sua. Você tem o dever de me ajudar... tem de me conseguir aquele anel de volta... ou pelo menos me diga o endereço... Ela está sempre me perseguindo, e agora desapareceu... Você precisa, está ouvindo, precisa fazer isso...

Agora ele a encarou fixamente. Só então ela percebeu que estava arquejando palavras sem sentido.

– Ah, claro... Você não sabe... Pois então, sua amante, a anterior, aquela criatura que certa vez me viu sair daqui e desde então me persegue e me chantageia... Ela está me torturando até a morte... Agora pegou meu anel, e preciso tê-lo de volta. Preciso dele até esta noite, eu já lhe disse, esta noite... Você quer me ajudar...

– Mas... mas eu...

– Quer ou não?

– Mas eu não conheço nenhuma pessoa. Não sei de quem está falando. Nunca tive relação com chantagistas.

Ele foi quase rude.

– Então... você não a conhece. Ela inventou tudo do nada. Sabe o seu nome e conhece meu endereço. Talvez nem seja verdade que me chantageia. Talvez eu esteja apenas sonhando.

Ela deu uma risada estridente. O rapaz estava ficando inquieto. Por um momento pensou que ela podia ter enlouquecido, tal a fulguração em seus olhos. Sua postura era estranha, as palavras, sem nexo. Olhou em torno, amedrontado.

– Por favor, acalme-se. Cara senhora... eu lhe asseguro que está enganada... é totalmente impossível, deve ser... Não, eu mesmo não entendo. Não conheço mulheres desse tipo. As duas relações que tive aqui na cidade, no pouco tempo desde que cheguei, não são desse tipo... Não vou dar nomes, mas... mas é ridículo... Eu lhe asseguro que deve ser um engano.

– Então não quer me ajudar?

– Mas claro que quero... se puder.

– Então... venha. Vamos procurá-la juntos...

– Mas quem... quem?

Ele sentiu de novo a sensação apavorante de que ela enlouquecera, quando lhe pegou pelo braço.

– Até ela... Você quer ou não quer?

– Claro, claro... – A suspeita dele era cada vez mais forte, pela avidez com que ela insistia. – Claro... claro...

– Então, venha... É caso de morte!

Ele se conteve para não sorrir. Depois, de repente, formalizou-se.

– Perdoe, cara senhora, mas no momento não posso. Estou com aula de piano... agora não posso interromper...

– Ah, é... ah, é... – ela deu uma risada estridente na cara dele –, então você dá aulas de piano... em mangas de camisa... seu mentiroso.

E subitamente, tomada por uma idéia, ela se precipitou para diante. Ele tentou detê-la.

– Então é aqui que está a chantagista, com você? Quem sabe afinal estão metidos nisso juntos. Quem sabe dividem tudo o que ela tirou de mim. Mas eu vou pegá-la. Agora não tenho mais medo de nada.

Falava aos gritos. Ele a segurou, mas ela lutou, libertou-se e correu para a porta do quarto.

Um vulto recuou, alguém obviamente escutara atrás da porta. Irene fitou perplexa uma mulher desconhecida com roupa em desalinho, que desviou logo o rosto. O amante correra atrás para deter Irene, procurando impedir uma desgraça, pois achava que ela tinha ficado louca, mas ela saiu outra vez do quarto.

– Perdão... – murmurou. Agora estava totalmente confusa. Não entendia mais nada, sentia apenas nojo, um nojo infinito, e um grande cansaço.

– Perdão – repetiu, vendo o olhar inquieto dele. – Amanhã... amanhã você vai entender tudo... Quer dizer, eu... eu mesma não entendo mais nada.

Falava com ele como com um estranho. Nem se lembrava de que um dia pertencera àquele homem, mal sentia seu próprio corpo. Agora tudo estava muito mais confuso do que antes, ela só sabia que alguém estava mentindo. Mas estava cansada demais para pensar, cansada demais para olhar. De olhos fechados, desceu a escada como um condenado no cadafalso.

***

Quando ela saiu, a rua estava escura. Talvez, ocorreu-lhe, ela agora esteja esperando lá do outro lado, talvez no último momento ainda chegue a salvação. Teve vontade de pôr as mãos e rezar para algum Deus esquecido. Ah, poder comprar só aqueles poucos meses, os dois meses até o verão, e viver neles, em paz, em algum lugar onde a chantagista não a pudesse alcançar, entre prados e campos; só um verão, mas tão pleno e cheio que valesse mais do que uma vida inteira. Pensou ver um vulto à espreita numa porta de casa, mas quando se aproximou o vulto se recolheu dentro da treva. Por um momento pensou que era alguém parecido com o marido. Naquele dia pela segunda vez teve medo de sentir subitamente na rua a presença dele e o seu olhar. Deteve o passo para convencer-se, mas o vulto desaparecera nas sombras. Prosseguiu inquieta, na nuca uma sensação estranhamente tensa como de um olhar que a queimasse por trás. Uma vez ainda se virou. Mas não se via ninguém.

A farmácia ficava perto. Entrou com um leve calafrio. O farmacêutico pegou a receita e pôs-se a aviá-la. Naquele minuto ela analisou tudo, a balança lustrosa, os minúsculos pesos, as pequenas etiquetas e em cima, no armarinho, as fileiras de essências com estranhos nomes latinos, que soletrou inconscientemente com o olhar. Ouviu o relógio tiquetaquear, sentiu o aroma singular, esse cheiro gorduroso e adocicado de remédios, e de repente recordou-se que, quando criança, sempre pedia à mãe que a deixasse apanhar remédios na farmácia porque apreciava aquele odor e a visão estranha das muitas tigelinhas faiscantes. E recordou, horrorizada, que não se despedira da mãe, e sentiu uma piedade imensa pela pobre mulher. Como haveria de se assustar, pensou horrorizada, mas o farmacêutico já media as gotas claras do pote barrigudo passando-as para um frasquinho azul. Ela viu, rígida, a morte passar do pote para o frasco menor, de onde em breve circularia em suas veias, e uma sensação de frio perpassou seus membros. Numa espécie de estado hipnótico, ela fitava os dedos dele, que agora enfiavam a rolha no vidro cheio e colavam o rótulo na perigosa superfície redonda. Todos os sentidos dela estavam absortos naquele pensamento cruel.

– Duas coroas, por favor – disse o farmacêutico.

Ela despertou de sua paralisia e olhou em torno, estranhando tudo. Depois botou mecanicamente a mão na bolsa para apanhar o dinheiro. Tudo ainda lhe parecia um sonho, olhou as moedas sem as reconhecer logo, e hesitou no cálculo.

Nesse momento sentiu seu braço nervosamente empurrado de lado e escutou moedas tilintando na bacia de vidro. Uma mão estendeu-se ao lado dela e pegou o frasquinho.

Ela se virou, sem querer. Seu olhar ficou paralisado. Era o marido, parado ali com os lábios fortemente cerrados. Seu rosto estava branco, e o suor brilhava em sua testa. Ela sentiu que ia desmaiar e teve de segurar-se na mesa. De repente compreendeu que fora ele que vira na rua e que espreitara na porta de uma casa. Tinha adivinhado que era ele, e lembrou-se disso, confusa, num segundo.

– Venha – disse ele com a voz abafada e contida. Ela o encarou, e num lugar muito profundo e sufocado de sua consciência recordou que afinal pertencia a ele. E seu passo o seguiu sem que ela mesma se desse conta.

Andaram lado a lado pela rua. Mas não se olhavam. Ele ainda segurava o frasquinho na mão. Uma vez parou e limpou a testa úmida. Involuntariamente também ela freou o passo, sem querer, sem notar. Mas não se atreveu a olhar para ele. Ninguém dizia uma palavra, os rumores da rua pairavam entre eles.

Ele a deixou andar à frente na escada da entrada da casa. E imediatamente, não o sentindo a seu lado, ela começou a oscilar. E parou. Ele a sustentou pelo braço. Esse toque a assustou, e subiu correndo os últimos degraus.

Entrou no quarto. Ele foi atrás. As paredes rebrilhavam escuras, mal se viam os objetos. Ainda não tinham pronunciado uma palavra. Ele abriu num arranco o papel do embrulho, desarrolhou o frasquinho e botou fora o conteúdo. Depois jogou-o com força num canto. Ela estremeceu ouvindo o ruído.

Calavam-se, e calavam-se. Ela sabia que ele se controlava, sentia sem ver. Finalmente ele se aproximou. Perto, muito perto. Ela sentia sua respiração pesada, e com seu olhar fixo e enevoado viu os olhos dele faiscando na escuridão do quarto. Esperou que a raiva dele se desencadeasse, esperou apavorada e hirta o toque duro de sua mão. O coração de Irene parou de bater, só os nervos vibravam como cordas muito tensas; tudo aguardava o castigo, ela quase desejava a ira do outro. Mas ele continuava calado, e com um espanto infinito ela sentiu que ele não a interpelaria com violência.

– Irene – disse ele, a voz estranhamente macia. – Quanto tempo ainda vamos nos atormentar?

Então de repente, convulsivamente, tudo irrompeu dela com um ímpeto poderosíssimo, como um único grito insensato e animal finalmente jorrou dela todo aquele soluço contido e reprimido todas aquelas semanas. Era como se uma mão furiosa a agarrasse por dentro e a sacudisse com tamanha força que ela balançava como bêbada, e teria caído se ele a não segurasse.

— Irene — apaziguava ele. — Irene, Irene... — Cada vez mais baixo, repetindo o seu nome de modo tranqüilizador, como se com aquele tom doce da voz pudesse abrandar o ímpeto desesperado dos nervos dela. Mas apenas os soluços lhe respondiam, selvagens ondas de dor que perpassavam todo o corpo dela. Ele conduziu, carregou o corpo trêmulo até o sofá e deitou-a. Mas os soluços não paravam. O choro convulsivo sacudia o corpo como choques elétricos, ondas de frio e calafrios pareciam passar no corpo torturado. Insuportavelmente tensos há semanas, os nervos agora rebentavam e a dor disparava desenfreada pelo corpo insensível.

Nervosíssimo, ele segurava-lhe o corpo trêmulo, pegava-lhe as mãos geladas, beijou-lhe o vestido e a nuca, primeiro buscando acalmar mas depois loucamente, cheio de medo e paixão; o vulto encolhido continuava sacudido por tremores, e do seu interior rolava aquela onda de soluços finalmente liberada. Ele apalpou-lhe o rosto, estava fresco, molhado de lágrimas, e sentiu as veias pulsando nas têmporas. Foi então tomado de um medo indizível. Ajoelhou-se para falar mais perto do rosto dela.

— Irene — disse ele, afagando-a —, por que está chorando assim? Acabou, meu bem, pronto... Por que se tortura tanto? Não tenha mais medo... Ela não virá nunca mais, nunca mais...

O corpo dela estremeceu de novo, e ele a segurou com as duas mãos. Sentindo esse desespero romper o corpo torturado, ele sentiu medo, como se a estivesse assassinando. Beijava-a muitas vezes, gaguejando confusos pedidos de perdão.

— Não... nunca mais... juro... Eu não podia imaginar que você se assustaria tanto... Só queria chamar... chamar você de volta para o seu dever... para que você se afastasse do outro... para sempre... e voltasse para nós... Eu não tinha outra saída quando por acaso soube... Eu mesmo não podia lhe dizer. Pensei... sempre pensei que você viria... por isso mandei aquela pobre criatura para que a empurrasse. É uma pobre criatura, uma atriz desempregada... Ela não fez isso com gosto, mas eu quis... e vejo que fui injusto... mas eu queria você de volta... Sempre lhe mostrei que estava disposto... que só quero perdoar, mas você não me entendia... mas assim... a esse ponto eu não queria chegar... Sofri mais vendo tudo isso... Observei cada um de seus passos... só por causa das crianças, sabe, por causa delas eu precisava forçar você... Mas já passou... agora tudo vai ficar bem de novo.

Ela escutava vagamente como de muito longe palavras que soavam perto, mas não as entendia. Dentro dela havia um tumulto que reboava mais alto do que tudo, um tumulto dos sentidos em que qualquer sentimento desaparecia. Sentiu que ele tocava sua pele, beijos, carícias, e suas próprias lágrimas já frias, mas dentro o sangue retumbava num tom abafado e cheio de ecos, que crescia poderosamente e agora trovejava como sinos desvairados. Depois ela foi perdendo qualquer contato com a realidade. Despertando de seu desmaio, atordoada, viu, como através de muitas nuvens, o rosto do marido, bondoso e preocupado. Depois tombou na escuridão, no sono tão desejado, negro e sem sonhos.

***

Quando abriu os olhos na manhã seguinte, estava claro no quarto. E sentiu claridade dentro de si, sem nuvens, como se uma tempestade tivesse limpado seu sangue. Tentou recordar o que acontecera, mas tudo ainda parecia um sonho. Tinha uma sensação irreal, leve e livre como, quando em sonho, se flutua pelos aposentos; e para ter certeza de que estava realmente acordando apalpou as próprias mãos.

De repente sobressaltou-se: o anel faiscava em seu dedo. De repente estava bem lúcida. As palavras confusas que escutara meio desmaiada mas não ouvira bem, um vago pressentimento que não ousara tornar-se pensamento e suspeita, entrelaçavam-se de repente num contexto claro. Súbito, entendeu tudo, as perguntas do marido, o espanto do amante, tudo se desenrolava e ela via a rede cruel em que fora enredada. Ficou amargurada, e envergonhada, seus nervos começaram a tremer de novo e quase se arrependeu de ter acordado daquele sono sem sonhos nem medo.

Então um riso soou do quarto ao lado. As crianças tinham-se levantado e corriam fazendo barulho, como passarinhos ao amanhecer. Reconheceu nitidamente a voz do menino e, espantada, sentiu pela primeira vez como era parecida com a do pai. Um leve sorriso cobriu seus lábios e lá repousou. Sentou-se de olhos cerrados para saborear profundamente tudo isso que fora a sua vida e que agora era também sua felicidade. Algo em seu interior ainda doía um pouco, mas era uma dor promissora, ardente porém branda, como as feridas que queimam antes de cicatrizarem para sempre.

Amok

Tradução de Pedro Süssekind

Em março de 1912 aconteceu, no porto de Nápoles, durante o descarregamento de um vapor transatlântico, um incidente notável, sobre o qual os jornais trouxeram relatos extensos, porém exagerados e fantasiosos. Embora eu fosse passageiro do *Oceania*, tanto para mim quanto para os demais não foi possível testemunhar aquele caso estranho, porque ele se deu de madrugada, enquanto se embarcava carvão e se desembarcava a carga. Para escapar do barulho do descarregamento, todos nós estávamos em terra, passando o tempo nos cafés ou nos teatros. Entretanto, minha opinião pessoal é de que algumas suposições que não anunciei publicamente na época do incidente contêm a verdadeira explicação daquela cena comovente, e a distância dos anos me permite fazer uso da confidência de uma conversa que ocorreu imediatamente antes desse episódio peculiar.

Quando, na agência de viagens marítimas de Calcutá, quis reservar um lugar no navio *Oceania* de volta para a Europa, o funcionário deu de ombros, lamentando. Disse que não sabia se ainda seria possível garantir uma cabine para mim, afirmou que naquele período, logo antes do início da estação de chuvas, o navio sempre costumava sair da Austrália com todos os lugares vendidos, de modo que precisava primeiro esperar um telegrama de Cingapura. No dia seguinte, ele me comunicou, com ar alegre, que ainda poderia providenciar um lugar para mim, mas evidentemente era uma cabine não muito confortável, sob o convés, na parte do meio do navio. Eu já estava impaciente para voltar, por isso fiz a reserva da cabine após uma hesitação não muito longa.

O funcionário me informara corretamente. O navio estava superlotado, e a cabine era ruim, não passava de um canto apertado perto da casa de máquinas, iluminado apenas pela fresta embaçada de uma escotilha. O ar carregado e estagnado tinha cheiro de óleo e mofo; não se podia escapar nem por um instante do ventilador elétrico, que girava zunindo sobre a cabeça do passageiro, como um morcego brilhante enlouquecido. De baixo vinha o barulho das máquinas, que crepitavam e gemiam como um carregador de carvão que subisse sem cessar a mesma escada; de cima, ouvia-se incessantemente o ir e vir arrastado dos passos no convés de passeio. Assim, logo após ter guardado a mala naquele túmulo mofado com traves cinzentas, fugi de volta para o convés e, saindo das profundezas, embriaguei-me do aroma suave do vento sul, que soprava sobre as ondas, vindo do continente.

No entanto, o convés também estava repleto de aperto e inquietação: havia um turbilhão tumultuado de pessoas que, com um nervosismo trêmulo de inatividade acumulada, não paravam de tagarelar enquanto andavam para lá e para cá. Por algum motivo, sentia-me mal com o arrulho dos gracejos entre as mulheres, com o vaivém apressado no espaço estreito do convés, onde aquela multidão vagava diante das espreguiçadeiras, numa inquietação indiscreta, para incessantes reencontros das mesmas pessoas. Eu havia visto um novo mundo, absorvido imagens que se misturavam depressa num movimento intenso. Agora, queria refletir sobre isso, distribuir, ordenar o que vira, dar forma, pela imaginação, ao que ainda estava quente no olhar; mas ali, naquele bulevar abarrotado, não havia um minuto de paz e descanso. As linhas num livro se desordenavam diante das sombras fugidias das pessoas que passavam conversando. Era impossível estar sozinho consigo mesmo nesse beco ambulante do navio, para o qual não havia escapatória.

Por três dias, tentei me concentrar; olhava resignado para as pessoas, para o mar, mas o mar permanecia sempre o mesmo, azul e vazio, só no pôr do sol se pintava de repente com todas as cores. E as pessoas eu já conhecia de cor depois de três vezes vinte e quatro horas. Cada rosto me era familiar a ponto de me deixar enfastiado, o riso agudo das mulheres me irritava, as discussões ruidosas de dois oficiais holandeses a meu lado era insuportável. Assim, só restava a fuga: contudo, a cabine era quente e abafada, e no salão algumas meninas inglesas exercitavam sem cessar sua falta de jeito ao piano, tocando valsas entrecortadas. Por fim, decidi trocar o dia pela noite e durante a tarde me recolhi à cabine, lá embaixo, depois de ter me embriagado com alguns copos de cerveja, para dormir enquanto durassem lá em cima o jantar e a dança.

Quando acordei, o caixão que era aquela cabine estava escuro e abafado. Como eu tinha desligado o ventilador, o próprio ar parecia gorduroso e úmido como o suor na minha testa. Meus sentidos estavam de algum modo embotados: precisei de alguns minutos para me situar no tempo e no espaço. Já devia passar de meia-noite, pois eu não ouvia nem a música nem o ruído apressado dos passos; apenas as máquinas, o coração pulsante do Leviatã, impeliam, ofegando, o corpo barulhento do navio na direção do invisível.

Tateei escada acima até o convés. Estava vazio. Quando ergui o olhar por sobre a torre de fumaça da chaminé e os mastros metálicos fantasmagóricos, uma claridade mágica ofuscou de súbito meus olhos. O céu reluzia. Ele era escuro em contraste com as estrelas, que o salpicavam de branco, no entanto reluzia; era como se uma cortina de veludo encobrisse uma luz imensa, como se as estrelas fossem apenas orifícios e fendas através das quais brilhava aquela claridade indescritível. Eu nunca havia visto um céu como naquela noite, tão reluzente, cheio de um brilho azul imóvel, porém cintilante, com a luz escorrendo, derramando-se, brotando, uma luz que parecia despontar da lua e das estrelas, encoberta, e de algum modo arder a partir de um interior misterioso. Como laca branca, todos os contornos do navio cintilavam de maneira deslumbrante à luz da lua, contra o mar de um escuro fechado; as amarras, as vergas, os apetrechos, todas as linhas do navio estavam dissolvidas nesse brilho flutuante: as luzes no mastro e o posto de vigia redondo pareciam como que suspensos no vazio, estrelas amarelas terrestres entre as radiosas estrelas do céu.

Diretamente acima de minha cabeça se encontrava a constelação mágica, o Cruzeiro do Sul, presa com pregos reluzentes de diamante no invisível, aparentemente oscilando, quando era apenas o navio que, vibrando um pouco, como um gigantesco nadador de respiração forte, movia-se para cima e para baixo, para cima e para baixo, atravessando as ondas escuras. Fiquei parado, com o olhar voltado para o alto: era como num banho em que a água morna cai sobre a gente, só que em vez da água era luz que, branca e também tépida, cobria com suavidade minhas mãos, os ombros, a cabeça, e parecia de algum modo se dirigir para dentro, pois tudo o que havia de abafado em mim de repente se iluminara. Respirei livremente e, bem-aventurado, senti nos meus lábios o ar como uma bebida clara, o ar suave, fermentado, levemente embriagante, no qual havia o cheiro de frutas, o perfume de ilhas distantes. Então, naquele momento, pela primeira vez desde que havia embarcado, apoderou-se de mim o desejo sagrado de sonhar e aquele outro, mais sensorial, feminino, de entregar meu corpo a essa suavidade que me cercava. Queria deitar e erguer os olhos para os hieróglifos brancos. Mas as poltronas e cadeiras do convés já estavam guardadas, em ponto algum do convés de passeio vazio se encontrava um local para um descanso sonhador.

Ainda tateando, avancei pouco a pouco em direção à proa do navio, inteiramente ofuscado pela luz, que parecia sair dos objetos com intensidade cada vez maior e penetrar em mim. Ela já quase doía, essa luz estrelar branca como cal, ardente, e eu tinha necessidade de me recolher a algum lugar na sombra, estendido numa espreguiçadeira, para sentir a luz não em mim, mas sobre mim, refletida nas coisas, assim como se vê uma paisagem a partir de um quarto escurecido. Finalmente, tropeçando nos cabos, passando pela catraca de ferro, cheguei à ponta da embarcação e observei, lá embaixo, como a extremidade da proa batia no mar negro, e a luz da lua dissolvida se espraiava pelos dois lados do casco. De novo e de novo, aquele arado se alçava e afundava no torrão líquido negro, e eu sentia toda a dor do elemento vencido, sentia todo o prazer da força terrestre nesse jogo resplandecente. Assim, perdi a noção do tempo. Foi uma hora que passei ali de pé, ou foram apenas alguns minutos? No seu sobe-e-desce, a gigantesca balança do navio me lançava para além do tempo. Senti apenas que veio o cansaço, e ele era como uma volúpia. Queria dormir, sonhar; contudo, não queria ir embora daquela magia, de volta para o meu túmulo. Involuntariamente, mexendo o pé, encontrei no chão um feixe de corda. Sentei-me ali, de olhos fechados e no entanto não inteiramente no escuro, pois sobre eles, sobre mim, irrompia o brilho prateado. Lá embaixo, percebia o murmúrio suave da água; acima de mim, com uma ressonância inaudível, a correnteza branca deste mundo. Pouco a pouco, aquele murmúrio tomou conta do meu sangue: não sentia mais meu próprio corpo, não sabia se aquela respiração era minha ou do coração do navio, batendo ao longe, enquanto eu era levado pela correnteza desse murmúrio incansável do mundo noturno.

Uma tosse seca, baixa, bem perto de mim despertou-me. O susto me tirou dos meus sonhos já quase delirantes. Meus olhos, ofuscados pela luminosidade branca sobre as pálpebras até aquele momento fechadas, tentavam enxergar algo: bem à minha frente, na sombra do parapeito, havia o brilho de alguma coisa que poderia ser o reflexo de uma lente de óculos. Em seguida, tornou-se visível uma centelha redonda, a brasa de um charuto. Ao me sentar, com os olhos voltados apenas para a espuma vinda do casco e, acima, para o Cruzeiro do Sul, evidentemente não havia notado esse vizinho, que com certeza já estava sentado ali durante todo aquele tempo. Sem pensar, ainda com os sentidos embotados, eu disse em alemão:

– *Verzeihung!*[1]

– *Oh, bitte...*[2] – respondeu em alemão a voz vinda do escuro.

Não sou capaz de dizer o quanto isto era estranho e horripilante: o fato de estar sentado lado a lado, no escuro, bem perto de alguém, mas sem conseguir enxergá-lo. Sem saber o porquê, eu tinha a sensação de que o homem me encarava, da mesma maneira que eu o encarava. Mas a luz branca e cintilante acima de nós era tão forte, que nenhum dos dois podia ver nada além da silhueta do outro na sombra. Só conseguia escutar sua respiração e a aspiração sibilante no cachimbo.

---

1. Perdão! (N.T.)

2. Não há de quê. (N.T.)

O silêncio era insuportável. Eu preferiria ter ido embora, mas isso parecia brusco demais, repentino demais. Sem saída para o embaraço, peguei um cigarro. O fósforo se acendeu, e por segundos uma luz trêmula iluminou aquele espaço estreito. Por trás das lentes dos óculos, vi um rosto desconhecido, que nunca vira a bordo, em nenhuma refeição, em nenhum passeio pelo convés. Seja porque a chama repentina fez os seus olhos doerem, seja por uma alucinação minha, esse rosto pareceu horrivelmente contorcido, sombrio, o rosto de um duende. Contudo, antes que eu pudesse perceber claramente os detalhes, a escuridão voltou a engolir os traços iluminados por um instante, e eu voltei a enxergar apenas a silhueta de uma figura, escuro impresso no escuro, e às vezes o anel vermelho do fogo do charuto no vazio. Ninguém disse nada, e esse silêncio era sufocante e opressor como o ar dos trópicos.

Por fim, não consegui mais agüentar. Levantei-me e disse de modo cortês:

– Boa noite.

– Boa noite – foi a resposta saída do escuro, com uma voz áspera, rouca, enferrujada.

Com esforço, segui meu caminho tropeçando pelo cordame ao longo dos mastros. Então ressoaram passos atrás de mim, apressados e inseguros. Era o meu vizinho de logo antes. Sem refletir, parei. Ele não chegou a se aproximar muito, através da escuridão eu sentia um sinal de medo e opressão em seus passos.

– Desculpe – disse ele apressadamente – se lhe faço um pedido. Eu... eu... – gaguejou e, por embaraço, demorou a conseguir retomar o que dizia – eu... eu tenho motivos particulares... inteiramente particulares para me recolher aqui... um caso de luto... evito o contato a bordo... Não me refiro ao senhor... não, não... Queria apenas lhe pedir... O senhor me faria um grande favor se não dissesse a ninguém a bordo que me viu aqui... São... por assim dizer, motivos particulares que me impedem agora de estar junto com as pessoas... e... então... seria lamentável para mim se o senhor mencionasse que alguém aqui, durante a noite... que eu...

Voltou a se interromper, sem conseguir falar. Dissipei depressa sua perturbação ao lhe assegurar que cumpriria seu desejo. Apertamos as mãos. Em seguida, voltei para a minha cabine e dormi um sono pesado, extraordinariamente agitado e perturbado por imagens.

Mantive a minha promessa de não contar a ninguém a bordo a respeito do estranho encontro, embora a tentação não fosse pequena. Pois, numa viagem marítima, o menor detalhe se torna um acontecimento importante, seja ele uma vela no horizonte, um golfinho que salta, um flerte descoberto, uma piada qualquer. Assim, fui atormentado pela curiosidade de saber mais a respeito daquele passageiro incomum. Pesquisei as listas de passageiros do navio à procura de um nome que pudesse ser o dele, observei as pessoas para verificar se poderiam ter alguma relação com ele: durante o dia inteiro fui tomado por uma paciência irritadiça, e na verdade apenas esperei a chegada da noite, a fim de saber se o encontraria de novo. Assuntos psicologicamente enigmáticos possuem um poder inquietante sobre mim; agita-me o sangue a ânsia de encontrar as pistas de conexões não-suspeitadas, e pessoas estranhas são capazes, por sua mera presença, de me levar a uma paixão de querer saber, uma paixão que, no meu caso, não é muito menor do que a paixão de querer ter uma mulher. O dia foi longo e vazio, como que se desfazendo em meus dedos. Fui para a cama cedo: sabia que iria acordar à meia-noite, que algo me despertaria.

E, de fato, acordei aproximadamente na mesma hora do dia anterior. No mostrador do relógio, os dois ponteiros se cobriam formando um traço luminoso. Com pressa, saí da cabine abafada para a noite ainda mais abafada.

As estrelas brilhavam como na véspera e espalhavam uma luminosidade difusa sobre o navio oscilante; bem lá no alto reluzia o Cruzeiro do Sul. Tudo era como na véspera – nos trópicos, os dias e as noites são mais parecidos do que em nossas esferas –, só que eu não estava acalentado de maneira suave, fluida e sonhadora como na noite anterior. Alguma coisa me atraía, perturbava-me, e eu sabia para onde era atraído: em direção àquele canto escuro na proa, a fim de verificar se ele ainda estava lá sentado, imóvel, aquele ser misterioso. Lá no alto ressoou o sino do navio. Isso me impeliu para frente. Passo a passo, contra a vontade, no entanto atraído, deixei-me levar. Ainda não havia chegado à parte da frente do navio e, de repente, acendeu-se lá na ponta algo como um olho vermelho: o charuto. Portanto ele estava sentado ali.

Sem querer, recuei assustado e permaneci parado. Teria ido embora no instante seguinte. Então houve um movimento no escuro, algo se ergueu, deu dois passos, e de repente ouvi, bem à minha frente, sua voz educada e constrangida.

– Desculpe-me – disse –, o senhor evidentemente quer voltar a seu lugar, e tenho a sensação de que se afastou quando me viu. Por favor, sente-se, já me vou.

Apressei-me, por minha vez, em dizer que ele devia ficar, que eu só havia recuado para não incomodá-lo.

– O senhor não me incomoda – disse, com uma certa amargura –, pelo contrário, fico contente por não estar sozinho. Há dez dias que não falava uma palavra sequer... na verdade, há anos que... e isso é tão difícil, talvez justamente porque a pessoa já está sufocada por reprimir tudo... Não consigo mais sentar na cabine, naquele... naquele túmulo... não consigo mais... e as pessoas eu também não suporto, porque eles não param de rir o tempo todo... Não posso suportar isso agora... escuto o riso até na cabine e tampo os ouvidos... claro, eles não sabem que... ora, eles não sabem, e aliás, em que isso interessa aos estranhos...

Interrompeu-se novamente. E em seguida disse, de modo repentino e apressado:

– Mas não quero importunar o senhor... desculpe a minha tagarelice.

Inclinou-se e quis seguir adiante. Mas insisti em me opor ao desejo dele.

– O senhor não me importuna. Também estou contente por trocar algumas palavras tranqüilas aqui... Aceita um cigarro?

Ele aceitou um, que acendi. Mais uma vez, bruxuleando contra a borda escura do navio, ganhou contornos o rosto, só que agora inteiramente voltado para mim: os olhos por trás dos óculos perscrutavam meu rosto, ávidos e com uma insistência desatinada. Um horror se apoderou de mim. Senti que o homem queria falar, precisava falar. E sabia que eu tinha de me calar para ajudá-lo.

Voltamos a nos sentar. Ele tinha ali uma segunda cadeira, que me ofereceu. Nossos cigarros cintilavam, e pela maneira como o anel iluminado do cigarro dele balançava no escuro, sem se aquietar, vi que sua mão tremia. Mas mantive o silêncio, e ele manteve o silêncio. Em seguida, perguntou de repente, com a voz baixa:

– O senhor está muito cansado?

– Não, de maneira alguma.

A voz vinda do escuro voltou a hesitar:

– Gostaria de lhe fazer uma pergunta sobre algo... quero dizer, gostaria de contar algo para o senhor. Sei, sei exatamente o quanto é absurdo me dirigir ao primeiro que me vem ao encontro, mas... estou... estou numa condição psíquica terrível... estou num ponto em que preciso de qualquer maneira conversar com alguém... não há outra saída para mim... O senhor vai entender isso quando eu... sim, quando eu lhe contar... Sei que o senhor não poderá ajudar... mas estou de alguma maneira doente por me calar... e um doente é sempre ridículo para as outras pessoas...

Interrompi e lhe pedi para não se preocupar. Podia simplesmente me contar... claro que eu não lhe poderia prometer nada, mas temos o dever de oferecer nossa boa vontade. Quando vemos alguém em dificuldades, naturalmente surge o dever de ajudar...

– O dever... de oferecer sua boa vontade... o dever de tentar... Portanto, o senhor quer dizer, o senhor também, que temos o dever... o dever de oferecer nossa boa vontade.

Ele repetiu três vezes a frase. Fiquei horrorizado com a maneira incisiva, amarga, de repetir aquilo. Será que o homem era louco? Será que estava bêbado?

No entanto, como se eu tivesse manifestado essa suposição em voz alta, de repente ele disse com uma voz inteiramente diferente:

– Talvez o senhor me tome por um maluco ou por um bêbado. Não, não sou nada disso... ainda não. Só que as palavras que o senhor disse me tocaram de maneira tão extraordinária... tão extraordinária, porque é justamente isso que me perturba, ou seja, se temos o dever... o dever...

Ele começou novamente a gaguejar. Então parou por um momento e começou com um novo impulso.

– Sou médico. E por isso há tais casos, tais complicações... bem, digamos, situações-limite, nas quais a gente não sabe se tem o dever... quero dizer, o que há não é só um dever com relação às outras pessoas, mas um dever para consigo mesmo, um com relação ao Estado e um para com a ciência... A gente deve ajudar, claro, por isso estamos ali... mas essas máximas são apenas teóricas... Até que ponto a gente deve ajudar?... Aí está o senhor, uma pessoa desconhecida, e eu sou um desconhecido para o senhor, e lhe peço para não contar que me viu... Bom, o senhor não conta, cumpre esse dever... Peço-lhe que converse comigo, porque o silêncio está me matando... O senhor está pronto a me ouvir... bom... Mas isso é fácil... Porém, se eu lhe pedisse para me agarrar e me jogar no mar... então cessaria a solicitude e a vontade de ajudar. Ou seja, em algum ponto acaba isso... no ponto em que começa a própria vida de alguém, sua própria responsabilidade.. em algum ponto é preciso que acabe... em algum ponto esse dever precisa cessar... Ou talvez, justamente no caso dos médicos, ele não devesse cessar? Será que o médico precisa ser o salvador, alguém que ajuda o mundo inteiro, só porque ele tem um diploma com palavras em latim? Será que ele precisa realmente jogar fora sua vida, injetar água em suas veias, quando qualquer um... qualquer um chega e quer que ele seja nobre, prestativo e bondoso? Pois é, em algum ponto cessa o dever... no ponto em que a gente não consegue mais, justamente nesse ponto...

Ele se recompôs e prosseguiu:

– Desculpe-me... falo assim tão agitado... mas não estou bêbado... ainda não estou bêbado... isso também acontece comigo ultimamente com freqüência, confesso ao senhor, nessa solidão infernal... Imagine só, por sete anos vivi quase que apenas entre nativos e animais... então a gente desaprende a falar tranqüilamente. Quando a gente se abre, transborda tudo de uma vez... Mas espere... já sei... queria perguntar, queria expor-lhe um caso para saber se a gente tem o dever de ajudar... ajudar de maneira pura, como um anjo, se a gente... Contudo temo que vá demorar. O senhor realmente não está cansado?

– Não, de maneira alguma.

– Eu... eu lhe agradeço... Não toma algo?

Estendeu a mão para algum lugar atrás dele. Algo tilintou, duas, três garrafas – em todo caso, mais de uma garrafa das que se encontravam a seu lado. Ofereceu-me um copo de uísque, do qual beberiquei um trago, enquanto ele virava o seu de uma vez. Por um momento, fez-se silêncio entre nós. Então bateu o sino do relógio: meia-noite e meia.

– Pois então... eu gostaria de lhe contar um caso. Imagine um médico numa... numa cidade pequena... ou, na verdade, no interior... um médico que... um médico que... – voltou a parar de falar. De repente, puxou a cadeira para perto de mim. – Assim não é possível. Preciso lhe contar tudo logo, desde o início, senão o senhor não vai entender... Não posso relatar isso como um exemplo, como uma teoria... preciso lhe contar o meu caso. Não há vergonha alguma, nada a esconder... diante de mim, as pessoas também andam nuas e me mostram suas sarnas, sua urina e seus excrementos... quando alguém quer ser ajudado, não pode fazer circunlóquios e não pode deixar de falar nada... Portanto, não vou lhe contar nenhum caso de um médico fictício... tiro a minha roupa e digo: eu... desaprendi a ter vergonha nesta solidão medonha, nesta terra amaldiçoada que destroça a alma de uma pessoa e chupa o tutano de seus ossos.

Devo ter feito algum movimento, pois ele se interrompeu antes de retomar a narrativa.

– Ah, o senhor protesta... entendo, o senhor é entusiasmado pela Índia, pelos templos e pelas palmeiras, por todo o romantismo de uma viagem de dois meses. É... dessa perspectiva, são encantadores os trópicos, quando a gente os atravessa de trem, de carro, de jinriquixá.[3] Não foi diferente o que senti quando, há sete anos, cheguei aqui pela primeira vez. Tinha todos os sonhos: queria aprender a língua e ler os livros sagrados no original, queria estudar as doenças, trabalhar cientificamente, aprofundar-me na psique dos nativos – como se diz no jargão europeu –, tornar-me um missionário da humanidade, da civilização. Todos os que chegam sonham o mesmo sonho. Mas, naquela estufa invisível, acaba a força da gente; a febre – por mais que se tenha tomado quinino, acaba-se pegando – ataca até a medula, a gente fica indolente e preguiçoso, fica mole, um molusco. De alguma maneira nós, europeus, somos separados de nossa verdadeira essência quando saímos das cidades grandes para essa maldita estação pantanosa: mais cedo ou mais tarde, todos se perdem, um bebe, outros fumam ópio, outros passam a brigar como bestas-feras – algum tipo de loucura acaba atingindo cada pessoa. Sentimos falta da Europa, sonhamos algum dia voltar a andar numa rua, sentar numa sala clara com paredes de pedra, entre pessoas brancas; ano após ano sonhamos com isso, então chega a época em que teríamos férias e já estamos tomados demais pela inércia para ir. Sabemos que lá fomos esquecidos, somos estranhos, uma concha neste mar, uma concha na qual qualquer um pode pisar. Por isso continuamos, corrompidos e depravados, nessas florestas quentes e úmidas. Maldito dia em que me vendi e fui parar naquele ninho de imundícies...

"Aliás, meu ato não foi tão voluntário assim. Havia estudado na Alemanha, tornara-me um médico, até um bom médico, com um emprego numa clínica de Leipzig;

---

[3]. Carro de duas rodas para transporte de pessoas, puxado por um ou dois homens. (N.T.)

num número antigo do periódico de medicina, fizeram grande estardalhaço por causa de uma nova injeção que fui o primeiro a utilizar. Aconteceu então uma história com uma mulher, uma pessoa que eu conheci no hospital: ela havia enlouquecido tanto seu amante, que ele lhe deu um tiro de revólver, e eu não demorei para ficar tão transtornado quanto ele. Ela tinha um modo de ser, arrogante e frio, que me deixava furioso – mulheres autoritárias e insolentes sempre me tiveram nas mãos, mas essa me dobrava a ponto de quebrar meus ossos. Eu fazia o que ela queria, eu – por que não dizer agora, que se passaram oito anos? – tirei dinheiro do caixa do hospital, e, quando a coisa veio à tona, foi um inferno. Um tio meu ainda conseguiu encobrir o escândalo, mas minha carreira não tinha salvação. Ouvi dizer então que o governo holandês estava contratando médicos para a colônias e oferecia um adiantamento. Ora, achei imediatamente que devia ser uma coisa suspeita, por oferecerem dinheiro adiantado; eu sabia que o número de sepulturas crescia três vezes mais depressa, naquelas plantações assoladas pela febre, do que entre nós, mas quando a gente é jovem acredita que a febre e a morte atacam apenas os outros. Não tive muita escolha, então me encaminhei para Roterdam, assinei um contrato de dez anos, recebi um belo maço de cédulas, enviei a metade para meu tio em casa, a outra metade gastei com uma pessoa no bairro do porto, só porque ela era tão parecida com aquela maldita garota. Sem dinheiro, sem compromissos, sem ilusões, parti então da Europa, e não estava especialmente triste quando deixamos o porto. Naquele tempo, sentava-me no convés, como faz o senhor, como fazem todos, observando o Cruzeiro do Sul e as palmeiras, o coração acelerado – ah, sonhava com florestas, com solidão, com silêncio! Agora, quanto à solidão, tive o bastante. Não me mandaram para

Batavia ou para Surabaya,[4] para alguma cidade em que há pessoas e clubes e golfe e livros e jornais, mas – o nome não vem ao caso – para um distrito qualquer, a dois dias de viagem da cidade mais próxima. Uns poucos funcionários entediados, magros, uns poucos *half-castes*[5], não passava disso minha companhia, além da amplitude da floresta, das plantações, do mato e do pântano.

"No início, ainda era suportável. Dedicava-me aos estudos; certa vez, quando o vice-governador sofreu um acidente de automóvel durante uma viagem de inspeção e arrebentou a perna, realizei sem qualquer auxílio uma operação sobre a qual muito se falou depois. Para me manter ativo, eu colecionava venenos e armas dos nativos e me ocupava com centenas de coisas sem importância. Mas tudo isso só funcionou enquanto a energia da Europa ainda atuava em mim; depois esmoreci. Os poucos europeus me entediavam, parei de circular, passei a beber e a me perder em sonhos solitários. Só me restavam dois anos, depois estaria livre, com uma pensão, e poderia retornar à Europa, recomeçar uma vida. Na verdade, eu nada mais fazia do que esperar, recostar-me e esperar. E estaria sentado assim ainda hoje, se ela não... se aquilo não tivesse ocorrido."

***

A voz na escuridão se interrompeu. Também o charuto não brilhava mais. A quietude era tão grande, que mais uma vez escutei a água que batia na quilha formando espuma e a batida de coração das máquinas ao longe, abafada. Teria gostado de acender um cigarro, mas tinha

---

4. Cidades das Índias Orientais Holandesas, colônia nos territórios da atual Indonésia. (N.T.)

5. Mestiços filhos de indianos com europeus. (N.T.)

medo do clarão do fósforo e do reflexo em seu rosto. Ele se manteve calado. Eu não sabia se tinha terminado, se estava cochilando, se estava dormindo, pois era um silêncio de morte.

Então o sino do navio deu uma badalada forte: uma hora. Ele se sobressaltou; voltei a ouvir o copo tilintar. Obviamente, estendia a mão para trás, em busca do uísque. Um gole se fez ouvir baixinho – em seguida, subitamente a voz recomeçou, mas agora como que mais tensa, mais exaltada.

– Bem... Espere... bem, foi assim. Eu estava lá sentado na minha teia, sentado como uma aranha na teia, impassível, fazia já meses. Foi justamente no fim da estação das chuvas, quando, por semanas e semanas, a água escorria no telhado; ninguém viera, nenhum europeu; dia após dia eu ficava sentado ali, com minhas mulheres amarelas pela casa e meu bom uísque. Naquele tempo, eu estava muito *down*[6], doente de nostalgia da Europa; se lia qualquer romance que falasse de ruas claras e mulheres brancas, meus dedos começavam a tremer. Não sou capaz de descrever o estado, é uma espécie de doença tropical, uma nostalgia furiosa, febril e contudo sem força, que às vezes acomete a gente. Era assim que eu ficava naquele tempo, sentado ali, acho que debruçado sobre um Atlas, sonhando com viagens. Então batem na porta de maneira exaltada, o garoto está lá fora, e uma das mulheres, ambos com os olhos totalmente arregalados pelo susto. Fazem gestos para me avisar: uma dama está ali, uma *lady*, uma mulher branca.

"Levanto-me sobressaltado. Não ouvi nenhum carro chegar, veículo algum. Uma mulher branca aqui nesta selva?

---

6. Deprimido. (N.T.)

Amok

"Quero descer a escada, mas ainda me detenho. Uma olhada no espelho, apressadamente me ajeito um pouco. Estou nervoso, inquieto, por algum motivo perturbado por um pressentimento desagradável, pois não conheço ninguém neste mundo que viria me procurar só por amizade. Finalmente desço.

"Na ante-sala a dama me espera e vem ao meu encontro apressada. Um véu fechado esconde seu rosto. Quero cumprimentá-la, mas ela me dirige a palavra depressa:

"– Bom dia, doutor – diz ela em inglês de modo fluente (um tanto fluente demais e como se as palavras tivessem sido decoradas). – Perdoe-me por chegar assim. Mas estávamos agora mesmo no posto, nosso carro ficou parado lá – por que ela não veio de carro é a pergunta que passa por minha cabeça num átimo –, então lembrei que o senhor mora aqui. Já ouvi tanto falar do senhor, foi uma verdadeira mágica o que o senhor fez com o vice-governador, a perna dele está *allright*[7], sem qualquer problema, ele está jogando golfe como antes. Ah, sim, lá embaixo se fala de tudo, e todos nós queríamos dar em troca nosso cirurgião resmungão e mais dois outros, se o senhor fosse trabalhar para nós. Ora, por que não vemos o senhor lá embaixo?, vive aqui como um iogue...

"Ela continua a tagarelar assim, cada vez mais depressa, sem deixar que eu tome a palavra. Há algo de nervoso e desatento nesse falatório incessante, e fico inquieto com isso. Por que ela fala tanto, pergunto-me internamente, por que não se apresenta, por que não tira o véu? Será que tem febre? Será que está doente? Será que é louca? Fico cada vez mais nervoso, porque percebo o ridículo de permanecer assim tão calado diante dela, prostrado por sua tagarelice atordoante. Finalmente ela pára

---

7. Em perfeito estado. (N.T.)

de falar por um momento, e eu consigo lhe pedir para subir. Ela faz um gesto para o empregado esperar ali e me segue escada acima.

"– É agradável aqui – olhando ao redor para o meu quarto. – Ah, que belos livros! Queria ler todos eles!

"Anda até a estante e examina os títulos dos livros. Pela primeira vez desde que a encontrei ela se cala por um minuto.

"– Posso lhe oferecer um chá? – pergunto.

"Ela não se vira e olha apenas para os livros.

"– Não, obrigada, doutor... precisamos partir logo... não tenho muito tempo... foi apenas um pequeno passeio... Ah, o senhor também tem aqui Flaubert, que eu adoro... maravilhoso, maravilhoso... a *Education sentimentale*[8]... vejo que também lê francês... Quantas coisas os alemães sabem!... É verdade, aprendem tudo na escola... É realmente muito bom saber falar tantas línguas... O vice-governador jura sempre que o senhor é o único em quem confiaria para qualquer cirurgia... nosso bom cirurgião só serve para jogar *bridge*... Aliás, sabia de uma coisa? – ela continua, sem se virar. – Hoje me ocorreu que eu deveria marcar uma consulta com o senhor... e como estávamos justamente passando por aqui, pensei... ora, com certeza o senhor tem outras coisas para fazer agora... melhor eu vir numa outra hora.

"'Mostre logo as cartas!' – pensei de imediato. Mas não demonstrei, apenas lhe assegurei que seria uma honra para mim prestar um serviço naquele momento ou quando quer que fosse.

"– Não é nada sério – ela disse, virando-se parcialmente e ao mesmo tempo folheando um livro que havia

---

8. *Educação sentimental*: publicado em 1869 por Gustave Flaubert (1821-1880), o livro reinventou o chamado romance de formação e se tornou um modelo para o Realismo. (N.T.)

tirado da estante – nada sério... ninharias... coisas de mulher... vertigem, desmaios. Hoje cedo, quando fizemos uma curva, de repente perdi os sentidos... o garoto teve que me endireitar no carro e pegar água... ora, talvez o chofer estivesse correndo muito... o senhor não acha, doutor?

"– Não posso julgar assim. A senhora tem com freqüência desmaios desse tipo?

"– Não... quero dizer, tenho tido... nos últimos tempos... principalmente por agora... tenho tido... esses desmaios e enjôos.

"Ela se vira novamente de frente para a estante, fecha o livro, apanha um outro e começa a folhear. Estranho, por que ela continua a folhear assim tão... tão nervosa, por que ela não tira o véu para olhar? De propósito, não digo nada. Gosto de deixá-la esperar. Por fim ela recomeça a falar daquela maneira incessante e intranqüila.

"– Não é verdade, doutor, nada preocupante? Nenhuma doença dos trópicos... nada perigoso...

"– Primeiro preciso verificar se a senhora está com febre. Posso tirar o seu pulso...

"Dou um passo em sua direção. Ela se esquiva levemente.

"– Não, não, não estou com febre... com certeza, com certeza absoluta... tirei a minha temperatura todos os dias desde... desde que começaram esses desmaios. Nenhuma febre, sempre 36,4 e nada além. Minha digestão também está saudável.

"Hesito por um instante. Durante aquele tempo todo uma suspeita vinha se insinuando: pressinto que essa mulher quer algo de mim, ninguém vai até o meio da floresta para falar de Flaubert. Por um, dois minutos eu a deixo esperando.

"– Com licença – digo então de modo direto –, posso lhe fazer algumas perguntas sem cerimônia?

"– Claro, doutor, afinal o senhor é um médico – ela responde, mas volta a me dar as costas e brincar com os livros.

"– A senhora tem filhos?

"– Tenho sim, um filho.

"– E a senhora teve... a senhora teve antes... quero dizer, da outra vez... a senhora teve sintomas semelhantes?

"– Tive.

"Como uma lâmina afiada e cortante, a palavra sai de sua boca. Em sua cabeça virada não há qualquer movimento.

"– Talvez fosse melhor, cara senhora, que eu fizesse um exame completo... posso lhe pedir talvez para... para se dirigir à sala ao lado?

"Então ela se vira subitamente. Através do véu, sinto um olhar frio e decidido em minha direção.

"– Não... isso não é necessário... tenho toda certeza a respeito de meu estado."

***

A voz hesitou por um momento. De novo o copo cheio tilintou no escuro.

– Portanto, ouça bem... mas tente primeiro refletir por um instante sobre isso. Aparece de supetão, diante de um homem perdido em sua existência solitária, uma mulher, a primeira mulher branca que entra em seu quarto nos últimos anos... e de repente pressinto que há algo de malévolo no aposento, um perigo. De alguma maneira isto se apodera de mim: fico horrorizado diante da resolução férrea dessa mulher, que chegara ali com uma conversa superficial e então, de uma hora para outra, saca a sua exigência como se fosse uma faca. Pois eu já sabia o que ela queria de mim, soube de imediato – não era a primeira vez que mulheres me pediam algo assim, mas elas costumavam me abordar de outra maneira, costumavam chegar envergonhadas ou suplicantes, costumavam chegar com lágrimas e juras. Mas ali se encontrava uma... uma resolução férrea, sim, uma resolução masculina... desde o primeiro segundo percebi isso, que ela era mais forte do que eu... que ela era capaz de me obrigar a realizar sua vontade, a fazer tudo como ela quisesse... Mas... mas... também havia algo de malévolo em mim... o homem que se defende, algum tipo de irritação... pois... já disse isto... desde o primeiro segundo, na verdade antes mesmo de vê-la, percebi aquela mulher como um inimigo.

"A princípio me calei. Fiquei calado, de maneira obstinada, irritado. Pressentia que ela me encarava sob o véu – encarava-me diretamente, com um olhar imperioso, pressentia que ela queria me obrigar a falar, mas... desviando o assunto... de maneira inconsciente passei a imitar sua maneira de falar superficial e indiferente. Agi como se não tivesse entendido, pois – não sei se o senhor já pode prever isso – queria obrigá-la a se expressar claramente, não queria oferecer, mas... ser solicitado... justamente por ela, porque viera com uma atitude tão dominadora... e porque eu sabia que, com relação às mulheres, nada me subjugava tanto quanto essas maneiras frias e altivas.

"Assim, desviei o assunto, afirmei que não havia com que se preocupar, que tais desmaios eram algo natural no processo, que na verdade eles revelavam quase um bom desenvolvimento. Citei casos tirados dar revistas médicas... falei, falei, de modo solto e leve, sempre considerando o assunto como uma completa banalidade... sempre à espera de que ela fosse me interromper. Pois sabia que ela não agüentaria.

"Logo ela me cortou, com um gesto que deixava de lado toda aquela conversa tranqüilizadora.

"– Não é isso, doutor, que me incomoda. Na época em que tive meu menino eu estava em melhores condições... mas agora não estou mais *allright*... tenho problemas no coração...

"– Ah, problemas no coração – repeti, dando a impressão de estar preocupado –, quero examinar isso então.

"E fiz um movimento como se fosse levantar e quisesse pegar o estetoscópio.

"Mas ela logo me cortou. Agora a voz era totalmente incisiva e determinada – como uma ordem.

"– Eu *tenho* problemas no coração, doutor, preciso lhe pedir para acreditar no que digo. Não quero perder muito tempo com exames. O senhor poderia, quero dizer, ter mais confiança em mim. Eu, pelo menos, já demonstrei suficientemente minha confiança no senhor.

"Agora já se tratava de uma luta, de um desafio aberto. E eu o aceitei.

"– Faz parte da confiança a sinceridade, uma sinceridade incondicional. Fale com clareza, eu sou um médico. Sobretudo, tire o véu, sente-se, deixe para lá os livros e os rodeios. Não se vai ao médico de véu.

"Ela me encarou, altiva e orgulhosa. Hesitou por um instante. Em seguida, sentou-se e levantou o véu. Vi um rosto tal e qual o que havia temido, um rosto impenetrável, duro, controlado, de uma beleza sem idade, um rosto com olhos cinzentos ingleses, nos quais tudo dava a impressão de quietude e por trás dos quais era possível, contudo, imaginar grandes paixões. Aquela boca pequena e contraída não revelaria segredo algum se não quisesse. Durante um minuto ficamos nos encarando – ela, ao mesmo tempo autoritária e interrogativa, com uma crueldade tão fria e rígida que não suportei – e, sem querer, olhei para o lado.

"Ela batia levemente com os dedos na mesa. Portanto, também havia nela algum grau de nervosismo. De súbito ela disse, apressadamente:

"– O senhor sabe, doutor, o que quero do senhor, ou não sabe?

"– Acredito que sei. Mas é melhor que sejamos totalmente claros. A senhora deseja encerrar seu estado... A senhora deseja que eu a livre de seu desmaio, de suas náuseas, eliminando... eliminando a causa. É isso?

"– É.

"A palavra soou como uma guilhotina.

– A senhora sabe também que tais procedimentos são perigosos... para ambas as partes...?

"– Sei.

"– Que é algo proibido por lei?

"– Há situações em que isso não é proibido, mas até recomendado.

"– Mas essas situações exigem uma recomendação médica.

"– Então o senhor encontrará essa recomendação. O senhor é médico.

"Claros, fixos, sem piscar, seus olhos estavam voltados para mim. Era uma ordem, e eu, um fraco, estremeci de admiração pela imperiosidade demoníaca de sua vontade. Mas eu ainda me segurava, não queria demonstrar que já estava derrotado, pisoteado. 'Não tão depressa! Faça rodeios! Obrigue-a a pedir!', sugeria algum tipo de ímpeto em mim.

"– Isso nem sempre depende da vontade do médico. Mas estou pronto a consultar um colega no hospital...

"– Não quero o seu colega... vim procurar o senhor.

"– Posso perguntar por que justamente a mim?

"Ela me olhou friamente.

"– Não tenho escrúpulo algum em dizer. Porque o senhor mora longe, porque não me conhece, porque o senhor é um bom médico, porque... – nesse momento ela hesitou pela primeira vez – não deverá ficar muito tempo nesta região, especialmente se o senhor... se o senhor puder levar uma grande quantia para casa.

"Tive um calafrio. Aquela clareza dura, de negociante, de comerciante, me atordoava. Até então, ela ainda não abrira os lábios para fazer um pedido – tudo fora previamente calculado, primeiro a tocaia e depois a captura. Eu sentia como o caráter demoníaco de sua vontade me dominava, mas me defendia com toda a minha irritação. Mais uma vez, forcei-me a ser objetivo, quase irônico até.

"– E essa grande quantia a senhora iria... a senhora colocaria à minha disposição?

"– Para ajudá-lo e para a sua partida imediata.

"– A senhora sabe que desse modo eu perderia a minha pensão?

"– Eu vou recompensá-lo.

"– A senhora está sendo muito clara... mas quero ainda mais clareza. Qual a quantia que a senhora tem em vista como honorários?

"– Doze mil florins, a serem descontados em cheque em Amsterdam.

"Eu... estremeci... estremeci de raiva e... também de admiração. Ela tinha calculado tudo, desde a quantia até o modo de pagar, que me obrigaria a fazer a viagem; ela me avaliara e me comprara sem me conhecer, tinha-me à disposição, pelo menos segundo sua previsão e sua vontade. Seria preferível que eu tivesse dado um tapa em seu rosto... Mas quando me levantei, tremendo – ela também se levantou – e a encarei, olhos nos olhos, ao ver aquela boca cerrada incapaz de pedir algo, a sua fronte orgulhosa que não queria se curvar, de repente fui tomado... por... uma espécie de ímpeto violento. Ela deve ter sentido alguma coisa, pois ergueu as sobrancelhas como quando queremos nos livrar de alguém incômodo: o ódio entre nós dois estava subitamente a descoberto. Eu sabia que ela me odiava, porque precisava de mim, e eu a odiava porque... porque ela não queria fazer um pedido. Nesse segundo, nesse único segundo de silêncio nos falamos pela primeira vez com toda sinceridade. Em seguida, repentina como o bote de um réptil, ocorreu-me uma idéia, e eu lhe disse... disse...

"Mas espere, assim o senhor vai entender mal o que fiz... o que disse... preciso esclarecer primeiro como... como essa idéia desvairada surgiu em meu pensamento..."

***

De novo o copo tilintou no escuro. E a voz ficou mais agitada.

– Não que eu queira me desculpar, me justificar, limpar meu nome... Mas de outra maneira, o senhor não entende... Não sei se algum dia cheguei a ser um bom homem, mas... acredito que sempre fui uma pessoa prestativa... Na vida horrível que eu tinha lá, essa era a minha única alegria, com o bocado de ciência acumulado no cérebro, conseguir salvar algum sopro de vida... um tipo de satisfação divina... Sinceramente, eram meus melhores momentos quando vinha um daqueles garotos amarelos, pálido de horror, uma mordida de cobra no pé já inchado, urrando que não amputassem sua perna, e eu ainda conseguia salvá-lo. Viajava horas quando havia alguma mulher com febre... também já havia ajudado algumas da mesma maneira que esta queria, mesmo na Europa, na clínica. Mas pelo menos se percebia que aquele ser humano *precisava* da gente, era algo que a gente sabia, que se estava salvando alguém da morte ou do desespero... e isso era necessário mesmo para ajudar, esse sentimento de que o outro precisa da gente.

"Essa mulher, contudo – não sei se consigo descrever –, por sua altivez, ela me agitou, ela me despertou para a resistência desde o instante em que entrou na casa, aparentemente a passeio; ela trouxe à tona tudo... como dizer... tudo o que havia em mim de reprimido, de escondido, de maldoso. O fato de ela se fazer passar por uma *lady*, fria e distante, propondo um negócio, quando na verdade se tratava de vida ou morte, isso me deixou maluco... Além disso... além disso... afinal, a pessoa não fica grávida por jogar golfe... eu sabia... quer dizer, de repente eu tinha de me lembrar com uma – e era essa a tal idéia –, com uma clareza terrível do fato de que essa mulher distante, essa mulher altiva, essa mulher fria, que franzia as sobrancelhas sobre seus olhos de aço quando eu a encarava apenas de maneira crítica... essa mulher se entregara ardentemente a um homem, dois ou três meses antes, nua como um animal, e talvez gemendo de prazer, os corpos colados um no outro como dois lábios... Foi esse, foi esse o pensamento que me queimou, que tomou conta de mim quando ela me encarou de maneira tão orgulhosa, fria e intocável como um oficial inglês... Então tudo se tornou mais tenso... fui acometido pela idéia de humilhá-la... a partir daquele segundo, eu via, através do vestido, seu corpo nu... a partir daquele segundo, passei a viver apenas com o pensamento de possuí-la, de forçar um gemido a sair de seus lábios duros, de sentir aquela frieza e aquela altivez tomadas de volúpia, como havia sentido o outro, aquele outro homem que eu não conhecia. É isso... é isso que eu queria explicar para o senhor... Nunca, por mais degenerado que eu fosse, tentara me aproveitar de alguma situação como médico... Mas dessa vez não era luxúria, não era lascívia, nada de sexual, sinceramente não... eu assumiria, se fosse... dessa vez era apenas a cobiça de se tornar senhor de uma arrogância... senhor como homem... Já disse ao senhor, acho, que mulheres arrogantes, aparentemente frias, sempre haviam tido poder sobre mim... mas agora, agora havia, além disso, o fato de eu viver ali fazia sete anos, sem ter nenhuma mulher branca, o fato de eu não ter encontrado mais resistência... Pois essas garotas de lá, esses pequenos bichinhos trêmulos e palpitantes, elas estremecem de veneração quando um homem branco, um 'senhor' toca nelas... desmancham-se em humildade, sempre estão abertas, sempre prontas, com seus risos suaves e satisfeitos, a servir a gente... Mas justamente essa submissão, essa dedicação de escrava estraga o prazer... O senhor entende agora, o senhor entende o efeito que teve sobre mim a chegada repentina daquela mulher, cheia de arrogância e ódio, fechada até a ponta dos dedos, ao mesmo tempo vibrante de mistério e maculada por uma paixão anterior... Quando uma mulher dessas entra na jaula de um homem assim, de uma besta humana solitária, faminta, desgastada... Isso... é isso que eu queria dizer para que o senhor entendesse... o que virá agora. Portanto... tomado de uma cobiça maldosa, envenenado pelo pensamento nela, nua, sensual, entregue, eu me recompus e fingi indiferença. Disse friamente:

"– Doze mil florins?... Não, por essa quantia não farei.

"Ela me encarava, um pouco empalidecida. Já pressentia que essa resistência não era motivada por uma cobiça financeira. No entanto ela disse:

"– O que o senhor exige então?

"Não desisti mais daquele tom frio.

"– Vamos jogar com as cartas abertas. Não sou um homem de negócios... não sou o pobre farmacêutico de *Romeu e Julieta*, que vende seu veneno por *corrupted gold* [9] ... talvez eu seja o contrário de um homem de negócios... dessa maneira a senhora não verá o seu desejo realizado.

"– Então o senhor não quer fazer?

"– Não por dinheiro.

"Por um segundo nós dois ficamos muito quietos. O silêncio era tanto, que escutei pela primeira vez a respiração dela.

"– O que mais o senhor poderia desejar?

"Nesse momento não me contive mais.

"– Em primeiro lugar, quero que a senhora... que a senhora não se dirija a mim como se eu fosse um merceeiro, mas fale como se fala com um ser humano. Que a senhora, se quer ajuda, não... não venha imediatamente com seu dinheiro vergonhoso... mas peça... a mim, ao homem, peça, a senhora, ao homem, que a ajude... Não sou apenas médico, não tenho apenas horas marcadas para consulta... também tenho outras horas... talvez a senhora tenha chegado numa delas...

"Ela se mantém calada por um instante. Em seguida, sua boca se curva levemente, estremece e diz depressa:

"– Então, se eu pedisse... o senhor faria?

"– A senhora já quer de novo fazer um negócio... quer pedir só se eu prometer. Primeiro tem de me pedir... depois vou responder.

"Ela lançou a cabeça para trás como um cavalo obstinado. Encarou-me furiosa.

"– Não. Eu não vou pedir ao senhor. Prefiro morrer!

---

9. "Ouro corrompido". Referência à Cena I do Ato V de *Romeu e Julieta*. (N.T.)

"Então se apoderou de mim a raiva, a raiva rubra e sem sentido.

"– Nesse caso eu vou fazer exigências, se a senhora não quer pedir. Acho que não preciso ser mais claro... A senhora sabe o que desejo. Depois, só depois vou ajudá-la.

"Ela me encarou por um instante. Em seguida – ah, não sou capaz, não sou capaz de dizer como foi horrível –, em seguida seus traços se contraíram, e então... então ela *riu* de repente... deu uma gargalhada na minha cara, com um desprezo indizível... com um desprezo que me arrasava... e que me encantava ao mesmo tempo... Foi como uma explosão, tão súbita, tão intensa, tão violenta, uma gargalhada de desprezo solta com tamanha força, que eu... que eu poderia ter me atirado ao chão e beijado seus pés. Durou só um segundo... foi como um relâmpago, e eu estava pegando fogo no corpo todo... em seguida ela se virou e se dirigiu apressada para a porta.

"Sem pensar, eu queria ir atrás dela... pedir desculpas... fazer súplicas... minha força estava vencida... ela se voltou mais uma vez para mim e disse... não, *ordenou*:

"– Não se atreva a me seguir ou me espionar... O senhor se arrependerá.

"E a porta já ia batendo atrás dela."

***

De novo uma hesitação. De novo um silêncio... De novo apenas o murmúrio, como se a luz da lua fizesse barulho de chuva. E então, finalmente, de novo a voz:

– A porta bateu... mas eu fiquei imóvel no lugar onde estava... Encontrava-me como que hipnotizado pela ordem... ouvi-a descer a escada, fechar a porta da casa... ouvi tudo, e toda a minha vontade ia atrás dela... dela... não sei para fazer o quê... chamá-la de volta, ou lhe dar um tapa, ou estrangulá-la... mas atrás dela... atrás dela... E no entanto eu não conseguia ir. Meus membros estavam como que paralisados por um choque elétrico... eu havia sido atingido, atingido até a medula pelo raio imperioso daquele olhar... Sei que não é algo explicável, possível de contar... pode parecer ridículo, mas fiquei ali parado, de pé... precisei de alguns minutos, talvez cinco, talvez dez minutos, antes de conseguir arrastar um pé do chão.

"Contudo, mal havia movido um pé, já estava ardendo de ansiedade, já estava com pressa... num milésimo de segundo corri escada abaixo... Ela só podia ter descido a rua em direção à civilização... Corri para a cabana, a fim de pegar a bicicleta, vi que tinha esquecido a chave, forcei a porta, de maneira que o bambu estala e se parte... e já monto na bicicleta e saio pedalando atrás dela... tenho que... tenho que encontrá-la, antes que ela consiga chegar ao carro... tenho que falar com ela... A poeira da estrada passa por mim... só então percebo quanto tempo devo ter ficado lá em cima parado... Ali... na curva à beira da floresta, bem em frente à estação, eu a vejo, vejo como se apressa com passos firmes e diretos, acompanhada pelo empregado... Mas ela também deve ter visto que eu estava chegando, pois agora fala com o empregado, que fica para trás, e ela continua sozinha... O que pretende fazer? Por que ela quer ficar sozinha? ... Será que ela quer falar comigo sem que o garoto ouça?... Cego de arrebatamento, piso nos pedais... De repente salta algo no meu caminho, vindo da beira da estrada... o empregado... só consigo desviar a bicicleta e bater...

"Xingando, fico de pé... sem pensar, levanto o punho para dar um soco no idiota, mas ele salta para o lado... Ergo a bicicleta do chão para voltar a montar nela... Mas então o desgraçado se adianta num salto, segura a bicicleta e diz, em seu inglês lamentável:

Amok

"– *You remain here*.[10]

"O senhor não viveu nos trópicos... Não sabe a dimensão do atrevimento de um desses desgraçados amarelos se ele agarra a bicicleta de um 'senhor' branco e ordena a ele, ao 'senhor', que fique ali. Em vez de dar qualquer resposta, acerto um soco em sua cara... ele vacila, mas continua a segurar a bicicleta... seus olhos, seus olhos puxados e covardes estão muito arregalados, tomados por um medo de escravo... contudo, ele segura o guidom, segura com uma firmeza demoníaca...

"– *You remain here* – balbucia mais uma vez.

"Por sorte eu não estava carregando um revólver. Senão o teria derrubado a tiros.

"– Fora, pulha! – foi só o que eu disse.

"Ele me encara humilhado, contudo não solta o volante. Volto a dar um soco na cabeça dele, mas ele ainda não solta o guidom. Isso me deixa furioso... vejo que ela já vai longe, talvez já tenha escapado... e lhe dou um verdadeiro soco de boxeador no queixo, para derrubá-lo. Agora tenho novamente minha bicicleta... contudo, quando monto nela, algo está travado... Com a batida violenta a roda entortou... Tento ajeitá-la com mãos febris... Não dá certo... Então atiro a bicicleta no meio do caminho, ao lado do desgraçado, que está de pé, sangrando, e se desvia... E em seguida – não, o senhor não pode perceber o quanto é ridículo, lá, na frente de todos, quando um europeu... bem, eu não sabia mais o que estava fazendo... tinha um único pensamento: ir atrás dela, alcançá-la... –, em seguida *corri*, saí correndo como um possesso ao longo da estrada de terra, passando pelas cabanas, onde a ralé amarela se comprimia espantada para ver um homem branco, um doutor, *correr*.

---

10. O senhor fica aqui. (N.T.)

"Encharcado de suor, alcancei o posto... Minha primeira pergunta: onde está o carro?... Acabou de partir... As pessoas me olham espantadas: devo parecer um desvairado para eles, chegando assim, molhado e sujo, berrando a pergunta antes mesmo de parar de correr... Lá embaixo na estrada, vejo a fumaça do carro... ela conseguiu... conseguiu, como deve conseguir tudo com seu cálculo cruel, terrivelmente cruel.

"Mas a fuga não a ajuda em nada... Nos trópicos, não há segredo entre os europeus... cada um conhece os outros, tudo se torna um grande acontecimento... Não foi em vão que o chofer dela permaneceu por uma hora no bangalô do governo... em poucos minutos sei de tudo... Sei quem ela é... que ela mora lá embaixo, na capital administrativa, a oito horas de trem dali... que ela é... digamos, a esposa de um grande homem de negócios, absurdamente rica, distinta, uma inglesa... sei que seu marido se encontrava na América havia cinco meses e chegará nos próximos dias para levá-la de volta à Europa.

"Mas ela – e o pensamento queima nas minhas veias como um veneno – só pode estar grávida no máximo há dois ou três meses..."

***

– Até agora fui capaz de tornar tudo compreensível para o senhor... talvez apenas porque até esse momento eu ainda me entendia... como médico, sempre dava o diagnóstico de minha própria situação. Mas a partir de então, aquilo se tornou como que uma febre em mim... perdi o controle sobre mim mesmo... quer dizer, sabia perfeitamente o quanto era sem sentido tudo o que eu fazia; no entanto, não tinha poder algum sobre mim... não entendia mais a mim mesmo... seguia adiante apenas obcecado por minha meta... Aliás, espere... talvez eu ainda seja capaz de tornar isso compreensível para o senhor... O senhor sabe o que é *amok*?

– *Amok*?... acho que me lembro... uma espécie de embriaguez entre os malaios...

– É mais do que embriaguez... é loucura, uma versão humana da raiva dos cães... um acesso de monomania assassina e sem sentido, que não pode ser comparada com nenhum outro frenesi causado por bebidas alcoólicas... eu mesmo, durante minha estada, estudei alguns casos – em relação aos outros, a gente é sempre muito esperto e muito objetivo –, sem, contudo, ser capaz de revelar o segredo terrível de sua origem... De algum modo, tem a ver com o clima, com essa atmosfera sufocante, cerrada, que pressiona os nervos como os momentos anteriores a uma tempestade, até que eles um dia se arrebentam... Portanto, *amok*... Isso mesmo, *amok*, é assim: um malaio, qualquer pessoa muito simples, muito bem-humorada, que toma a sua bebida fermentada... fica lá sentado, embotado, indiferente, apático... da mesma maneira que eu costumava ficar sentado em meu consultório... e de repente ele levanta num salto, segura o punhal e corre pela rua... corre para frente, sempre em frente... sem saber para onde... O que aparecer em seu caminho, seja uma pessoa ou um bicho, ele apunhala com seu *kris*,[11] e a visão do sangue só o torna mais impetuoso... A saliva escorre de seus lábios, ele berra como um possesso... mas corre, corre, corre, não olha mais para a direita, não olha mais para a esquerda, apenas dispara assustadoramente, com sua gritaria aguda, com seu *kris* ensangüentado, sempre em frente... As pessoas nas vilas sabem que nenhum poder é capaz de deter essa disparada de *amok*... então gri-

---

11. Tipo de punhal malaio. (N.T.)

tam um aviso quando ele vem: "*Amok! Amok!*", e todos fogem... mas ele continua a correr, sem ouvir nada, corre sem ver nada, derrubando a punhaladas o que encontra... até que o matem a tiros como se mata um cão raivoso, ou até que ele mesmo desmaie, espumando...

"Uma vez vi isso, da janela do meu bangalô... foi algo horrível... mas só pelo fato de ter visto é que compreendo a mim mesmo naqueles dias... pois assim, exatamente assim, com esse olhar terrível voltado só para frente, sem ver o que acontecia à direita ou à esquerda, com essa obsessão me precipitei... atrás daquela mulher... Não sei mais como fiz tudo, naquela disparada possessa, na velocidade insensata com que tudo se passou... Dez minutos; não, cinco; não, dois... depois que eu sabia tudo a respeito dessa mulher, seu nome, sua casa, seu destino, voltei correndo para minha casa numa bicicleta alugada às pressas, joguei um terno numa mala, apanhei algum dinheiro e fui de carro até a estação de trem... Fui embora sem avisar o funcionário do distrito... sem nomear um substituto, deixei a casa aberta, abandonei-a como estava... Em torno de mim se encontravam os empregados; as mulheres se espantaram e faziam perguntas, eu não respondia, nem sequer virava o rosto... fui até a estação e peguei o próximo trem para a cidade... Uma hora, ao todo, depois que aquela mulher havia entrado em meu consultório, eu havia jogado fora minha existência e disparado com um acesso de *amok* em direção ao vazio...

"Corri sempre em frente, até dar de cabeça na parede... às seis da tarde eu havia chegado... às seis e dez, estava em sua casa e me fiz anunciar.. Foi... O senhor entenderá... foi a coisa mais sem sentido, a coisa mais estúpida que eu poderia fazer... mas quem sofre da obsessão de *amok* corre com olhos fixos no vazio, não vê para onde corre... Após alguns minutos, o empregado voltou... polido e frio... avisou que a senhora estava indisposta e não podia receber ninguém.

"Cambaleei porta afora... ainda vaguei por uma hora em torno da casa, obcecado pela esperança desvairada de que ela talvez procurasse por mim... só então fui providenciar um quarto no hotel da praia e mandei entregar duas garrafas de uísque no quarto... elas e uma dose dupla de Veronal me ajudaram... finalmente adormeci... e esse sono abafado, pesado, foi a única pausa naquela corrida entre a vida e a morte."

***

Soou o sino do navio. Duas badaladas duras, cheias, que ainda continuaram a ressoar tremulamente na suavidade do ar quase sem vento e, em seguida, perderam-se no murmúrio leve e incessante que teimava em acompanhar a fala apaixonada. O homem na escuridão diante de mim deve ter tomado um susto, pois sua fala se interrompeu. De novo, ouvi a mão tatear em busca da garrafa, de novo o som baixo dos goles. Em seguida ele recomeçou, aparentemente tranqüilo, com uma voz mais firme.

– Acerca das horas que sucederam àquele momento, quase não posso contar nada. Hoje acredito que, naqueles dias, eu deveria estar com febre; em todo caso, eu me encontrava numa espécie de hiperatividade que chegava às raias da loucura – um possesso de *amok*, como lhe disse. Mas não se esqueça: era terça-feira à noite quando cheguei, e no sábado – como fiquei sabendo – chegaria seu marido no vapor P. & O., de Yokohama; portanto, só restavam três dias, três breves dias para a decisão e para a ajuda. Entenda isso: eu sabia que tinha de ajudá-la imediatamente, e, no entanto, não podia dirigir a ela palavra alguma. E justamente essa necessidade de pedir desculpas por meu comportamento ridículo, meu comportamento insensato é que me impelia adiante. Eu tinha conhecimento da preciosidade de cada instante, sabia que se tratava de um assunto de vida ou morte para ela, porém não tinha possibilidade alguma de me aproximar dela, nem que fosse com um sussurro, com um sinal, pois justamente a impetuosidade, a grosseria da minha perseguição a assustaram. Era... espere... era como quando alguém corre atrás de outra pessoa para preveni-la de um assassinato, mas a pessoa a toma pelo próprio assassino, de modo que continua a correr em direção à sua desgraça... Ela via apenas o possesso de *amok* em mim, que a perseguia para humilhá-la, mas eu... essa era a terrível contradição... eu não estava mais pensando nisso... eu já estava totalmente aniquilado, só queria ajudá-la, só queria servir a ela... Eu teria cometido um assassinato, um crime, para ajudá-la... Mas ela não entendia isso. Quando acordei, na manhã do dia seguinte, e logo em seguida me encaminhei para a casa dela, o empregado se encontrava diante da porta, o mesmo garoto que eu havia acertado na cara, e assim que ele me viu à distância – devia estar à minha espera – esgueirou-se porta adentro. Talvez tenha feito isso apenas para me anunciar em segredo... talvez... Ah, essa incerteza, como ela me atormenta... talvez estivesse tudo já preparado para me receber... mas na hora, ao vê-lo, lembrei-me da minha vergonha; de novo eu estava ali, sem me atrever a repetir a tentativa da visita... Os meus joelhos tremiam. Bem perto do umbral da porta, fiz a volta e fui embora de novo... fui embora, enquanto ela talvez estivesse me esperando, com um tormento semelhante ao meu.

"Naquele momento, eu não sabia mais o que fazer na cidade desconhecida, que abrasava meus pés como fogo... De repente, me ocorreu a idéia de chamar um carro, e me encaminhei para a casa do vice-governador, aquele mesmo que eu havia ajudado no meu posto, e me fiz anunciar... Alguma coisa em minha aparência devia estar muito estranha, pois ele me encarou com um olhar assustado, e sua cortesia tinha um quê de inquietação... Talvez ele já estivesse reconhecendo em mim o possesso de *amok*... Disse-lhe, de maneira breve e decidida, que solicitava minha transferência para a cidade, que não podia mais viver em meu posto... tinha de me mudar imediatamente... Ele olhou para mim... não sou capaz de lhe descrever como ele me olhou... da mesma maneira que um médico olha para um doente.

"– Um colapso nervoso, caro doutor – disse em seguida –, entendo perfeitamente. Será possível conseguir isso, mas espere... digamos, quatro semanas... primeiro preciso encontrar um substituto.

"– Não posso esperar, nem mesmo um dia – respondi.

"De novo, aquele olhar de estranhamento.

"– É preciso, doutor – disse ele com seriedade –, não podemos deixar o posto sem médico. Mas prometo ao senhor que ainda hoje tomarei todas as providências.

"Continuei de pé, com os dentes cerrados: pela primeira vez, percebia claramente que eu era um homem vendido, um escravo. Tudo já se encaminhava para uma discussão, mas ele, o ardiloso, tomou a dianteira:

"– O senhor está desacostumado do contato com pessoas, doutor, e isso acaba virando uma doença. Todos nós ficamos surpresos pelo fato de o senhor nunca ter vindo aqui, nunca ter tirado férias. O senhor precisava de mais companhia, de mais distração. Pelo menos venha esta noite; hoje temos uma recepção do governo, e muitos gostariam de conhecê-lo faz tempo, com freqüência perguntam pelo senhor e gostariam que trabalhasse aqui.

"As últimas palavras me arrepiaram. Perguntavam por mim? Será que tinha sido ela? De repente mudei de atitude: de imediato lhe agradeci de maneira muito educada por seu convite e assegurei que viria pontualmente. E fui mesmo pontual, até pontual demais. Antes de tudo, preciso lhe dizer que, acossado por minha impaciência, fui o primeiro a chegar no grande salão do prédio do governo, cercado por criados amarelos silenciosos que, com seus pés descalços, apressavam-se para lá e para cá e – segundo me parecia em minha consciência perturbada – riam de mim pelas costas. Durante uns quinze minutos, eu era o único europeu no meio de todos aqueles preparativos sem alarde, tão sozinho no meu canto que ouvia o tique-taque do meu relógio de bolso. Finalmente chegaram alguns funcionários do governo com suas famílias, e um pouco depois também o governador, que me envolveu numa longa conversa, durante a qual eu estava respondendo de maneira hábil até que... até que de súbito, acometido por um nervosismo misterioso, perdi toda a minha fluidez e comecei a gaguejar. Embora estivesse com as costas voltadas para a porta de entrada do salão, senti de repente que ela havia entrado, que ela devia estar presente: não sou capaz de lhe dizer o quanto essa certeza repentina me perturbou. Contudo, enquanto eu ainda estava falando com o governador, com suas palavras ressoando em meus ouvidos, pressenti em algum lugar às minhas costas a presença dela. Por sorte, o governador encerrou logo a conversa – senão, acredito que eu me teria virado bruscamente, de tão forte que era aquela atração misteriosa sobre os meus nervos, de tão ardente que era a minha ânsia de vê-la. E de fato, logo depois de me virar, enxerguei-a exatamente naquele ponto em que a pressentira de modo inconsciente. Ela estava usando um vestido amarelo de baile, que realçava seus ombros estreitos e lisos como se fossem de marfim, e conversava em meio a um grupo de pessoas. Sorria, no entanto eu tinha a impressão de notar em seu rosto um traço de tensão. Aproximei-me – ela não podia ou não queria me ver –, olhando para aquele sorriso que envolvia, amável e educado, seus lábios finos. E aquele sorriso voltou a me encantar, porque... só porque eu sabia que era uma mentira, arte ou técnica, maestria na dissimulação. Hoje é quarta-feira – foi o que passou pela minha cabeça –, no sábado chega o navio com o marido... como ela pode sorrir assim, tão... tão segura, sorrir tão despreocupada, brincando com o leque nas mãos, em vez de quebrá-lo, tomada pelo medo? Eu... eu, o estranho... eu estava tremendo já havia dois dias, com medo daquela hora... eu, o estranho, vivia seu medo, seu horror, com todos os excessos do sentimento... e ela ia ao baile e sorria, sorria, sorria...

"Ao fundo, a música teve início. A dança começou. Um velho oficial a convidara para dançar. Pedindo licença, ela deu o braço ao oficial, deixou o círculo animado e se dirigiu à outra sala, passando por mim. Ao me ver, de repente seu rosto se contraiu violentamente – mas apenas por um segundo, logo em seguida acenou com a cabeça num gesto educado de reconhecimento (antes que eu tivesse decidido se ia cumprimentá-la ou não), como se eu fosse um conhecido de outra ocasião:

"– Boa noite, doutor – e já tinha passado por mim.

"Ninguém poderia ter percebido o que se escondia naqueles olhos verde-acinzentados, e eu, eu mesmo não o sabia. Por que ela me cumprimentara... por que agora me reconhecera de repente?... Era uma defesa, era uma aproximação, era apenas o embaraço da surpresa? Não sou capaz de lhe descrever a agitação do meu espírito quando a olhei passar; tudo em mim se revolveu, tudo se tornou explosivo. Quando a vi, em seguida, dançando à vontade uma valsa nos braços do oficial, no rosto, o brilho frio da despreocupação, enquanto eu sabia que ela... que ela, tanto quanto eu, só pensava *naquele fato*... que apenas nós dois ali compartilhávamos de um segredo terrível... e ela dançava... Naquele segundo, meu medo, minha cobiça e minha admiração se converteram ainda mais em paixão. Não sei se alguém estava me observando, mas com certeza eu traía em minhas atitudes muito mais do que ela escondia – não conseguia nem mesmo dirigir o olhar para outra direção, precisava... precisava vê-la; à distância, eu explorava obsessivamente aquele rosto fechado, para saber se a máscara não cairia por um momento sequer. E ela deve ter sentido o desconforto do meu olhar intenso e incessante. Quando caminhava de volta, de braços dados com o oficial, encarou-me por um instante, com o olhar imperioso, como que me dispensando: de novo se contraiu em sua testa aquela pequena ruga de raiva orgulhosa que eu já conhecia de nosso encontro anterior.

"Mas... mas... já lhe disse... eu estava possuído por *amok*, não olhava nem para a direita nem para a esquerda. Entendi imediatamente, aquele olhar queria dizer: "Não seja descuidado! Controle-se!" – eu sabia que ela... como devo dizer?... que ela desejava de mim, ali naquele salão, em público, um comportamento discreto... entendia que, se fosse embora naquele momento, poderia estar certo de que seria recebido por ela no dia seguinte... que ela só queria evitar naquele momento... só naquele momento, a exposição à minha intimidade ostensiva, que ela – com toda razão – temia que minha falta de jeito causasse uma cena... O senhor vê... eu sabia de tudo, eu entendia aquele olhar sombrio e imperioso, mas... mas era algo forte demais, eu tinha de falar com ela. Assim, caminhei até o grupo em que ela se encontrava, conver-

sando de pé, introduzi-me naquele círculo descontraído
– embora conhecesse apenas alguns dos presentes –, apenas pela ânsia de ouvi-la falar, e, contudo, intimidado, curvado como um cão em que atirassem pedras diante daquele olhar quando ele passava por mim friamente, como se eu fosse um dos reposteiros de linho nos quais eu me apoiava, ou o vento que os movia. No entanto, continuei ali, de pé, sedento por uma palavra que ela chegasse a me dizer, por um sinal de concordância; continuei ali, de pé, com os olhos fixos, como um bloco de pedra no meio da conversa. Com certeza, já devia estar chamando atenção; com certeza, pois ninguém dirigia a palavra a mim, e ela devia estar sofrendo com a minha presença ridícula.

"Por quanto tempo eu teria ficado ali, não sei... uma eternidade, talvez... simplesmente não *conseguia* sair desse encantamento da vontade. Era justamente a obstinação de meu ânimo que me paralisava... Mas ela não suportou a situação por muito mais tempo... De repente, voltou-se para os senhores, com a suntuosa leveza de seu modo de ser, e disse:

"– Estou um pouco cansada... hoje quero ir para cama cedo... Boa noite!.

"Em seguida, passou por mim com um aceno sociável de cabeça... ainda vi a ruga contraída de sua testa e, logo depois, apenas as costas, os ombros brancos, frios, expostos. Foi só um segundo antes de eu compreender que ela ia embora... que eu não a poderia mais ver, não poderia mais falar com ela naquela noite, essa última noite da salvação... por um instante ainda permaneci de pé, congelado, até compreender... então... então...

"Mas, espere... espere... senão o senhor não entenderá meu ato sem sentido, a estupidez do meu ato... primeiro tenho de lhe descrever todo o local... Era o grande salão do edifício do governo, inteiramente iluminado e quase vazio, o imenso salão... os pares tinham ido dançar, os senhores tinham saído para jogar... apenas nos cantos havia alguns grupos conversando... Portanto, o salão estava vazio, qualquer movimento chamava a atenção e era muito visível naquela claridade... E era esse salão comprido e amplo que ela atravessava lentamente, com passos leves e seus ombros eretos, respondendo de vez em quando a um cumprimento com sua postura indescritível... com aquela esplêndida, gelada e nobre tranqüilidade que me encantara tanto... Eu... tinha ficado para trás; como dizia para o senhor, encontrava-me como que paralisado antes de compreender que ela estava indo embora... E quando compreendi ela já se encontrava no final do salão, perto da porta... Então... ah, tenho vergonha ainda agora de pensar nisso... então, num ímpeto, comecei a *correr* – ouça bem: corri... não andei, *saí correndo,* com sapatos de festa que faziam muito barulho, através do salão, atrás dela... Ouvia meus passos, via todos os olhares espantados voltados para mim... poderia morrer de vergonha... enquanto estava correndo, já tinha consciência da loucura... contudo, não conseguia mais... não podia mais voltar atrás... Junto à porta a alcancei... Ela se virou... seus olhos me perfuravam como o aço mais cruel, suas narinas estavam tremendo de fúria... eu queria começar a gaguejar... quando... quando... de repente ela *riu*... soltou uma risada franca, despreocupada, cordial, e disse alto... alto o suficiente para que todos em volta pudessem ouvir:

"– Ah, doutor, só agora lhe ocorre a receita para o meu filho... ah, esses senhores de ciência...

"Um casal que se encontrava por perto riu junto, de bom humor... compreendi, eu vacilava diante do autocontrole com que ela salvara a situação... pus a mão no bolso vazio e tirei uma folha em branco do bloco, folha que ela pegou com desembaraço antes de... mais uma vez com um sorriso frio, de agradecimento... ir embora... Para mim foi fácil no primeiro segundo... vi meu desatino consertado por seu autocontrole, a situação superada... Mas também soube, de imediato, que tudo estava perdido para mim, que aquela mulher me odiava por minha tolice descontrolada... odiava-me mais do que à morte... Soube que poderia apresentar-me centenas e centenas de vezes à sua porta, e que ela me mandaria embora como a um cachorro.

"Cambaleei pelo salão... reparei que as pessoas me olhavam... Eu devia ter uma aparência estranha... Fui ao bufê, tomei dois, três, quatro copos de conhaque em seqüência... isso me salvou de desabar... Meus nervos não agüentavam mais, estavam como que arrebentados... Então escapei discretamente por uma porta lateral, em segredo, como um criminoso... Por nenhum reino do mundo eu poderia ter voltado a atravessar aquele salão, onde o seu riso ainda estava grudado a todas as paredes... Fui andando... não sei mais dizer exatamente para onde andei... fui parar em alguns bares e me embriaguei... bebi como alguém que desejasse embriagar todo o resto de sua consciência... mas... não conseguia embotar meus sentidos... O riso se fazia sentir em mim, uma gargalhada forte, aguda e maldosa... a gargalhada, essa maldita gargalhada que eu não conseguia anestesiar... Ainda vaguei pelo cais... Deixara meu revólver em casa, senão me teria suicidado. Não pensava em nada além daquilo, e com esse pensamento voltei para o quarto... apenas com esse pensamento, focado na gaveta da esquerda do armário, onde se encontrava meu revólver... apenas com esse único pensamento.

"Se não me matei com um tiro... juro que não foi covardia... teria sido uma salvação para mim apertar o gatilho... Mas, como explicar isso para o senhor? ... ainda sentia que tinha uma obrigação... é, uma obrigação de ajudar, aquele maldito dever... deixava-me maluco a idéia de que ela ainda poderia precisar de mim, de que ela precisava de mim... já era quinta-feira de madrugada quando cheguei no hotel, e no sábado... Já lhe disse isso... no sábado vinha o navio, e eu sabia que *aquela* mulher, aquela mulher altiva e orgulhosa não sobreviveria ao escândalo diante do seu marido, diante do mundo... Ah, como esses pensamentos sobre o precioso tempo desperdiçado me torturaram! Pensamentos sobre a minha precipitação insana que impedira qualquer ajuda no tempo certo... Por horas e horas, juro, andei de um lado para o outro no quarto, de um lado para o outro, e atormentei o meu cérebro para descobrir como poderia chegar a me aproximar dela, como poderia consertar tudo, como poderia ajudar... pois estava certo de que ela não me deixaria mais entrar em sua casa... Ainda tinha a gargalhada estampada em todos os nervos, e o estremecimento de raiva das suas narinas... por horas, realmente por horas e horas, percorri os três metros do quarto estreito... já era dia, já era manhã...

"De repente, me atirei à mesa... arranquei um maço de papéis de carta e comecei a escrever para ela... a escrever tudo... uma carta de lamentações servis, na qual pedia perdão, na qual me considerava um louco, um criminoso... na qual suplicava que confiasse em mim... Jurava desaparecer nas próximas horas, da cidade, da colônia, se ela quisesse: do mundo... ela só deveria me perdoar e confiar em mim, permitir que a ajudasse nas últimas horas, nas horas derradeiras... Dessa maneira, preenchi febrilmente vinte páginas... deve ter sido uma carta insana, indescritível, como que saída de um delírio, pois quando me levantei estava coberto de suor... o quarto balançava, tive de tomar um copo d'água... Em seguida, tentei, antes de tudo, reler a carta, mas fiquei horrorizado já nas primeiras palavras... tremendo, dobrei as folhas de papel e as enfiei num envelope... Então, de súbito, ocorreu-me algo. Repentinamente eu sabia quais seriam as palavras realmente decisivas. Peguei de novo a pena entre os dedos e escrevi na última página: 'Aguardo aqui no hotel da praia por uma palavra de perdão. Se não receber nenhuma resposta até as sete horas, me suicido com um tiro'.

"Em seguida, fechei a carta, chamei um mensageiro e mandei que a entregasse de imediato. Finalmente tudo estava dito – tudo."

***

Alguma coisa tilintou e rolou ao nosso lado. Com um movimento brusco, ele derrubara a garrafa de uísque; ouvi como sua mão tateava o chão à sua procura e então, com um puxão repentino, a apanhava: esticando o braço, ele jogou a garrafa vazia no mar. Por alguns minutos a voz se calou; em seguida, continuou a falar febrilmente, ainda mais agitada e apressada do que antes:

– Não sou mais um cristão... para mim não há nem céu nem inferno... Se houver algum, não tenho medo, pois o inferno não pode ser pior do que aquelas horas que vivi, desde a manhã até a tarde... Imagine um pequeno quarto, quente sob o sol, cada vez mais escaldante no calor do meio-dia... um pequeno quarto, só a mesa, a cadeira e a cama... E sobre essa mesa nada além de um relógio e um revólver, e diante da mesa um homem... um homem que não faz nada além de encarar fixamente a mesa, o ponteiro de segundos do relógio... um homem que não come, não bebe, não fuma, não se move... que apenas... ouça bem: que apenas, por três horas seguidas... olha fixamente para o círculo branco do mostrador e para o ponteiro que, pouco a pouco, percorre esse círculo... Assim... foi assim que passei aquele dia, apenas esperando, esperando, esperando... mas esperando como... exatamente como um possesso de *amok* age, de uma maneira desatinada, animalesca, com aquela obstinação furiosa, sem desvios.

"Bem... não vou descrever aquelas horas para o senhor... isso não pode ser descrito... eu mesmo não entendo mais como é possível viver algo assim sem... sem ficar louco... Portanto... às 3h22... sei com precisão, afinal olhava fixamente para o relógio... de repente bateram na porta... Dou um salto... salto como um tigre salta sobre a sua presa, atravessando o quarto inteiro até a porta, que abro... lá fora encontra-se um pequeno jovem chinês, amedrontado, com um bilhete dobrado na mão, e, enquanto eu agarro o bilhete com precipitação, ele já se retira depressa e desaparece.

"Abro o bilhete, quero ler... mas não consigo... Vejo tudo vermelho diante dos meus olhos... Imagine o tormento de finalmente ter uma mensagem, palavras dela... e agora as palavras tremem e dançam diante das minhas pupilas... Mergulho a cabeça na água... e agora fica tudo mais claro... De novo pego o bilhete, e leio: 'Tarde demais! Mas espere onde está. Talvez ainda mande chamá-lo'.

"Nenhuma assinatura no papel amassado, que fora arrancado de algum velho prospecto... traços de caneta apressados, confusos, de uma escrita que seria firme em outra situação... Não sei por que aquele papel me abalou tanto... Ele tinha alguma coisa de terrível, alguma coisa secreta, fora escrito como que durante uma fuga, por alguém de pé num parapeito ou andando num carro... Uma sensação indescritível de medo, de pressa, de horror escorreu friamente daquele bilhete misterioso para a minha alma... e, no entanto... no entanto, eu estava feliz: ela me escrevera, eu ainda não tinha de morrer, podia ajudá-la... talvez... tinha permissão... ah, comecei a me perder nas mais desvairadas conjecturas e esperanças... Centenas de vezes, milhares de vezes reli o pequeno bilhete, beijei-o... examinei-o à procura de qualquer palavra esquecida que tivesse passado despercebida... cada vez mais profundo, cada vez mais confuso se tornou o meu mergulho nesses sonhos, num estado fantástico como que a dormir de olhos abertos... uma espécie de paralisia, alguma coisa de totalmente embotado e, contudo, movimentado, entre o sono e a vigília, que talvez tenha durado quinze minutos, talvez horas...

"De repente me assustei... Será que tinham batido na porta?... Prendi a respiração... um minuto, dois minutos de silêncio total... e então, de novo, um ruído muito baixo, como o movimento de um rato, baixo mas incisivo... Levantei num salto, ainda inteiramente cambaleante, abri a porta – lá fora se encontrava o empregado, seu empregado, aquele mesmo garoto que eu havia acertado na boca com um soco... seu rosto moreno estava empalidecido, seu olhar transtornado manifestava um infortúnio... De imediato, pressenti algum horror...

"– O que... o que aconteceu? – ainda consegui gaguejar.

"– *Come quickly*[12] – ele disse... nada mais.

"Imediatamente me precipitei escada abaixo, com ele me seguindo... Um *sado*, um pequeno carro, estava preparado à nossa espera, e nós entramos...

"– O que aconteceu? – perguntei a ele.

---

12. "Venha depressa" (N.T.)

"Ele me olhava tremendo, em silêncio, com os lábios cerrados... Perguntei mais uma vez – ele continuou calado... Teria sido melhor bater de novo na sua cara, mas... justamente a sua fidelidade canina a ela me comoveu... por isso, não perguntei mais... O carrinho avançava tão depressa no meio da confusão, que as pessoas em fuga esbarravam umas nas outras, e assim saiu do bairro europeu na praia para entrar na cidade baixa, pelo bairro chinês adentro... Por fim, chegamos a um beco estreito, que ficava muito escondido... diante de uma casa baixa o carro parou... Era um lugar sujo e como que retorcido; na parte da frente, uma pequena loja com um lampião... um daqueles antros em que se escondiam casas de ópio ou bordéis, um ninho de bandidos ou de traficantes... Com pressa, o garoto bateu na porta... Lá dentro, uma voz sussurrava, fazendo perguntas... Não consegui mais agüentar, saltei do banco do carro, empurrei a porta só encostada... uma velha chinesa recuou com um gritinho... atrás de mim vinha o garoto, conduzindo-me pelo corredor... Ele abriu uma outra porta... mais outra, que dava para um cômodo escuro, que tinha um cheiro ruim de aguardente e sangue coagulado... Alguém estava gemendo lá dentro... Entrei tateando..."

***

De novo a voz se interrompeu. E o que se desencadeou em seguida foram mais soluços do que fala.

– Eu... fui tateando... e ali... ali se encontrava, sobre um colchão sujo... contorcida de dor... um pedaço de pessoa soltando gemidos... ali se encontrava ela...

"Não pude ver seu rosto no escuro... Meus olhos ainda não estavam acostumados... então fui apenas tateando... sua mão... quente... queimando... febre, febre alta... e tive um calafrio... entendi tudo imediatamente... ela viera parar ali fugindo de mim... deixara-se mutilar por alguma chinesa suja, só porque esperava maior discrição aqui... preferira deixar-se assassinar por uma bruxa diabólica a confiar em mim... só porque eu, louco... porque eu não poupara o seu orgulho, não a havia ajudado logo... porque ela temia menos a morte do que a mim...

"Gritei para que trouxessem luz. O garoto deu um salto: a chinesa detestável trouxe um lampião fumacento a óleo, com as mãos tremendo... tive de me conter para não pular no pescoço da canalha amarela... ela pôs o lampião sobre a mesa... o brilho recaiu, amarelo e claro, sobre o corpo torturado... E de repente... de repente tudo aquilo me abandonou, todo embotamento, toda fúria, toda essa impureza de paixão acumulada... passei a ser apenas médico, uma pessoa que ajuda, que sabe... tinha esquecido de mim mesmo... lutava, com os sentidos despertos e claros, contra o horror... Senti o corpo nu que cobiçava em meus sonhos só como... não sei dizer... como matéria, como organismo... não a notava mais, notava apenas a vida que se defendia contra a morte, o ser humano que se contorcia naquele tormento mortal... Seu sangue, seu sangue quente e sagrado encharcava minhas mãos, mas eu não o percebia nem com prazer, nem com horror... era apenas um médico... via apenas o sofrimento.. e vi...

"Percebi imediatamente que tudo estava perdido, se não ocorresse um milagre... ela estava ferida e perdera muito sangue pela intervenção de mãos criminosas e inábeis... e eu não tinha nada para estancar o sangue, naquele buraco fedorento, nem mesmo água limpa... tudo o que eu tocava cheirava a sujeira...

"– Temos de ir imediatamente para o hospital – eu disse.

"Mal havia dito isso, o corpo torturado se inclinou num espasmo.

"– Não... não... prefiro morrer... ninguém pode saber... ninguém pode saber... para casa... para casa...

"Entendi... ela batalhava apenas pelo segredo, por sua honra... não por sua vida... E obedeci... O garoto trouxe uma padiola... nós a acomodamos deitada... e assim... já com o aspecto de um cadáver, esgotada e ardendo em febre... nós a levamos pela noite... para casa... evitando a criadagem assustada e interrogativa... como ladrões a carregamos para o seu quarto e trancamos as portas... Então... então teve início a luta, a longa luta contra a morte..."

***

De repente, meu braço foi segurado com tanta força que quase gritei de susto e dor. No escuro, o rosto se encontrava, de um momento para outro, absurdamente perto de mim, vi os dentes brancos na boca aberta pelo ímpeto súbito da fala, vi as lentes dos óculos com o reflexo da lua, brilhando como se fossem dois enormes olhos de gato E agora ele não falava mais – berrava, sacudido por uma fúria ululante.

– O senhor sabe então, desconhecido que está aqui sentado numa espreguiçadeira de convés, viajando pelo mundo, o senhor sabe como é quando uma pessoa morre? Será que já acompanhou uma coisa assim, já viu como o corpo se contorce, como as unhas azuladas se cravam no vazio, como a garganta solta ruídos agonizantes, como cada membro se defende, cada dedo se volta contra o terror, e como o olho salta num horror para o qual não há palavras? Será que o senhor já viveu isso alguma vez, o senhor, um turista, um viajante; o senhor, que fala de ajudar como de um dever? Eu já vi isso muitas vezes, como médico, vi muitas vezes como... caso clínico, como um fato da vida... já havia, por assim dizer, *estudado* o fenômeno – mas *vivê-lo* foi só uma vez, participando, morrendo junto, só daquela vez, naquela noite... naquela noite terrível em que me sentei ali e pressionei ao máximo o meu cérebro para saber algo, para encontrar algo, para descobrir algo contra a hemorragia, contra o sangue que escorria e escorria e escorria, contra a febre, que a consumia diante dos meus olhos... contra a morte, que se aproximava cada vez mais e que eu não era capaz de afastar daquela cama.

"O senhor entende o que é ser um médico, saber tudo contra todas as doenças – ter o dever de ajudar, como o senhor disse sabiamente – e no entanto ficar sentado, impotente, diante de uma pessoa à beira da morte, ter todo o conhecimento, mas sem nenhum poder para... sabendo apenas isto, tendo conhecimento do fato terrível de não poder ajudar, mesmo que todas as veias do corpo fossem abertas e examinadas... Ver um corpo amado, acompanhar como ele sangra miseravelmente, torturado por dores; sentir um pulso que dispara e ao mesmo tempo se esvai... que escapa por sob os dedos... Ser um médico e não saber nada, nada, nada... Só saber ficar ali, sentado, e balbuciar alguma oração, como uma beata na igreja, e então erguer o punho de novo contra um Deus maldito, mesmo sabendo que ele não existe... O senhor entende isso? Entende?... Eu... Eu só não entendo uma coisa: como... como a gente faz para não morrer junto em tais momentos... como a gente, apesar de tudo, levanta do sono na manhã seguinte e escova os dentes, dá o nó numa gravata... como a gente pode continuar a viver depois de vivenciar uma coisa dessas, uma coisa como aquela que eu senti, a respiração do primeiro ser humano pelo qual eu lutei e me empenhei, uma respiração que eu queria manter viva com todas as forças da minha alma... sentir como ela se esvaía... escapava para algum lugar, esvaía-se cada vez mais depressa, de minuto a minuto, e eu não tinha nenhum conhecimento em meu cérebro febril suficiente para preservar aquele único ser humano...

"Além disso, para redobrar diabolicamente o meu tormento, além disso... Enquanto eu estava sentado ao lado da cama dela – eu lhe dera morfina para aliviar as dores e a via deitada, com as faces ardentes, ardentes e pálidas ao mesmo tempo –, enquanto eu estava ali sentado, percebia, durante todo o tempo, às minhas costas, dois olhos dirigidos para mim com uma expressão horrorizada de tensão... O garoto se encontrava agachado no chão, num canto, sussurrando algum tipo de oração... Quando meu olhar se cruzou com o dele... não, na verdade não sou capaz de descrever isso... havia algo de tão suplicante, de tão... agradecido em seu olhar canino, e naquele mesmo instante ele ergueu as mãos para mim, como se quisesse me suplicar que a salvasse... O senhor entende: para mim, ele levantou as mãos para mim como se fosse para um deus... para mim... para o fraco impotente que sabia muito bem que tudo estava perdido... sabia que eu era tão inútil ali quanto um inseto rastejando pelo chão... Ah, aquele olhar, como ele me atormentou, aquela esperança fanática, animalesca, na minha perícia... Eu poderia ter gritado com ele e lhe dado um chute, de tanto que seu olhar me fazia mal... e no entanto eu percebia o quanto nós dois estávamos ligados por meio de nosso amor por ela... por meio do segredo... Um animal à espreita, um aglomerado amorfo, ele se encontrava agachado, todo curvado, atrás de mim... Bastava eu precisar de alguma coisa, ele levantava de um salto, com seus pés descalços e silenciosos, tremendo de expectativa... como se a ajuda fosse... a salvação... Eu sei que ele teria aberto as próprias veias para ajudá-la... Era assim aquela

mulher, era assim o poder que ela tinha sobre os homens...
E eu... eu nao tinha o poder de salvar nem mesmo uma
gotinha de sangue... Ah, aquela noite, aquela noite terrível, interminável, entre a vida e a morte!

"Perto do amanhecer, ela voltou a despertar... abriu
os olhos... agora eles não eram mais orgulhosos e frios...
Uma febre brilhava neles, como se eles investigassem o
quarto, com estranheza... Em seguida ela me encarou:
pareceu refletir, tentando lembrar de quem era o rosto... e
de repente... eu vi... ela se lembrou... pois algum espanto,
uma defesa... algo de hostil e terrível contraiu o seu rosto... ela mexeu os braços como se quisesse fugir... ir embora, escapar, escapar de mim... eu vi, ela pensava naquilo... naquela hora... Mas em seguida tomou consciência...
olhou-me já mais calma, com a respiração pesada... senti
que desejava falar, dizer algo... De novo, as mãos começaram a se estender... ela queria levantar, mas estava fraca
demais... Procurei acalmá-la, inclinei-me... então ela me
encarou com um olhar demorado e atormentado... Seus
lábios se moveram levemente... Foi apenas um último
som muito sumido, quando ela disse:

"– Ninguém vai saber?... Ninguém?

"– Ninguém – respondi com toda força e convicção –,
eu prometo.

"Mas seus olhos ainda estavam inquietos... Com os
lábios febris, ela foi capaz de se exprimir de maneira muito
pouco compreensível:

"– Jure para mim... ninguém vai saber... jure.

"Levantei o dedo como para fazer um juramento.
Ela me encarou com um olhar... com um olhar indescritível... ele estava suave, caloroso, agradecido... realmente, realmente agradecido... Ainda quis dizer alguma
coisa, mas foi difícil demais para ela. Ficou deitada sem

se mover por muito tempo, empalidecida pelo esforço, com os olhos fechados. Em seguida teve início o horror... o horror... Ela ainda lutou por uma hora: só de manhã a luta teve fim..."

***

Ele ficou muito tempo calado. Não notei isso até vir do meio do convés o som do sino quebrando o silêncio, uma, duas, três fortes badaladas – três horas da manhã. A luz da lua ficara mais fraca, mas alguma outra claridade amarela reluzia de maneira tênue ao vento, que às vezes soprava, leve como uma brisa. Meia hora, uma hora mais e já seria dia, esse horror se dissiparia na luminosidade. Agora eu via seus traços com mais clareza, já que as sombras não eram mais tão densas e escuras no nosso canto – ele havia tirado o chapéu, e sob a cabeça descoberta seu rosto atormentado parecia ainda mais atemorizante. O brilho dos óculos se voltou de novo para mim, ele se contraiu, e sua voz assumiu um tom irônico e incisivo.

– Para ela estava tudo terminado, mas não para mim. Eu estava sozinho com o cadáver, mas sozinho numa casa desconhecida, sozinho numa cidade que não suportava segredo algum, e eu... eu tinha que proteger o segredo... Pois é, imagine só, a situação toda: uma mulher da melhor sociedade da colônia, totalmente saudável, que na noite anterior havia dançado no baile do governo, de repente se encontra morta em sua cama... Um médico desconhecido está a seu lado, supostamente chamado pelo criado dela... ninguém na casa viu quando nem de onde ele veio... à noite, viram-na chegar trazida numa padiola, e em seguida as portas foram fechadas... e de manhã ela está morta... só então os criados são chamados, e de repente a casa se enche de gritos... naquele instante, os vizinhos ficam sabendo, toda a cidade fica sabendo... e só uma pessoa ali pode esclarecer tudo... eu, o homem desconhecido, o médico de um posto distante... Uma situação agradável, não é verdade?

"Eu sabia o que tinha pela frente. Por sorte, o garoto estava comigo, o rapaz corajoso que lia em meus olhos cada intenção – aquele bicho amarelo obstinado também compreendia que ainda era preciso travar uma batalha. Disse-lhe apenas:

"– A senhora deseja que ninguém fique sabendo o que aconteceu.

"Ele me encarou com seu olhar canino, oblíquo, porém decidido.

"– *Yes, Sir* – não disse mais nada.

"Mas lavou os vestígios de sangue do chão, arrumou tudo – e justamente a sua determinação devolveu a minha.

"Nunca na vida, bem o sei, tive uma tal concentração de energia, e nunca mais terei. Se alguém perdeu tudo, luta como um desesperado pelo que resta – e o que restava era o seu legado, o segredo. Recebi cheio de tranqüilidade as pessoas, contei a elas todas a mesma história inventada, sobre o empregado que ela mandara em busca de um médico e que por acaso me encontrara no caminho. Mas, enquanto falava aparentemente tranqüilo, ficava à espera... sempre à espera... do responsável pelo atestado de óbito, que tinha de chegar antes que a fechássemos no caixão, e o segredo com ela... Era, não se esqueça, quinta-feira,[13] e no sábado chegaria seu marido...

---

13. Há um erro de data aqui por parte do autor. Seguindo a cronologia da história, deveria ser sexta-feira. (N.T.)

"Às nove horas, finalmente ouvi o aviso da chegada do médico responsável. Eu mandara chamá-lo – era meu superior na hierarquia e, ao mesmo tempo, meu concorrente, aquele mesmo médico de quem ela havia falado com desprezo e que evidentemente já ficara sabendo do meu desejo de ser transferido. À primeira vista percebi: ele demonstrava hostilidade em relação a mim. Mas justamente isso aumentou a minha força.

"Na ante-sala, ele já perguntou:

"– A que horas a senhora... – mencionou o nome dela – ...morreu?

"– Às seis horas da manhã.

"– Quando ela mandou chamar o senhor?

"– Às onze da noite.

"– O senhor sabia que eu era seu médico.

"– Sabia, mas era urgente... e além disso a senhora exigira expressamente que eu viesse. Ela havia proibido que chamassem um outro médico.

"Ele me olhou fixamente: em seu rosto pálido, um tanto gordo, surgiu um rubor, e eu pude perceber que ele estava irritado. Mas era justamente disso que eu precisava – todas as minhas energias se concentraram para uma decisão rápida, pois eu pressentia que meus nervos não suportariam por muito mais tempo. Querendo dar uma resposta pouco amistosa, ele disse:

"– Embora o senhor tenha achado que podia me dispensar, é meu dever profissional atestar o óbito e... como ele se deu.

"Não respondi e o deixei avançar. Em seguida recuei, tranquei a porta e coloquei a chave sobre a mesa. Surpreso, ele levantou as sobrancelhas:

"– O que significa isso?

"Posicionei-me com tranqüilidade diante dele:

"– Não se trata aqui de determinar a causa da morte, mas... de encontrar uma outra causa. Essa mulher me chamou para... para tratá-la depois das conseqüências de uma intervenção desastrosa... não pude mais salvá-la, mas lhe prometi que salvaria sua honra, e é isso que vou fazer. Peço ao senhor que me ajude!

"Seus olhos ficaram muito arregalados de espanto.

"– O senhor não pretende – gaguejou em seguida – que eu, o médico oficial, deva encobrir aqui um crime?

"– Sim, é isso mesmo que quero e que preciso fazer.

"– Para encobrir um crime do senhor eu devo...

"– Fique sabendo que não toquei nesta mulher, senão... senão eu não estaria aqui diante do senhor, senão eu teria dado fim à minha vida faz tempo. Ela pagou pela sua falta, se o senhor quiser chamar assim; o mundo não precisa ficar sabendo de nada. E eu não vou tolerar que a honra dessa mulher agora seja inutilmente maculada.

"Meu tom decidido só fez agitá-lo ainda mais.

"– O senhor não vai tolerar... então... agora o senhor é meu superior... ou pelo menos acredita ser... Tente me dar ordens... eu tinha imaginado logo que havia sujeira em jogo aqui quando chamaram o senhor do seu esconderijo... é uma prática muito honesta a que o senhor está começando aqui, um belo teste... Mas agora *eu* vou examinar, *eu*, e o senhor pode ter certeza de que um documento com a minha assinatura estará correto. Não vou atestar nenhuma mentira.

"Permaneci muito tranqüilo.

"– Na verdade é o que o senhor tem de fazer desta vez. Pois não sairá do quarto antes disso.

"Pus a mão no bolso – meu revólver não estava comigo. Mas ele estremeceu. Dei um passo em sua direção e o encarei.

"– Ouça bem, vou lhe dizer uma coisa... para que não cheguemos a extremos. Minha vida não me importa em nada... nem a vida de uma outra pessoa. Já cheguei neste ponto... a única coisa que me importa é manter minha promessa de que o motivo desta morte fique em segredo... Ouça bem: dou-lhe minha palavra de honra de que, se o senhor assinar o atestado de que essa mulher morreu de... de alguma casualidade, ainda no decorrer desta semana eu vou embora da cidade e da Índia... Se o senhor exigir, pego meu revólver e me mato, logo que o caixão esteja enterrado e que eu possa ter certeza de que ninguém... O senhor compreende: *ninguém* mais poderá fazer um exame. Isso bastará para o senhor – *precisa* ser o suficiente.

"Devia haver algo de ameaçador, algo de perigoso em minha voz, pois, à medida que me aproximava involuntariamente, ele recuava com aquele mesmo horror com que... com que os homens fogem do possesso de *amok*, quando ele corre célere com o *kris* desembainhado... De uma hora para outra, ele mudou de atitude... de alguma maneira humilhado e paralisado... sua postura rígida desabou. Murmurou, numa última tentativa muito fraca de resistência:

"– Seria a primeira vez em minha vida em que eu assinaria um atestado falso... mesmo assim, encontraremos uma solução... a gente sabe as coisas que acontecem... Mas não posso assinar assim...

"– Com certeza o senhor não poderia – ajudei-o para lhe dar força – "Depressa! Depressa!", era o que eu pensava –, mas agora, agora que o senhor sabe que iria apenas ofender um vivo e fazer algo terrível a um morto, com certeza não vai hesitar.

"Ele assentiu com um gesto. Chegamos perto da mesa. Após alguns minutos o atestado estava pronto (depois ele foi publicado também no jornal, descrevendo convincentemente um ataque cardíaco). Em seguida ele se levantou e me encarou:

"– O senhor viajará ainda nesta semana, não é?

"– Minha palavra de honra.

"Voltou a me encarar. Percebi que ele queria parecer rigoroso, objetivo.

"– Vou providenciar imediatamente um caixão – disse, para encobrir seu embaraço.

"Mas o que havia em mim que me tornava tão... tão atemorizante... tão inquietante? De repente, ele estendeu a mão para mim e a apertou com uma cordialidade exagerada.

"– Procure superar isso – disse ele.

"Eu não sabia o que ele queria dizer. Será que eu estava doente? Será que estava... louco? Acompanhei-o até a porta, fechei-a – mas foi a minha última gota de força que fechou a porta atrás dele. Em seguida recomeçou a agitação mental, tudo balançava e rodava: exatamente em frente à cama dela eu desmaiei... da mesma maneira que... que o possesso de *amok,* ao final de sua disparada, desaba, com os nervos arrebentados."

***

De novo ele se interrompeu. Por algum motivo, isso me deu um calafrio: teria sido o primeiro sopro do vento matinal, que passava por sobre o navio sussurrando levemente? Mas o rosto atormentado – só em parte iluminado pelo brilho da manhã – contraiu-se novamente:

– Não sei por quanto tempo fiquei deitado sobre a esteira. Então, alguém me tocou. Era o garoto, que se encontrava diante de mim com um ar medroso e com seus gestos devotados, encarando-me com um olhar inquieto.

"– Alguém quer entrar... quer vê-la...

"– Ninguém pode entrar.

"– É... mas...

"Seus olhos estavam assustados. Ele queria dizer alguma coisa e no entanto não se atrevia. Por algum motivo, o bicho fiel sofria um tormento.

"– Quem é?

"Ele me encarou temeroso, como quem receasse levar um tapa. E em seguida disse... ia mencionar um nome... De onde vinha de repente tanto saber naquela criatura inferior, como é que, em poucos segundos, uma delicadeza indescritível tomava conta de uma pessoa obtusa? Em seguida ele disse... com muito, muito temor:

"– É *ele*.

"Tive um sobressalto, entendi de imediato e fiquei muito curioso, impaciente em relação àquele desconhecido. Pois, olhe só, como é estranho... em meio a todo aquele tormento, naquela febre de exigências, medo e pressa, eu havia esquecido completamente *dele*... havia esquecido que havia um outro homem em jogo... o homem que aquela mulher amava, a quem ela dera apaixonadamente o que recusara a mim... Doze, vinte e quatro horas antes eu ainda teria odiado esse homem, a quem poderia ter feito em pedaços.. Agora... não sou capaz, não sou capaz de descrever o quanto desejava vê-lo.. ele... amá-lo, porque ela o amara.

"Num instante eu estava na porta. Um jovem oficial louro, muito jovem, encontrava-se ali, muito sem jeito, muito magro, muito pálido. Ele parecia uma criança, tão... tão jovem que era comovente... e logo me emocionei de maneira indescritível ao ver como ele se esforçava para ser um homem, para ter uma atitude digna... para encobrir sua agitação... Percebi imediatamente que suas mãos tremiam quando ele foi tirar o quepe... Eu preferiria tê-lo abraçado... porque ele era exatamente como eu queria que fosse o homem que possuíra aquela mulher... Não fora a um sedutor, nem a um homem arrogante... não, fora a quase uma criança, uma criatura pura e frágil, que ela se entregara.

"Totalmente encabulado, o jovem se encontrava diante de mim. Meu olhar curioso, meu sobressalto exaltado o deixaram ainda mais confuso. O pequeno bigode sobre o lábio tremia, revelando a emoção... aquele jovem oficial, aquela criança tinha de se esforçar para não cair em prantos.

"– Perdão – disse afinal –, eu gostaria de ver... gostaria de ver ainda a senhora...

"Inconscientemente, sem querer, passei meu braço em torno do ombro daquele desconhecido e o conduzi, como se conduz um doente. Ele me encarava espantado, com um olhar infinitamente caloroso e agradecido... Algum tipo de compreensão sobre a nossa ligação se estabeleceu entre nós naquele segundo... Fomos em direção à morta... Ela se encontrava ali deitada, branca, no linho branco – percebi que minha proximidade o oprimia ainda mais... por isso, recuei alguns passos para deixá-lo sozinho com ela. Ele se aproximou lentamente com... com passos tão inseguros, tão arrastados... vi, pelos seus ombros, como ele se revolvia por dentro, despedaçava-se... ele andava como alguém que vai na direção de uma imensa tempestade... E de repente caiu de joelhos diante da cama... da mesma maneira como eu me deixara cair ali.

"Imediatamente avancei, num salto, levantei-o e o levei até uma poltrona. Ele não tinha mais vergonha, apenas deixava seu tormento se exprimir em soluços. Não fui capaz de dizer nada – apenas afaguei, sem tomar consciência, seu cabelo louro infantil e macio. Ele segurou minha mão... de maneira suave, porém cheio de angústia... e de súbito senti seu olhar pousado em mim...

"– Conte-me a verdade, doutor – balbuciou –, ela se matou?

"– Não – respondi.

"– E alguém... quero dizer... alguém... alguma pessoa é culpada por sua morte?

"– Não – voltei a dizer, embora tenha ficado presa na garganta a resposta: 'Eu! Eu! Eu!... E você!... Nós dois! E a teimosia dela, a maldita teimosia dela!'. Mas me contive. Repeti mais uma vez:

"– Não... ninguém teve culpa... foi uma fatalidade!

"– Não posso acreditar – lamentou –, não posso acreditar. Anteontem mesmo ela estava no baile, ela sorria, ela acenou para mim. Como é possível, como isso pôde acontecer?

"Contei uma longa mentira. Também para ele não traí o segredo. Como dois irmãos, voltamos a nos falar ao longo de todos os dias seguintes, como que iluminados pelo sentimento que nos unia.... Não confiávamos inteiramente um no outro, mas pressentíamos mutuamente que toda a nossa vida estava ligada àquela mulher... Às vezes as palavras roçavam meus lábios; contudo, eu cerrava os dentes – ele nunca ficou sabendo que ela carregava seu filho... que eu teria sido responsável pela morte da criança, do seu filho, que ela levara junto para o abismo. E, no entanto, nós só falamos sobre ela naqueles dias, durante os quais me escondi na casa dele... pois – tinha esquecido de lhe dizer que procuravam por mim... O marido dela havia chegado quando o caixão já estava fechado... ele não queria acreditar no diagnóstico... As pessoas faziam intrigas... e ele estava à minha procura... Mas eu não podia suportar vê-lo, uma pessoa que eu sabia tê-la feito sofrer... Fiquei escondido... por quatro dias não saí da casa, nós dois não deixamos o apartamento... O amante dela havia providenciado para mim um lugar no navio, sob um nome falso, para que eu pudesse fugir... Como um ladrão, passeio furtivamente pelo convés durante a madrugada, de modo que ninguém me reconhece... Deixei para trás tudo que eu possuía... minha casa com todo o trabalho de sete anos, meus bens, tudo ficou à disposição de qualquer um... E os senhores do governo já devem ter riscado meu nome, porque abandonei o meu posto sem estar de férias... Mas, eu não poderia mais viver naquela casa, naquela cidade... naquele mundo em que tudo me fazia lembrar dela... Como um ladrão, escapei durante a noite... só para fugir dela... só para esquecer... Mas, quando cheguei a bordo... à noite... à meia-noite... meu amigo estava junto... naquela hora... o guindaste estava levantando algo... retangular, preto... o caixão dela... Preste atenção: o caixão dela... ela me perseguiu até aqui, da mesma maneira que a persegui... e eu tive de me ocultar, de ficar à parte, pois ele, o marido, estava junto... ele a acompanha para a Inglaterra... talvez queira mandar fazer uma autópsia... ele se apoderou dela... agora ela pertence de novo a ele... não pertence mais a nós, a nós... dois... Mas eu ainda estou aqui... vou junto até o último momento... ele não vai, ele não pode tomar conhecimento... Eu vou saber como defender o segredo dela contra qualquer tentativa... contra esse canalha de quem ela fugiu para a morte... Nada, ele não vai saber de nada... O segredo dela pertence a mim, só a mim...

"O senhor entende agora... entende agora... por que não posso encontrar as pessoas... não posso ouvir os risos delas... quando elas se juntam aos pares... pois lá atrás... lá atrás, no porão de carga, entre caixas de chá e castanhas-do-pará, está acomodado o caixão... Não posso entrar, o porão está trancado... mas eu sei disso, percebo com todos os meus sentidos, sei a cada segundo... mesmo quando eles dançam valsa ou tango... É uma tolice, já que o mar encobre milhões de mortos, e em cada pedaço de terra que a gente pisa apodrece um cadáver... No entanto, não posso suportar, não posso suportar o fato de eles brincarem em bailes de máscaras, rindo alegremente... Esta morta, eu sinto a presença dela, e sei o que ela quer de mim... Eu sei, ainda tenho um dever a cumprir... ainda não terminou minha tarefa... o segredo dela ainda não está a salvo... ela ainda não me liberou."

***

Do meio do navio vinha o som de passos arrastados e de pessoas conversando: marinheiros começaram a limpar o convés. Ele se sobressaltou, como que surpreendido, e seu rosto contraído ganhou traços de medo. Levantou-se e sussurrou:

– Já vou embora... já vou embora.

Foi um sofrimento observá-lo: seu olhar devastado, os olhos inchados, vermelhos da bebida e das lágrimas. Ele se esquivava do meu interesse, seu comportamento acanhado deixava nítida a vergonha, uma vergonha infinita por ter revelado seu segredo para mim naquela noite. Sem pensar, disse a ele:

– Será que eu posso ir à sua cabine de tarde...?

Ele me encarou – um traço cínico, rude e irônico contraiu seus lábios, algo de maldoso impelia e distorcia cada palavra.

– Ah... seu célebre dever de ajudar... aha... Com essa máxima, o senhor conseguiu me fazer falar. Mas não, meu senhor, agradeço. Não creia que tudo se tornou mais fácil para mim desde que terminei de lhe expor minha vísceras, até os excrementos em meus intestinos. Minha vida estragada não pode ser consertada por ninguém... Foi em vão que servi ao honorável governo holandês... A pensão se perdeu, volto para a Europa como um pobre-diabo... como um cachorro ganindo atrás de um caixão... Não fica muito tempo sem punição uma disparada de *amok*, ao final a pessoa é derrubada, e eu espero estar perto do fim... Não, obrigado, meu senhor, por sua bondosa visita... já tenho meus companheiros de viagem na cabine... algumas boas garrafas de uísque, que de vez em quando me consolam, e meu velho amigo ao qual infelizmente não recorri na hora certa, meu fiel *browning*[14]... que afinal ajuda mais do que qualquer conversa... Por favor, não se dê ao trabalho... O único direito humano que resta é o de se arrebentar como quiser... e, por isso, ser deixado em paz, sem receber ajuda alheia.

Encarou-me de novo com um ar sarcástico... até mesmo desafiador, mas percebi que era apenas vergonha, uma vergonha sem limites. Em seguida ele deu de ombros, virou-se sem se despedir e se encaminhou para a cabine, atravessando o convés já iluminado de uma maneira estranhamente enviesada e arrastada. Não o vi mais. Em vão o procurei no lugar habitual na noite seguinte. Havia desaparecido, e eu teria acreditado que se tratava de um sonho ou de uma aparição fantástica, se não tivesse notado, entre os passageiros, um deles usando uma tarja preta de luto no braço, um grande comerciante holandês que, segundo me confirmaram, havia acabado de perder sua esposa em conseqüência de alguma doença tropical. Observei-o caminhando para lá e para cá, sério e atormentado, e a idéia de saber de suas preocupações mais secretas me dava um misterioso acanhamento: sempre que ele passava eu me esquivava, para não revelar com um olhar que eu sabia mais a respeito de sua vida do que ele mesmo.

***

---

14. Marca de revólver. (N.T.)

No porto de Nápoles ocorreu, então, aquele estranho acidente, cuja explicação acredito ter encontrado na narrativa do desconhecido. A maioria dos passageiros não estava a bordo naquela noite; eu mesmo fora à ópera e a seguir ainda me demorara num dos cafés iluminados da Via Roma. Quando estávamos voltando para o vapor num bote a remo, percebi que alguns barcos circulavam o navio com tochas e lampiões de acetileno, à procura de alguma coisa. E lá em cima, no convés escuro, havia uma movimentação suspeita de *carabineris* e guardas. Perguntei a um dos marinheiros o que havia acontecido. Ele dissimulou de uma maneira que demonstrava, de imediato, que havia uma ordem de silêncio. Mesmo no dia seguinte, quando o navio seguia calmamente seu caminho em direção a Gênova, sem nenhum vestígio de qualquer incidente, não foi possível averiguar nada a bordo. Foi só nos jornais italianos que li, depois, num texto cheio de ornamentos românticos, sobre o suposto acidente no porto de Nápoles. Segundo os jornalistas, naquela noite, durante a madrugada, para não inquietar os passageiros, o caixão de uma dama importante das colônias holandesas deveria ser transferido do navio para um bote. Ele estava sendo baixado por uma escada de cordas, na presença do marido, quando algo pesado teria despencado do convés do navio, levando para a água o caixão, junto com os carregadores e o marido que o baixavam. Um jornal afirmava tratar-se de um louco, que lançara alguma coisa escada abaixo; um outro atenuava a informação, afirmando que as cordas haviam arrebentado sozinhas, pelo excesso de peso. Em todo caso, a empresa naval parecia ter feito tudo para encobrir os fatos exatos. Com grande esforço, os carregadores e o marido da falecida haviam sido resgatados da água, mas o caixão de chumbo submergira imediatamente e não pudera mais ser recuperado. Ao

Amok

mesmo tempo, numa outra notícia, mencionava-se que o cadáver de um homem de aproximadamente quarenta anos fora encontrado na água do porto, mas para os meios de comunicação esse fato não pareceu ter qualquer relação com o acidente divulgado. Para mim, no entanto, mal havia terminado de ler as poucas linhas da notícia, foi como se, por trás da página do jornal, de repente estivessem fixadas em mim mais uma vez as lentes brilhantes dos óculos e o rosto fantasmagórico, com o branco da lua.

Xadrez

Tradução de Pedro Süssekind

No grande vapor de passageiros que partiria à meia-noite de Nova York para Buenos Aires, predominava a usual atividade e movimentação de última hora. Visitantes se comprimiam para dar adeus a seus amigos, mensageiros do telégrafo com bonés enviesados gritavam nomes pelos salões, malas e flores eram carregadas, crianças curiosas corriam para cima e para baixo nas escadas, enquanto a orquestra tocava, imperturbável, no convés. Um pouco afastado dessa confusão, eu estava conversando na área de passeio com um conhecido quando, ao nosso lado, flashes repentinos espocaram por duas ou três vezes – aparentemente, alguém famoso ainda estava sendo entrevistado e fotografado às pressas, logo antes da partida. Meu amigo olhou e sorriu.

– O senhor tem uma ave rara a bordo, o Czentovic.

Como essa informação provocou em meu rosto uma expressão de indagação, ele acrescentou o esclarecimento:

– Mirko Czentovic, o campeão mundial de xadrez. Ele percorreu a América de leste a oeste participando de torneios, agora parte rumo a novos triunfos na Argentina.

Ao ouvir isso, lembrei-me desse jovem campeão mundial e até de alguns detalhes com relação a sua carreira fulgurante. Meu amigo, um leitor de jornais mais atento do que eu, soube complementá-los com uma série de anedotas. Aproximadamente um ano antes, Czentovic fora comparado, de modo repentino, aos velhos mestres mais respeitados da arte do xadrez, como Alekhine, Capablanca, Tartakower, Lasker, Bogoljubow; desde o surgimento do menino-prodígio Rzecewski, de sete anos, no torneio de xadrez de Nova York, em 1922, não despertava tanta atenção o destaque de um total desconhecido nesse círculo de grandes nomes. Isso porque as capacidades intelectuais de Czentovic não pareciam prenunciar de modo algum uma carreira tão brilhante. Logo se espalhou o segredo de que, em sua vida particular, esse campeão de xadrez era incapaz de escrever, em qualquer língua, uma frase inteira sem erros de ortografia. Como dizia, com raiva e despeito, um de seus colegas indignados, "sua falta de cultura era igualmente universal em todos os campos". Filho de um paupérrimo barqueiro eslavo do rio Donau, cuja barca mínima certa noite fora abalroada por um vapor carregado de trigo, o menino havia sido acolhido por piedade, aos doze anos, depois da morte do pai, pelo vigário da localidade onde se dera o acidente. E o bom padre havia se esforçado honestamente para ensinar em casa o que aquele garoto de testa grande, calado e apático, não era capaz de aprender na escola da vila.

Mas os esforços foram em vão. Mirko encarava sempre com estranheza as letras escritas que já lhe haviam sido explicadas centenas de vezes; até para o mais simples assunto das aulas faltava a seu cérebro, que trabalhava lentamente, qualquer capacidade de reter as informações. Quando precisava contar, mesmo aos quatorze anos tinha de usar os dedos, e a leitura de um livro ou de um jornal ainda exigia um grande empenho do garoto já quase crescido. Mas não se podia de modo algum considerar que Mirko tivesse má vontade ou fosse teimoso. Cumpria obedientemente o que lhe mandavam, buscava água, rachava lenha, ajudava no trabalho da lavoura, arrumava a cozinha e realizava de maneira confiável, embora com uma lentidão irritante, todo serviço que lhe fora exigido. No entanto, o que mais aborrecia o padre naquele garoto ensimesmado era sua total indiferença. Ele não fazia nada que não lhe fosse especialmente solicitado, nunca perguntava coisa alguma, não brincava com outros meninos e não procurava por si próprio qualquer ocupação enquanto não lhe dessem alguma ordem direta. Assim que Mirko terminava a arrumação da casa, ficava sentado no quarto, imóvel, com aquele olhar vazio que as ovelhas no campo possuem, sem tomar parte minimamente nos acontecimentos em torno dele. À noite, enquanto o vigário, fumando um longo cachimbo de camponês, jogava, como de hábito, suas três partidas de xadrez com o sargento da gendarmaria, o garoto de cabelos louros e desalinhados permanecia por perto em silêncio, com os olhos de pálpebras pesadas fixos no tabuleiro quadriculado, de modo aparentemente sonolento e indiferente.

    Certa noite de inverno, enquanto os dois parceiros estavam profundamente concentrados numa de suas partidas diárias, veio da rua o som dos sininhos de um trenó, que se aproximava cada vez mais depressa. Um camponês com o gorro coberto de neve entrou apressado, para avisar que sua velha mãe estava à beira da morte e pedir ao vigário que fosse sem demora lhe dar a extrema-unção. Sem hesitação o padre o acompanhou. O sargento da gendarmaria, que ainda não tinha terminado seu copo de cerveja, acendeu um último cachimbo e já se preparava para calçar as suas botas quando percebeu o quanto os olhos de Mirko estavam fixos no tabuleiro de xadrez, que exibia a partida já iniciada.

    – Então, você quer continuar a partida? – brincou, inteiramente convencido de que o jovem sonolento não saberia mover direito nenhuma peça no tabuleiro. O garoto tímido ergueu a vista, fez um sinal de assentimento e sentou no lugar do vigário. Após quatorze lances, o sargento havia perdido e, além disso, foi forçado a admitir que sua derrota não era de modo algum uma conseqüência de algum lance descuidado. A segunda partida não foi diferente.

– O asno de Balaão! – exclamou espantado o vigário ao retornar, antes de explicar ao sargento pouco versado na Bíblia que ocorrera dois mil anos antes um milagre semelhante, quando uma criatura muda de repente havia encontrado a língua da sabedoria. Embora fosse já tarde da noite, o vigário não conseguiu se conter e desafiou seu aprendiz semi-analfabeto para uma partida. Mirko também o derrotou com facilidade. Ele jogava concentrado, devagar, imperturbável, sem erguer sequer uma vez a testa grande inclinada para o tabuleiro. Mas jogava com uma segurança incontestável; nem o sargento nem o vigário foram capazes de ganhar uma partida dele nos dias seguintes. O vigário, mais capaz do que qualquer outro de avaliar o atraso de seu aluno em todo o resto, a princípio ficou apenas curioso para saber até onde esse único dom especial resistiria a um teste rigoroso. Depois de ter levado Mirko ao barbeiro da vila para cortar seu cabelo desgrenhado cor de palha, com a intenção de tornar o menino um pouco mais apresentável, o vigário partiu com ele de trenó para a cidadezinha vizinha, onde sabia que um grupo de fanáticos jogadores de xadrez se reunia num canto do café da praça principal, jogadores aos quais ele mesmo nunca tinha conseguido se equiparar. Não despertou muita atenção do grupo sentado a entrada do vigário em companhia daquele garoto de quinze anos, com seu cabelo cor de palha e as bochechas vermelhas, o casaco de pele vestido ao avesso e botas pesadas de cano alto. O jovem permaneceu num canto, assustado e com os olhos timidamente baixos, até que o chamaram para uma mesa de xadrez. Na primeira partida, Mirko foi derrotado, já que nunca vira, na casa do bom vigário, a chamada abertura siciliana. Na segunda partida, ele já empatou com o melhor jogador. A partir da terceira e da quarta, venceu todos os presentes, um após o outro.

Ora, é raríssimo que ocorra alguma coisa emocionante numa pequena cidade de província eslava; assim, o surgimento desse campeão camponês causou sensação imediatamente entre os enxadristas ali reunidos. Decidiram por unanimidade que o menino-prodígio teria de ficar na cidade até o dia seguinte, para que chamassem os outros sócios do clube de xadrez, e sobretudo para que o velho Conde Simczic, um fanático do jogo de xadrez, fosse informado em seu castelo. O vigário, que olhava seu pupilo com um orgulho completamente novo, mas que apesar da alegria de sua descoberta não poderia deixar de celebrar a missa de domingo, declarou-se pronto a deixar Mirko na cidade para mais um teste. O jovem Czentovic foi hospedado num hotel às custas do clube de xadrez e, nesta noite, viu pela primeira vez um vaso sanitário. Na tarde seguinte, a sala de jogo destinada ao xadrez estava lotada. Sentado imóvel diante do tabuleiro durante quatro horas, Mirko venceu um jogador após outro, sem dizer palavra alguma ou mesmo erguer os olhos; por fim, propuseram uma partida simultânea. Durou algum tempo até que conseguissem explicar ao garoto pouco instruído que, numa partida simultânea, ele teria de enfrentar sozinho os vários adversários. Mas, logo que Mirko compreendeu esse modo de jogar, adaptou-se depressa à tarefa, passou de mesa a mesa arrastando os sapatos pesados que rangiam e, ao final, venceu sete das oito partidas.

Iniciaram-se então grandes deliberações. Embora esse novo campeão a rigor não pertencesse à cidade, o orgulho local foi vivamente exaltado. Talvez a cidadezinha, cuja existência no mapa quase não era sequer notada, pudesse enfim, pela primeira vez, conquistar a honra de oferecer ao mundo um homem famoso. Um agente chamado Koller, que até então só representava cançonetistas e cantoras para o cabaré da guarnição, declarou-se pronto, contanto que lhe fornecessem pagamento por um ano, para mandar o jovem ser preparado profissionalmente na arte do xadrez por um excelente mestre de Viena, seu conhecido. O Conde Simczic, que em sessenta anos de xadrez diário nunca encontrara um adversário tão notável, providenciou imediatamente a quantia necessária. Foi nesse dia que começou a carreira espantosa do filho do barqueiro.

Após meio ano, Mirko dominava todos os segredos da técnica do xadrez, no entanto tinha uma estranha limitação, que mais tarde seria notada nos círculos profissionais e despertaria muitas zombarias. Pois Czentovic nunca foi capaz de jogar uma partida de xadrez de cor – ou, como dizem, às cegas –, nem uma única partida. Faltava-lhe completamente a capacidade de projetar o campo de batalha no espaço ilimitado da fantasia. Ele precisava sempre ter à mão, diante de si, o quadriculado preto e branco com as 64 casas e 32 peças; até mesmo no período em que se tornou mundialmente conhecido, carregava sempre um tabuleiro dobrável de bolso, a fim de montar diante dos olhos alguma posição, caso quisesse reconstruir alguma partida de um mestre ou resolver algum problema enxadrístico. Esse defeito, por si só pouco considerável, revelava uma falta de capacidade imaginativa e foi discutido tão vivamente, no círculo restrito interessado, como seria o caso, entre músicos, se um virtuose de destaque ou um maestro tivesse se mostrado incapaz de tocar ou reger sem uma partitura aberta. Mas essa característica curiosa não impediu de modo algum a estupenda ascensão de Mirko.

Aos dezessete anos, ele já tinha ganhado uma dúzia de prêmios de xadrez; aos dezoito, o campeonato húngaro; aos vinte, finalmente conquistara o campeonato mundial. Os campeões mais audazes, cada um incalculavelmente superior a ele em termos de capacidade intelectual, imaginação e arrojo, também foram derrotados por sua lógica fria e obstinada, como Napoleão, pelo lento e pesado Kutusov,[1] e como Aníbal, por Fabius Cunctator, de quem Tito Lívio conta que mostrara igualmente, em sua infância, aqueles traços evidentes de fleuma e imbecilidade.[2] Aconteceu assim que, na ilustre galeria dos campeões de xadrez, que reúne em suas fileiras os mais diversos tipos de superioridade intelectual, entre filósofos, matemáticos, naturezas calculadoras, imaginativas e muitas vezes criadoras, pela primeira vez despontou alguém completamente alheio ao mundo espiritual, um garoto camponês rústico e calado, do qual mesmo o jornalista mais esperto nunca tinha conseguido arrancar uma única palavra digna de ser publicada. Evidentemente, as frases bem formuladas que Czentovic deixava de dar aos jornais eram logo compensadas em abundância por anedotas sobre sua pessoa. Pois, no segundo em que se levantava da mesa de xadrez, onde era um mestre sem igual, Czentovic tornava-se um personagem grotesco e quase cômico; apesar de seu terno preto cerimonioso, de sua gravata pomposa com um broche de pérola um tanto exagerado e de seus dedos tratados com grande esforço pela manicure, em seus hábitos e em suas maneiras ele continuava a ser o mesmo jovem camponês que, na aldeia, varria o quarto

---

1. Mikhail Illarionovich Golenishchev-Kutusov (1745-1813), Marechal-de-campo russo durante as guerras napoleônicas. (N.T.)

2. Tito Lívio (59 a.C.-17d.C.), historiador romano, conta episódios da vida do soldado e político Quintus Fabius Maximus Verrucosus (275 a.C.-203 a.C.), chamado de Cunctator. (N.T.)

do vigário. De modo desajeitado, deselegante e sem refinamento, para a diversão ou a irritação de seus colegas de profissão, ele procurava extrair de seu talento e de sua fama, com uma ganância mesquinha e às vezes mesmo vulgar, o máximo de dinheiro possível. Viajava de cidade em cidade, morando sempre nos hotéis mais baratos, jogava nos clubes mais insignificantes, contanto que lhe pagassem seu honorário; deu permissão para que usassem sua foto em anúncios de sabonete e chegou ao ponto, sem dar atenção à zombaria de seus concorrentes, que sabiam muito bem de sua incapacidade de escrever três frases corretamente, de vender seu nome para uma *Filosofia do xadrez*, na verdade escrita por um estudantezinho da Galícia para um editor em busca de bons negócios. Como ocorre com muitas naturezas obstinadas, faltava-lhe qualquer senso do ridículo; desde sua vitória no torneio mundial, considerava-se o homem mais importante do mundo, e a consciência de ter derrotado em seu próprio campo todos aqueles oradores e escritores brilhantes, inteligentes e sensatos, fortalecida sobretudo pelo fato palpável de ganhar mais dinheiro do que eles, transformou a insegurança original num orgulho frio, quase sempre ostentado de modo grosseiro.

– Mas como uma fama tão repentina não iria embriagar uma cabeça tão vazia? – concluiu meu amigo, que acabara de me confiar algumas provas típicas da prepotência infantil de Czentovic. – Como um garoto camponês do Banato,[3] aos 21 anos, não seria afetado pela vaidade se, de repente, com alguns movimentos de peças num tabuleiro de madeira, passasse a ganhar mais do que

---

3. Banato é uma região da Europa Central cujos territórios se estendem atualmente por quatro países: Romênia, Sérvia, Montenegro e Hungria. (N.T.)

toda a sua aldeia consegue obter durante um ano inteiro cortando árvores e trabalhando na lavoura até a exaustão? Além disso, não é incrivelmente fácil alguém se considerar um grande homem caso não tenha a menor noção de que já viveram pessoas como um Rembrandt, um Beethoven, um Dante, um Napoleão? Esse garoto só sabe uma única coisa em seu cérebro empedernido: que há meses ele não perde sequer uma partida de xadrez, e como ele não faz idéia de que há outros valores em nosso planeta além do xadrez e do dinheiro, tem todos os motivos para estar empolgado consigo mesmo.

Essas informações de meu amigo não puderam deixar de despertar minha grande curiosidade. Todo tipo de pessoa monomaníaca, cerrada numa única idéia, sempre me encantou, pois quanto mais alguém se limita, tanto mais, por outro lado, ele está próximo do ilimitado; justamente essas pessoas que parecem isoladas do mundo constroem para si, em seu âmbito especial, uma maravilhosa miniatura do mundo, algo único. Assim, não fiz segredo de minha intenção de examinar com cuidado esse espécime curioso de unilateralidade intelectual durante a viagem de doze dias até o Rio de Janeiro.

– O senhor não terá muita sorte – avisou meu amigo. – Até onde sei, ninguém foi capaz extrair de Czentovic o mínimo de material psicológico. Por trás de sua abissal limitação, esse camponês esconde a grande astúcia de não revelar seu ponto fraco, e na verdade faz isso por meio da técnica simples de evitar qualquer conversa, a não ser com compatriotas de seu próprio círculo, que ele procura encontrar em pequenas hospedarias. Quando pressente uma pessoa culta, encolhe-se em sua concha; assim ninguém pode se gabar de ter ouvido uma burrice dita por ele ou de ter medido a profundidade supostamente ilimitada de sua falta de cultura.

De fato, meu amigo tinha razão. Durante os primeiros dias da viagem, mostrou-se inteiramente impossível me aproximar de Czentovic sem importuná-lo de modo grosseiro, o que afinal não é do meu feitio. Às vezes ele até passeava pelo convés, mas sempre com as mãos cruzadas para atrás, com aquela atitude orgulhosamente introspectiva, como Napoleão na sua imagem célebre; além disso, ele realizava sua ronda peripatética pelo convés de maneira tão brusca e apressada que seria preciso correr a seu lado para poder lhe dirigir a palavra. Nos locais de reunião, no bar e no salão dos fumantes ele nunca apareceu; e, de acordo com o que o comissário de bordo me confidenciou, ele passava a maior parte do dia em sua cabine, para praticar ou recapitular partidas de xadrez num vistoso tabuleiro.

Após três dias, comecei realmente a me irritar pelo fato de sua obstinada técnica de defesa ser mais eficaz do que minha vontade de me aproximar dele. Em toda a minha vida, nunca tivera a oportunidade de travar conhecimento com um mestre de xadrez, e quanto mais me esforçava para imaginar a personalidade de uma pessoa desse tipo, mais me parecia inimaginável uma atividade cerebral que girasse durante a vida inteira exclusivamente em torno de um espaço de 64 casas brancas e pretas. Por experiência própria, eu conhecia muito bem a atração desse "jogo majestoso", o único entre todos os jogos inventados pelo homem que escapa soberanamente daquela tirania do acaso, que confere suas palmas da vitória apenas ao intelecto, ou melhor, a uma determinada forma de aptidão intelectual. Mas já não se incorre numa restrição ofensiva quando se chama o xadrez de jogo? Ele não é também uma ciência, uma arte, oscilando entre essas categorias como o esquife de Maomé entre o céu e a terra, constituindo uma conexão singular de todos os pares de opostos? Arcaico e, no entanto, eternamente novo; mecânico na organização e, no entanto, eficiente apenas por meio da imaginação; limitado a um espaço geométrico rígido e, com isso, ilimitado em suas combinações; continuamente em desenvolvimento e, no entanto, estéril; um pensamento que não conduz a nada, uma matemática que não calcula nada, uma arte sem produtos, uma arquitetura sem substância, mas que nem por isso deixa de se mostrar mais duradouro em sua existência do que todos os livros e obras, o único jogo que pertence a todos os povos e a todas as épocas, de modo que ninguém sabe qual deus o trouxe ao mundo para matar o tédio, afiar os sentidos, estimular a alma. Onde ele começa e onde termina? Qualquer criança pode aprender suas primeiras regras, qualquer principiante pode experimentar jogá-lo; no entanto, esse jogo é capaz de gerar, dentro desse estreito quadrado inalterável, uma espécie particular de mestres, um tipo incomparável com todos os outros, homens com um talento voltado unicamente para o xadrez, gênios específicos, nos quais visão, paciência e técnica atuam numa distribuição tão bem determinada quanto no matemático, no poeta, no músico, só que com outra dosagem e combinação. No passado, em tempos de paixão pela frenologia, talvez um Gall[4] tivesse dissecado o cérebro de tais mestres do xadrez, a fim de estabelecer se nesses gênios encontra-se mais pronunciada do que em outros crânios uma determinada dobra da massa cinzenta do cérebro, uma espécie de músculo enxadrístico ou protuberância enxadrística. E como o caso de Czentovic teria entusiasmado esse fisiognomonista, já que o gênio específico aparece inserido, em seu

---

4. Franz Joseph Gall (1758-1828), anatomista e fisiologista alemão, pioneiro em pesquisas sobre as funções cerebrais. (N.T.)

caso, numa inércia intelectual absoluta, como um único fio de ouro em cinqüenta quilos de rocha sem valor.

Em princípio, sempre considerei compreensível o fato de um jogo tão singular, tão genial, ter de criar seus campeões específicos; mas como era difícil, mesmo impossível imaginar a vida de uma pessoa intelectualmente ativa para quem o mundo se reduz apenas ao movimento restrito do branco para o preto, alguém que procura os triunfos da vida no mero ir e vir de 32 peças para lá e para cá, para frente e para trás, uma pessoa para quem uma nova abertura, avançando o cavalo em vez do peão, significa uma proeza e reserva um mísero cantinho de imortalidade nas páginas de algum livro de xadrez – um ser humano, um ser humano inteligente que, sem enlouquecer, dedica por dez, vinte, trinta, quarenta anos toda a força de seu pensamento, insistentemente, ao propósito ridículo de acuar um rei de madeira no canto de um tabuleiro de madeira!

E agora um desses fenômenos, um desses gênios singulares ou um desses tolos enigmáticos estava pela primeira vez bem perto de mim espacialmente, seis cabines adiante no mesmo navio. E eu, um desgraçado para quem a curiosidade a respeito de assuntos intelectuais sempre ganhara contornos de um tipo de paixão, não teria condições de me aproximar dele. Comecei a imaginar os truques mais absurdos: por exemplo, lisonjear sua vaidade simulando uma suposta entrevista para um jornal importante, ou capturá-lo pela cobiça, propondo-lhe um torneio rentável na Escócia. Finalmente, lembrei da melhor técnica usada pelos caçadores austríacos para atrair o galo silvestre, técnica que consistia em imitar seu grito de cortejo. Afinal, o que seria mais eficiente para chamar a atenção de um mestre de xadrez do que alguém jogar xadrez?

O problema é que nunca fui, ao longo da vida, um jogador sério de xadrez, e na verdade pelo motivo muito simples de que sempre encarei o xadrez de modo leviano, jogando exclusivamente para me divertir; quando me sento por uma hora diante do tabuleiro, isso nunca ocorre para que eu me esforce, mas, ao contrário, para relaxar da tensão mental. "Jogo" xadrez, no sentido mais autêntico do verbo, enquanto os outros, os verdadeiros jogadores, levam o xadrez a sério. Agora, assim como para o amor, para o xadrez é indispensável um parceiro, e por hora eu ainda não sabia se havia a bordo, além de nós dois, outros apreciadores do xadrez. A fim de retirá-los de suas tocas, preparei no salão de fumar uma armadilha primitiva, sentando com minha esposa diante de um tabuleiro, embora ela jogasse ainda pior do que eu, como um caçador de pássaros. E de fato, antes mesmo de completarmos seis lances, alguém que estava passando parou, um segundo pediu permissão para assistir; por fim surgiu também o desejado parceiro, que me desafiou para uma partida. Ele se chamava McConnor e era um engenheiro de minas escocês que, segundo ouvi dizer, havia feito fortuna com a perfuração de poços de petróleo na Califórnia. Quanto à aparência, era um homem robusto, com o queixo forte, quase quadrado, dentes grandes e um rosto corado, cujo rubor acentuado provavelmente se devia, pelo menos em parte, ao consumo abundante de uísque. Os ombros muito largos, quase como os de um atleta, infelizmente se fizeram notar de modo característico também no jogo, pois esse *Mr.* McConnor era daquela espécie de homens bem sucedidos por esforço próprio que, mesmo no jogo mais despretensioso, considera uma derrota como uma depreciação de sua personalidade. Habituado a se impor na vida sem preocupação, e mal acostumado pelo sucesso, esse corpulento *self-made man* estava de tal maneira seguramente convencido de sua superioridade, que toda resistência o aborrecia como uma insurreição inconveniente e quase como uma ofensa. Quando perdeu a primeira partida, ficou mal-humorado e começou a explicar de modo pormenorizado e ditatorial que isso só podia ter ocorrido graças a uma desatenção momentânea; na terceira, responsabilizou por seu fracasso o barulho na sala ao lado; nunca se permitia perder uma partida sem pedir de imediato a revanche. A princípio, essa obstinação ambiciosa me divertiu; mais tarde eu a aproveitaria como uma colaboração inevitável para meu verdadeiro propósito de atrair até a nossa mesa o campeão mundial.

No terceiro dia, a armadilha funcionou, mas apenas em parte. Ou porque Czentovic, do convés externo, observasse-nos diante do tabuleiro pela escotilha, ou porque ele só por acaso honrasse com sua presença o salão de fumar – em todo caso ele entrou e, assim que viu amadores como nós exercendo sua arte, quase sem querer avançou um passo e lançou, dessa distância calculada, um olhar examinador para o nosso tabuleiro. McConnor estava justamente fazendo um lance. E esse único lance já foi suficiente para mostrar a Czentovic que nossos esforços diletantes não eram dignos de serem acompanhados por seu interesse de mestre. Com o mesmo gesto imediato com que nós deixamos de lado, numa livraria, um romance policial de má qualidade que nos é oferecido, sem sequer folheá-lo, ele se afastou de nossa mesa e deixou o salão.

"Pôs na balança e achou leve demais" pensei, um pouco irritado por aquele olhar frio de desprezo, e em seguida, para de algum modo desabafar minha contrariedade, declarei a McConnor:

– Seu lance não parece ter entusiasmado muito o campeão.

– Que campeão?

Expliquei a ele que aquele senhor que acabara de passar por nós e voltar para o nosso jogo um olhar desdenhoso era o campeão de xadrez Czentovic. Acrescentei que nós deixaríamos isso para lá, sem nos afligir com seu ilustre desprezo; que pessoas pobres têm de se contentar em pôr mais água na sopa. Mas, para minha surpresa, essa informação despretensiosa exerceu sobre McConnor um efeito totalmente inesperado. De imediato ele ficou exaltado, esqueceu nossa partida, e sua imensa ambição começou a se manifestar abertamente. Afirmou que não fazia a menor idéia de que Czentovic estava a bordo, e que Czentovic precisava jogar com ele de qualquer maneira; nunca em sua vida jogara contra um campeão mundial, a não ser em uma partida simultânea com quarenta outros; isso já havia sido bastante excitante, e ele quase saíra vitorioso. Perguntou se eu conhecia pessoalmente o campeão de xadrez. Respondi que não. Perguntou então se eu não gostaria de falar com ele e convidá-lo à nossa mesa. Declinei, com a explicação de que Czentovic, segundo a informação que me haviam dado, não estava muito disponível para estabelecer novas relações. Além disso, questionei qual seria o estímulo para um campeão mundial de jogar com pessoas como nós, jogadores de terceira.

Evidentemente eu não deveria ter falado em jogadores de terceira para um homem tão orgulhoso como McConnor. Ele se inclinou para trás e declarou asperamente que ele, por sua vez, não acreditava que Czentovic recusaria o convite educado de um cavalheiro; e que logo tomaria as devidas providências. A um pedido seu, fiz uma breve descrição pessoal do campeão do mundo, em seguida ele saiu precipitadamente, deixando com indiferença nosso tabuleiro como estava, para perseguir de maneira impaciente Czentovic no convés. De novo, percebi que não havia como deter aquele homem de ombros largos quando ele queria alguma coisa.

Esperei, bastante curioso. Depois de dez minutos, McConnor retornou, não muito satisfeito, ao que me pareceu.

– E então? – perguntei.

– O senhor tinha razão – respondeu um tanto irritado. – Não é um cavalheiro agradável. Apresentei-me, expliquei quem sou. Ele nem me cumprimentou. Tentei lhe demonstrar o quanto todos nós a bordo ficaríamos orgulhosos e honrados caso ele quisesse jogar contra nós uma partida simultânea. Mas ele recusou, inflexível; disse que sentia muito, mas tinha obrigações contratuais com seus empresários que o impediam expressamente de jogar sem receber honorários durante toda a sua turnê. Seu cachê mínimo é 250 dólares por partida.

Dei uma risada.

– Nunca tinha pensado que mover peças entre casas brancas e pretas pudesse ser um negócio tão lucrativo. Espero que o senhor tenha se despedido com a mesma educação.

Mas McConnor permaneceu totalmente sério.

– A partida está marcada para amanhã de tarde, às três. Aqui no salão. Espero que não nos deixemos aniquilar tão facilmente.

– Como? O senhor se comprometeu a pagar duzentos e cinquenta dólares? – exclamei, totalmente perplexo.

– Por que não? *C'est son métier*. Seu eu estivesse com dor de dente e por acaso houvesse um dentista a bordo, também não exigiria que ele tratasse do meu dente de graça. O homem tem toda razão de pedir um preço alto; em todas as profissões, os verdadeiros peritos são também os melhores homens de negócios. Por mim, quanto mais claro um negócio, melhor. Prefiro pagar à vista a permitir que um Sr. Czentovic me faça um favor e depois eu ainda tenha de agradecer. Afinal já perdi, em nosso clube, mais de 250 dólares numa noite, e isso sem jogar com nenhum campeão do mundo. Para jogadores "de terceira" não é vergonha alguma uma derrota para Czentovic.

Achei graça em perceber o quanto eu havia ferido sua auto-estima com uma expressão inocente como "jogador de terceira". Todavia, como ele estava disposto a pagar o alto preço da diversão, eu não tinha nada a objetar contra sua ambição exagerada, que finalmente possibilitaria que eu conhecesse o objeto de minha curiosidade. Sem demora, comunicamos aos quatro ou cinco senhores que até então haviam se declarado jogadores de xadrez a respeito do evento marcado e, para não sermos muito incomodados por pessoas de passagem, providenciamos a reserva não só de nossa mesa, para o *match*, como também das mesas vizinhas.

No dia seguinte, todo o nosso pequeno grupo compareceu na hora combinada. O lugar central diante do mestre coube, evidentemente, a McConnor, que aliviava seu nervosismo acendendo um charuto atrás do outro e olhando a todo momento para o relógio com inquietação. Mas o campeão do mundo – como eu já pressentira pelo relato de meu amigo – deixou que esperassem por ele bons dez minutos, de modo que sua presença, ao chegar, causou um impacto maior ainda. Andou em direção à mesa, tranqüilo e relaxado. Sem se apresentar – essa indelicadeza parecia dizer: "Os senhores sabem quem eu sou, e não me interessa quem são os senhores" –, ele começou a arrumar as coisas com uma secura de profissional. Como a falta de tabuleiros disponíveis tornava impossível uma partida simultânea a bordo, sugeriu que jogássemos todos juntos contra ele. Combinou que, depois de cada lance, iria sentar em outra mesa, no final do salão, para não atrapalhar nossas deliberações. Assim que fizéssemos nosso lance, uma vez que infelizmente não havia uma campainha de mesa à disposição, deveríamos bater com uma colher num copo. Sugeriu o tempo máximo de dez minutos para cada lance, caso não desejássemos combinar outra coisa. Obviamente, aceitamos todas as sugestões, como se fôssemos colegiais tímidos. No sorteio das cores, Czentovic ficou com as pretas; ainda de pé, ele fez o primeiro lance de defesa, em seguida se dirigiu à mesa de espera que havia sugerido, onde passou a folhear uma revista ilustrada, recostado negligentemente.

Não faz muito sentido relatar como foi a partida. Ela terminou obviamente como tinha que terminar, com nossa completa derrota, e aliás já no vigésimo quarto lance. O fato de um campeão mundial vencer com a mão esquerda uma dúzia de jogadores medianos, ou abaixo de medianos, não era, em si, nada de surpreendente; o que nos aborreceu foi, na verdade, o modo prepotente como Czentovic nos fazia sentir com toda clareza que nos vencia com a mão esquerda. A cada vez, ele lançava apenas um olhar aparentemente furtivo para o tabuleiro, passando por nós de uma maneira negligente, sem prestar atenção, como se não passássemos de figuras de madeira mortas, e esse gesto impertinente recordava o de alguém que, com o olhar voltado para o outro lado, joga um bocado de comida para um cão sarnento. Na minha opinião, se tivesse alguma delicadeza, ele poderia ter chamado nossa atenção para os erros ou nos animado com uma palavra amistosa. No entanto, mesmo ao final da partida essa máquina de xadrez desumana não pronunciou uma sílaba sequer, mas ficou esperando sem se mover diante da mesa, depois de dizer "xeque-mate", para saber se os adversários ainda queriam uma segunda partida. Eu já me levantara, desamparado como sempre costumamos ficar diante de uma grosseria dessas, a fim de esclarecer com um gesto que, pelo menos de minha parte, o prazer de nosso encontro terminava com a conclusão daquele negócio de muitos dólares, quando ao meu lado, para minha irritação, McConnor disse com a voz totalmente rouca:

– Revanche!

Fiquei espantado exatamente pelo tom desafiador. De fato, McConnor dava naquele instante mais a impressão de um pugilista antes de soltar o golpe do que de um cavalheiro bem educado. Fosse pelo modo desagradável como Czentovic havia nos tratado, ou apenas por sua ambição patologicamente exaltada, em qualquer dos casos, a figura de McConnor estava completamente alterada. Vermelho no rosto até a raiz dos cabelos, as narinas muito dilatadas por uma pressão interna, ele suava visivelmente, e dos lábios contraídos saía uma ruga profunda em direção a seu queixo proeminente de lutador. Apreensivo, reconheci em seus olhos aquela chama de paixão incontrolável que só costuma se apoderar das pessoas nas mesas de roleta, quando não sai a cor certa pela sexta ou sétima vez, sempre com a aposta dobrada. Naquele instante soube que o ambicioso fanático, mesmo que isso custasse toda a sua fortuna, jogaria e jogaria e jogaria contra Czentovic, sozinho ou acompanhado, até ter ganhado pelo menos uma única partida. Se Czentovic agüentasse, havia encontrado em McConnor uma mina de ouro da qual poderia extrair alguns milhares de dólares durante o percurso até Buenos Aires.

Czentovic continuou impassível.

– Claro – respondeu polidamente. – Os senhores jogam agora com as pretas.

A segunda partida não foi muito diferente, a não ser pelo fato de que, em função da curiosidade despertada, nosso grupo não só aumentou, como também ficou mais animado. McConnor mantinha os olhos fixos no tabuleiro, como se quisesse magnetizar as peças com sua vontade de ganhar; senti que ele teria sacrificado com entusiasmo milhares de dólares pelo prazer de dar o grito de "xeque-mate!" contra aquele adversário frio e de nariz empinado. O curioso é que algo daquela agitação obstinada passou inconscientemente para nós. Cada lance foi discutido de maneira muito mais apaixonada do que antes, sempre um de nós impedia o outro no último momento antes de concordarmos em dar o sinal que chamaria Czentovic de volta à nossa mesa. Pouco a pouco, chegamos ao 37º lance, e para a nossa surpresa surgiu uma situação que parecia incrivelmente vantajosa, já que havíamos conseguido avançar o peão da coluna c até a penúltima casa, c2; precisávamos apenas avançá-lo até c1 para ganhar uma outra dama[5]. Claro que não estávamos totalmente confortáveis diante dessa oportunidade tão evidente; todos nós suspeitávamos de que essa vantagem aparentemente conquistada por nós deveria ter sido oferecida por Czentovic, que tinha uma visão muito mais ampla da situação, com o objetivo de servir de isca. Mas, apesar dos esforços conjuntos de busca e discussão, não fomos capazes de perceber o truque escondido. Por fim, já quase no limite do prazo para concluir a jogada, decidimos arriscar o lance. McConnor já tocava o peão para

---

5. No jargão enxadristra, usa-se "dama" mais comumente do que "rainha". Quanto a "ganhar uma outra dama", o autor refere-se ao direito que o jogador tem de promover um peão se ele chegar à oitava linha (ou primeira do adversário). Nesse caso, normalmente promove-se o peão a rainha – ou dama –, a peça mais poderosa do xadrez. (N.T.)

avançá-lo à última fileira quando sentiu seu braço ser segurado, e alguém sussurrou em voz baixa, com veemência:

– Pelo amor de Deus! Não!

Sem querer, todos se viraram. Um senhor de aproximadamente 45 anos, cujo rosto fino e anguloso já havia chamado minha atenção no convés de passeio por causa de sua palidez extraordinária, quase de giz, devia ter chegado nos últimos minutos, enquanto toda a nossa concentração estava voltada para o problema. Percebendo nossos olhares, ele acrescentou apressado:

– Se os senhores fizerem a dama agora, ele vai tomá-la com o bispo c1, que as pretas tomam com o cavalo. Então ele vai com o peão passado para d7, ameaçando a torre, e mesmo que os senhores dêem xeque com o cavalo vão perder, em mais nove ou dez lances estarão derrotados. É quase a mesma combinação que Alekhine começou em 1922 contra Bogoljubov, em Pistyaner.

Espantado, McConnor afastou a mão da peça e fixou os olhos, tão surpreso quanto todos nós, no homem que caíra do céu para nos ajudar, como um anjo inesperado. Alguém capaz de prever um mate em nove lances era necessariamente um enxadrista de primeira categoria, talvez até um concorrente ao título que estivesse viajando para o mesmo torneio, e sua aparição súbita justamente num momento tão crítico era algo quase sobrenatural. O primeiro a se recompor foi McConnor.

– O que o senhor aconselharia? – sussurrou aflito.

– Não avançar imediatamente, mas primeiro escapar! Sobretudo tirar o rei da coluna ameaçada, de g8 para h7. É provável que ele concentre o ataque então na outra ala. Mas isso os senhores podem defender com a torre em c8-c4; e essa jogada lhe custará dois tempos, um peão e, com isso, a superioridade. Assim fica peão passado contra peão passado, e se os senhores jogarem direito defensivamente ainda podem chegar ao empate. Mais do que isso não se pode fazer.

Ficamos ainda mais espantados. Tanto a precisão quanto a rapidez de seus cálculos tinham algo de perturbador; era como se ele estivesse lendo os lances num livro. Mesmo assim, a chance inesperada de, graças à sua intervenção, levar a um empate a nossa partida contra um campeão mundial teve um efeito mágico. Numa decisão unânime, chegamos para o lado a fim de lhe deixar livre a vista do tabuleiro. De novo, foi McConnor quem perguntou:

– Então, rei de g8 para h7?

– Claro! Antes de tudo, escapar!

McConnor obedeceu, e nós batemos no copo. Czentovic se aproximou da nossa mesa com seu habitual andar indiferente e avaliou o lance de resposta com um único olhar. Então moveu o peão na ala do rei de h2 para h4, exatamente como havia previsto nosso colaborador desconhecido. De imediato, este sussurrou aflito:

– Torre para a frente, torre para a frente, c8 para c4, então ele precisará antes de tudo proteger o peão. Mas isso não vai ajudar em nada! Os senhores atacarão com o cavalo d3-e5, sem se importar com o peão passado, e o equilíbrio estará restabelecido. Toda a pressão no ataque, em vez de defender!

Não entendemos o que ele estava dizendo. Para nós, era como se falasse chinês. Contudo, já dominado por ele, McConnor moveu a peça, sem parar para refletir, da maneira como ele havia mandado. Batemos de novo no copo, para chamar de volta Czentovic. Pela primeira vez, ele não se decidiu rapidamente, mas parou para observar com atenção o tabuleiro. Involuntariamente, franziu a testa. Em seguida fez exatamente o lance que o desconhecido nos anunciara e nos voltou as costas para se retirar. No entanto, antes que fosse, ocorreu algo novo e inesperado. Czentovic ergueu os olhos e examinou nosso grupo; era evidente que ele queria descobrir quem, de repente, oferecia uma resistência tão enérgica.

A partir desse momento, nossa excitação aumentou de maneira desmedida. Até então havíamos jogado sem nenhuma verdadeira esperança, mas agora a idéia de quebrar o orgulho frio de Czentovic fez um calor acelerado tomar conta de nossas veias. Nosso novo amigo já havia comandado o lance seguinte, e pudemos – meus dedos tremiam quando bati com a colher no copo – chamar Czentovic de volta. Foi então o nosso primeiro triunfo. Czentovic, que até aquele ponto sempre jogara de pé, hesitou, hesitou e acabou sentando-se. Seu movimento para sentar-se foi lento e pesado; mas com isso, do ponto de vista meramente corporal, suspendeu-se a relação de cima para baixo que havia entre nós e ele. Foi obrigado por nós, pelo menos espacialmente, a se colocar no mesmo plano. Pensou durante muito tempo, com os olhos afundados no tabuleiro, de modo que mal se podiam enxergar as pupilas sob as pálpebras escuras, e no esforço dessa reflexão sua boca se abriu pouco a pouco, o que dava a seu rosto redondo uma aparência um tanto simplória. Czentovic pensou por alguns minutos, em seguida fez seu lance e se levantou. De imediato nosso amigo sussurrou:

– Um lance de espera! Bem pensado! Mas nada de entrar no jogo dele! Forçar a troca, obrigá-lo a trocar, então podemos chegar ao empate, e nem Deus pode ajudá-lo.

McConnor obedeceu. Teve início, nos lances seguintes entre os dois – nós já havíamos sido reduzidos a meros figurantes – um vaivém incompreensível para nós. Depois de uns sete lances, Czentovic pensou por um bom tempo, ergueu os olhos e reconheceu:

– Empate.

Por um instante reinou um silêncio completo. De repente, era possível ouvir o ruído das ondas e o rádio do salão tocando jazz; percebia-se cada passo dado no convés de passeio e o sussurro leve, suave, do vento que passava pelas frestas das janelas. Nenhum de nós respirava, foi tudo muito súbito, e nós ainda estávamos chocados demais diante do fato inverossímil de aquele desconhecido, numa partida já meio perdida, ter imposto a sua vontade ao campeão mundial. McConnor recostou-se bruscamente, e a respiração contida escapou de seus lábios em um "Ah!" satisfeito. Quanto a mim, fiquei observando Czentovic. Já nos últimos lances me parecera que ele havia empalidecido. Entretanto sabia se controlar bem. Conseguiu manter sua rigidez aparentemente indiferente e então perguntou, de maneira negligente, enquanto retirava com calma as peças do tabuleiro:

– Os senhores desejam ainda uma terceira partida?

Fez a pergunta de maneira objetiva, como se falasse de um mero negócio. Mas o curioso foi que, ao fazê-la, não tinha olhado para McConnor, e sim voltado um olhar penetrante para o nosso salvador. Assim como um cavalo reconhece um cavaleiro novo e melhor pela maneira mais segura de montar, ele devia ter reconhecido seu adversário. Sem querer, seguimos seu olhar e nos voltamos, tensos, para o estranho. Contudo, antes que esse pudesse refletir ou responder, McConnor já exclamara num tom triunfante, em sua excitação ambiciosa:

– Obviamente! Mas agora o senhor tem que jogar sozinho contra ele! Só o senhor contra Czentovic!

Mas aconteceu então algo imprevisto. O estranho, que curiosamente ainda tinha o olhar fixo no tabuleiro de xadrez já vazio, tomou um susto ao sentir que todos os olhos estavam voltados para ele e que alguém lhe dirigia a palavra com tanto entusiasmo. Seus traços mostravam o quanto ele ficou desconcertado.

– De modo algum, senhores – balbuciou, visivelmente confuso. – Isso está fora de cogitação... Não cabe a mim... faz vinte, não, 25 anos que não me sento diante de um tabuleiro de xadrez... e só agora vejo como me comportei de maneira inconveniente ao me intrometer no jogo dos senhores sem permissão... Por favor, desculpem a minha precipitação... sem dúvida não quero mais incomodar.

E, antes mesmo de nos termos recuperado de nossa surpresa, ele já havia se afastado e deixado a sala.

– Mas isso é completamente impossível – esbravejou o temperamental McConnor, batendo com o punho. – Absolutamente sem cabimento que esse homem não tenha jogado xadrez por 25 anos! Ora, ele calculou cada lance, cada resposta com cinco, seis jogadas de antecipação. Uma coisa assim não é algo que se possa fazer de improviso. É totalmente sem cabimento, não é verdade?

Ao fazer a última pergunta, McConnor tinha se voltado involuntariamente para Czentovic. Mas o campeão mundial permaneceu frio, inabalável.

– Não posso avaliar. Em todo caso, aquele senhor jogou de maneira um pouco estranha e interessante; por isso lhe dei uma chance intencionalmente.

Ao mesmo tempo em que levantava com ar indiferente, acrescentou:

– Se o senhor ou os senhores desejarem mais uma partida amanhã, estarei à disposição a partir das três horas.

Não pudemos evitar um leve sorriso. Cada um de nós sabia que Czentovic não havia, de modo algum, num ato de generosidade, dado uma chance a nosso colaborador desconhecido, e que tal observação não passava de um subterfúgio ingênuo para mascarar sua falha. Com isso intensificou-se ainda mais nosso desejo de ver rebaixado um orgulho tão inabalável. De repente, nós passageiros, pessoas pacíficas e tranqüilas, fomos acometidos por uma selvagem e exaltada vontade de lutar, pois a idéia de que justamente em nosso navio, no meio do oceano, pudesse trocar de mãos o título de campeão de xadrez – um evento que seria então transmitido por todos as agências telegráficas para o mundo todo – era algo que nos fascinava como um grande desafio. Além disso, havia o encanto do caráter misterioso da intervenção inesperada de nosso salvador, justamente no momento crítico, e o contraste de sua modéstia quase medrosa com a auto-estima inabalável do profissional. Quem era aquele desconhecido? Será que o acaso havia revelado aqui um gênio do xadrez ainda não descoberto? Ou será que um mestre célebre escondia seu nome de nós por algum motivo insondável? Todas essas possibilidades foram discutidas por nós com entusiasmo, e até mesmo as hipóteses mais ousadas não nos pareciam ousadas o bastante para harmonizar a timidez enigmática e a confissão surpreendente do desconhecido com sua inegável habilidade como jogador. Quanto a um aspecto, contudo, estávamos todos de acordo: de modo algum desistiríamos do espetáculo de uma nova batalha. Decidimos tentar de tudo para que nosso colaborador jogasse no dia seguinte uma partida contra Czentovic, e McConnor se comprometia a assumir o risco. Como, no decorrer dessa discussão, havíamos descoberto por meio de informações pedidas ao comissário de bordo que o desconhecido era austríaco, coube a mim, seu compatriota, a incumbência de comunicar a ele o nosso pedido.

Não precisei de muito tempo para encontrar no convés de passeio o homem que havia fugido com tanta pressa. Ele estava deitado em sua espreguiçadeira, lendo.

Antes de abordá-lo, aproveitei a oportunidade para observá-lo melhor. A cabeça de perfil bem recortado descansava na almofada, numa atitude de leve cansaço; mais uma vez me chamou atenção a notável palidez do rosto relativamente jovem, emoldurado por cabelos muito brancos; não sei por que, eu tinha a impressão de que esse homem devia ter envelhecido de repente. Logo que me aproximei, ele se levantou de modo educado e se apresentou com um nome que reconheci imediatamente como o de uma das mais tradicionais famílias austríacas. Lembrei-me de que alguém com esse nome havia pertencido ao círculo de amigos mais íntimos de Schubert, e também de que um dos médicos do velho imperador vinha dessa família. Quando transmiti ao Dr. B. nosso pedido de que aceitasse o desafio de Czentovic, ele ficou visivelmente perplexo. Era evidente que ele não tinha a menor idéia de que, naquela partida, havia enfrentado um campeão mundial, e justamente o mais célebre e vitorioso da época. Por algum motivo, essa informação pareceu causar nele uma impressão peculiar, pois perguntou várias vezes se eu tinha certeza de que seu adversário era de fato um conhecido campeão mundial. Logo percebi que essa circunstância facilitava a minha tarefa e, intuindo sua sensibilidade, considerei aconselhável silenciar sobre o fato de que o risco material de uma provável derrota ficaria a cargo dos recursos de McConnor. Após uma longa hesitação, finalmente o Dr. B. se declarou preparado para uma partida, mas não sem antes insistir no pedido de que eu avisasse aos outros senhores para não depositarem de modo algum esperanças exageradas em sua capacidade.

– Pois – acrescentou com um sorriso pensativo – realmente não sei se sou capaz de jogar uma partida de xadrez de acordo com todas as regras. Por favor, acredite que não foi de modo algum falsa modéstia quando disse que desde meu tempo de ginásio, portanto desde mais de vinte anos atrás, nunca mais toquei em uma peça de xadrez. E mesmo naquela época eu era considerado um jogador sem qualquer talento especial.

Ele afirmou isso com tanta naturalidade, que eu não podia ter nenhuma dúvida a respeito de sua sinceridade. No entanto, não pude evitar de exprimir meu espanto pelo modo como ele era capaz de se lembrar com exatidão dos mais variados mestres a cada combinação; assim, deveria ter se dedicado muito ao xadrez, pelo menos teoricamente. Dr. B. voltou a sorrir com aquele ar particularmente sonhador.

– Muita dedicação! Só Deus sabe o quanto se pode dizer que me dediquei ao xadrez. Mas isso ocorreu em circunstâncias muito particulares, absolutamente únicas. Foi uma história bastante complicada, que aliás pode ser considerada como uma pequena contribuição para o entendimento de nossa querida e grandiosa época. Se o senhor tiver meia hora de paciência...

Ele tinha apontado para uma espreguiçadeira a seu lado. Aceitei com prazer o convite. Não havia ninguém sentado por perto. Dr. B. tirou os óculos de leitura, colocou-os de lado e começou:

– O senhor teve a amabilidade de dizer que, por ser vienense, lembra-se do nome de minha família. Mas suponho que não tenha ouvido falar do escritório de advocacia que dirigi, a princípio junto com meu pai e depois sozinho, pois não trabalhamos em nenhuma causa que tenha sido divulgada pelos jornais e costumávamos evitar novos clientes. Na verdade, não exercíamos mais propriamente a advocacia, mas nos limitávamos com exclusividade à consultoria jurídica e sobretudo à administração dos bens dos grandes mosteiros, com os quais meu pai, um antigo deputado do partido clerical, mantinha uma relação muito próxima. Além disso (hoje, como a monarquia pertence à história, já se pode falar sobre o assunto), foi confiada a nós a administração dos bens de alguns membros da família imperial. Essas ligações com a corte e com o clero (meu tio foi médico do imperador, um outro foi abade em Seitenstetten) já se estendiam por duas gerações; só tínhamos de conservá-las, e era uma atividade tranqüila, posso dizer, uma atividade silenciosa que nos coube por meio de uma confiança herdada, e que na verdade não exigia muito mais do que rigorosa discrição e confiabilidade, duas qualidades que meu falecido pai possuía no mais alto grau. De fato, graças a sua cautela, ele conseguiu, tanto nos anos de inflação quanto naqueles da revolução, resguardar as fortunas consideráveis de seus clientes. Em seguida, quando Hitler chegou ao poder na Alemanha e começou a saquear as posses da Igreja e dos mosteiros, passaram por nossas mãos alguns negócios e transações, inclusive do outro lado da fronteira, para salvar do seqüestro ao menos os bens móveis; e a respeito de certas transações políticas secretas da cúria e da casa imperial nós sabíamos mais do que o público jamais chegará a saber. Mas justamente a discrição do nosso escritório – não tínhamos nem mesmo uma placa na porta –, assim como o cuidado com que evitávamos ostensivamente todos os círculos monarquistas, oferecia a proteção mais segura contra investigações indesejadas. Realmente, em todos aqueles anos, nenhuma autoridade na Áustria chegou sequer a suspeitar de que os mensageiros secretos da casa imperial entregavam ou recebiam sua correspondência mais importante logo em nosso discreto escritório no quarto andar.

Continuou:

– Só que os nazistas, muito antes de equiparem seus exércitos contra o mundo, haviam começado a organizar um exército igualmente perigoso e especializado em todos os países vizinhos, a legião dos prejudicados, dos preteridos, dos ofendidos. Em cada repartição, em cada empresa, foram implantadas as assim chamadas "células", em todos os lugares, até nos aposentos particulares de Dollfuß e de Schuschnigg, encontravam-se os seus postos de escuta e os seus espiões. Mesmo em nosso discreto escritório eles tinham, como infelizmente só cheguei a descobrir tarde demais, seu homem. Claro que não passava de um escriturário miserável e sem talento, que eu só havia empregado por indicação de um padre, para dar ao escritório a aparência de uma firma regular; na verdade, nós o usávamos apenas para serviços inocentes de entrega de mensagens, pedíamos que atendesse o telefone e organizasse os documentos, quer dizer, aqueles documentos que não fossem importantes nem comprometedores. Ele nunca teve a permissão de abrir a correspondência, todas as cartas importantes eram escritas por mim na máquina sem deixar cópia, eu levava pessoalmente para casa todos os documentos essenciais, e as conversas secretas tinham lugar exclusivamente na sala do prior do convento ou no consultório de meu tio. Graças a esses procedimentos cuidadosos, o espião não chegava a ver nada das atividades importantes; mas, por um acaso infeliz, o garoto ambicioso e vaidoso percebeu que não confiavam nele e que por trás de suas costas aconteciam as coisas interessantes. Talvez algum dos mensageiros tenha falado descuidadamente, em minha ausência, de "Sua Majestade", em vez de usar a denominação combinada de "Barão Ferm", ou talvez o tratante tenha aberto cartas sem permissão – em todo caso, antes que eu pudesse criar qualquer suspeita, ele recebera de Munique ou de

Berlim a incumbência de nos vigiar. Só muito mais tarde, quando me encontrava fazia bastante tempo na prisão, lembrei-me de que seu desleixo inicial no serviço havia se transformado, durante os últimos meses, num empenho súbito, e ele havia se oferecido diversas vezes, de modo quase importuno, para levar ao correio minha correspondência. Portanto, não posso me eximir de um certo descuido, mas, no final das contas, os maiores diplomatas e militares também não foram perfidamente vencidos pelo hitlerismo? A minúcia e a dedicação que a Gestapo já me havia dedicado se revelaram depois concretamente pela circunstância de que, naquela mesma noite em que Schuschnigg tornou pública sua renúncia, e um dia antes de Hitler entrar em Viena, fui levado preso por gente da SS. Por sorte, ainda consegui queimar os papéis mais importantes de todos, logo que ouvi no rádio o discurso de despedida de Schuschnigg. Quanto ao resto dos documentos, com os comprovantes indispensáveis dos bens dos mosteiros e de dois arquiduques, depositados fora do país, consegui enviá-los para meu tio, por intermédio de uma antiga governanta confiável, escondidos numa cesta de roupa suja – realmente no último minuto antes que minha porta fosse arrombada.

Dr. B. interrompeu o relato para acender um charuto. Sob a luz bruxuleante, reparei que um tique nervoso contraía o canto direito de seu lábio, tique que eu já havia notado antes e que, como pude observar, repetia-se a intervalos de poucos minutos. Era apenas um movimento fugaz, pouco mais forte do que um sopro, mas dava ao rosto toda uma estranha inquietação.

– O senhor provavelmente supõe que lhe falarei agora sobre o campo de concentração para o qual, como sabe, eram levados todos aqueles que se mantiveram fiéis à nossa velha Áustria; sobre as humilhações, os suplícios e as torturas que sofri ali. Mas não aconteceu nada disso. Eu pertencia a uma outra categoria. Não fui jogado entre aqueles infelizes nos quais se descontava, com humilhações corporais e espirituais, um ressentimento contido por muito tempo, mas incluído naquele grupo muito pequeno do qual os nazistas esperavam extrair dinheiro ou informações importantes. Por si só, claro que minha modesta pessoa era inteiramente desinteressante para a Gestapo. No entanto, eles devem ter ficado sabendo que éramos os representantes, os administradores e homens de confiança de seus adversários mais obstinados. E o que eles esperavam extrair de mim era material comprometedor: contra os mosteiros, cujas transferências de bens eles queriam comprovar, contra a família imperial e todos aqueles que, na Áustria, haviam se sacrificado a favor da monarquia. Supunham – e na verdade não deixavam de ter razão – que, daqueles fundos que haviam passado por nossas mãos, uma parcela importante ainda se encontrava escondida, inacessível à sua cobiça. Por isso, logo no primeiro dia já foram me buscar, para arrancar de mim esses segredos com seus métodos eficazes. Pessoas de minha categoria, das quais material importante ou grandes somas de dinheiro deveriam ser extraídos, não foram encarceradas em campos de concentração, foram reservadas para um tratamento especial. Talvez o senhor recorde que nosso chanceler e o barão Rotschild, de cujos parentes eles esperavam tirar milhões, não foram de modo algum postos atrás de cercas de arame farpado num campo de concentração; em vez disso, com um aparente privilégio, foram acomodados num hotel, o Hotel Metrópole, que era ao mesmo tempo o quartel-general da Gestapo, onde cada um recebeu um quarto separado. Também a mim, uma pessoa insignificante, foi concedida essa distinção.

"Um quarto próprio num hotel – isso não soa extremamente humano? Mas o senhor pode acreditar que não nos reservavam de modo algum um tratamento humano, e sim um método mais refinado, quando deixaram de encarcerar vinte de nós, pessoas 'importantes', juntos numa barraca gélida, para nos acomodar num quarto de hotel separado e bem aquecido. Pois a pressão com a qual pretendiam extrair de nós o 'material' necessário deveria funcionar de modo mais sutil do que por meio de surras brutais ou torturas físicas: por meio do isolamento mais requintado que se pode imaginar. Não nos fizeram nada – simplesmente nos puseram no completo nada, pois é sabido que não há coisa alguma sobre a Terra que exerça maior pressão sobre a alma humana do que o nada. À medida que cada um de nós era trancado num vácuo absoluto, num quarto hermeticamente isolado do mundo exterior, deveria ser criada a partir de dentro, e não a partir de fora – por meio de pancadas e do frio –, aquela pressão que acabaria por abrir nossas bocas. À primeira vista, o quarto que me fora reservado não parecia de modo algum desconfortável. Ele tinha uma porta, uma cama, uma poltrona, uma bacia e uma janela com grades. Contudo, a porta permanecia fechada dia e noite, sobre a mesa não havia nenhum livro, jornal, folha de papel ou lápis, e a janela dava para um muro; em torno de mim e mesmo em meu próprio corpo foi construído o nada absoluto. Haviam tirado de mim todos os objetos, o relógio, para que eu não soubesse que horas eram, o lápis, de modo que eu não pudesse escrever, a faca, a fim de que eu não pudesse cortar os pulsos; até mesmo a mais leve distração de um cigarro me foi proibida. Fora o vigia, que não tinha permissão para dizer nenhuma palavra nem responder a qualquer pergunta, eu nunca via um rosto humano, nunca ouvia uma voz humana; olhos, ouvidos, todos os sentidos ficavam de manhã até a noite sem receber o mínimo alimento, a pessoa permanecia irremediavelmente sozinha consigo mesma, com seu corpo e os quatro ou cinco objetos silenciosos, a mesa, a cama, a janela, a bacia. Vivia-se como um escafandrista submerso no oceano escuro desse silêncio, e mesmo como um mergulhador já consciente de que o cabo de ligação com o mundo exterior está rompido e ele nunca mais será puxado para fora das profundezas. Não havia nada para fazer, nada para ouvir, nada para ver, por toda parte e incessantemente se encontrava em torno o nada, o vazio mais completo, sem tempo nem espaço. Eu andava para lá e para cá, e comigo passeavam os pensamentos, para lá e para cá, para lá e para cá, repetidamente. Mas mesmo pensamentos, por mais imateriais que pareçam, precisam de um ponto de apoio, senão eles começam a rodar no vazio, a girar sem sentido em torno de si mesmos; eles também não suportam o nada. Esperava-se por alguma coisa, da manhã até a noite, e nada acontecia. Esperava-se sempre, sempre. E nada acontecia. Eu esperava, esperava, esperava, pensava, pensava, pensava, até a cabeça doer. Nada acontecia. Eu continuava sozinho. Sozinho. Sozinho.

"Isso durou quatorze dias, que vivi fora do tempo, fora do mundo. Se naquele período uma guerra tivesse começado, eu não teria ficado sabendo; meu mundo consistia apenas de mesa, porta, cama, bacia, poltrona, janela e parede, e eu sempre olhava para o mesmo papel de parede, na mesma parede; cada linha de seu padrão em ziguezague se gravou profundamente no meu cérebro, de tanto eu olhar para aquilo. Foi então que começaram, finalmente, os interrogatórios. De repente fui chamado, sem saber ao certo se era dia ou noite. A pessoa era chamada e conduzida por alguns corredores, não se sabia para onde; então ficava esperando em algum lugar, sem saber onde, e de súbito se encontrava diante de uma mesa, em torno da qual estavam sentados alguns homens uniformizados. Sobre a mesa havia um maço de papéis, os dossiês, cujo conteúdo era desconhecido para o interrogado, e então começavam as perguntas, as verdadeiras e as falsas, as claras e as ardilosas, as perguntas para enganar e as perguntas para induzir a uma armadilha, e enquanto a pessoa respondia, dedos desconhecidos e maldosos folheavam os papéis, cujo conteúdo era desconhecido, e dedos desconhecidos e maldosos escreviam algo num protocolo, e eu não sabia o que escreviam. Mas para mim o mais terrível nesses interrogatórios era o fato de que eu nunca era capaz de adivinhar, nem de avaliar, o que a gente da Gestapo de fato sabia a respeito das atividades do meu escritório e o que eles queriam extrair de mim. Como já disse ao senhor, na última hora eu havia enviado os papéis realmente comprometedores para meu tio, por intermédio da governanta. Mas será que ele os recebera? Será que não os recebera? E o quanto aquele escriturário havia descoberto? Quantas cartas haviam sido interceptadas, quantas coisas eles talvez já tivessem tirado de um religioso pouco habilidoso dos mosteiros que nós representávamos? E eles perguntavam e continuavam a perguntar. Que títulos eu havia comprado para tal mosteiro, com quais bancos me correspondia, se eu conhecia ou não um senhor fulano de tal, se havia recebido cartas da Suíça e de Steenookerzeel. Como eu nunca era capaz de avaliar o quanto eles já haviam apurado, cada resposta se tornava uma imensa responsabilidade. Se eu confessasse alguma coisa que eles não sabiam, talvez condenasse alguém à morte sem necessidade. Se omitisse demais, estava causando prejuízo a mim mesmo.

"Mas o interrogatório ainda não era o pior. O pior era a volta, após o interrogatório, para o meu nada, para o mesmo quarto com a mesma mesa, a mesma cama, a mesma bacia, o mesmo papel de parede. Pois, logo que ficava sozinho, eu tentava reconstituir qual a resposta mais inteligente que eu deveria ter dado e imaginar o que teria de dizer, da próxima vez, para afastar a suspeita que eu talvez houvesse despertado com uma observação irrefletida. Meditava, considerava, investigava, examinava minha própria entonação em cada palavra que dissera ao diretor da averiguação, recapitulava cada pergunta que fora feita, cada resposta que dera; tentava especular o que eles poderiam ter anotado no protocolo, e no entanto sabia que nunca poderia avaliar ou descobrir isso. Mas esses pensamentos, uma vez lançados no espaço vazio, não paravam mais de rodar na cabeça, sempre de novo, cada vez em novas combinações, e isso se estendia até durante o sono; a cada vez, depois de uma inquirição feita pela Gestapo, meus próprios pensamentos sofriam sem trégua o martírio das perguntas e investigações e suplícios, talvez de uma maneira ainda mais horrível, pois cada interrogatório terminava sempre após uma hora, e esses pensamentos não acabavam nunca, graças à tortura insidiosa daquela solidão. E sempre, em torno de mim, a mesa, o armário, a cama, o papel de parede, a janela, nenhuma distração, nenhum livro, nenhum jornal, nenhum rosto desconhecido, nenhum lápis para anotar algo, nenhum fósforo para brincar, nada, nada, nada. Só então eu me dava conta do quanto era diabolicamente coerente, do quanto era planejado de maneira psicologicamente mortal esse sistema do quarto de hotel. No campo de concentração, talvez tivéssemos de carregar pedras até que as mãos sangrassem e os pés congelassem na neve, seríamos confinados junto com duas dúzias de pessoas, agüentando o fedor e o frio. Mas teríamos visto rostos, teríamos a possibilidade de olhar para um campo, para um carrinho, uma árvore, uma estrela, qualquer coisa, qualquer coisa mesmo, enquanto no quarto se encontrava sempre o mesmo em torno de nós, sempre o mesmo, a terrível mesmice. Ali não havia nada que pudesse me desviar de meus pensamentos, de minhas idéias insanas, de minha recapitulação doentia. E era justamente isso que eles pretendiam – eu deveria me esforçar para engolir o excesso dos meus pensamentos até que eles me sufocassem e eu nada pudesse fazer além de cuspi-los, de contar, contar tudo o que eles queriam, por fim entregar o material e as pessoas. Pouco a pouco, eu sentia como meus nervos começavam a ceder sob a pressão horrível do nada e, consciente do perigo, tensionava meus nervos até quase arrebentarem para encontrar ou inventar alguma distração. A fim de me ocupar, procurei recitar e reconstituir tudo o que já havia aprendido de cor: o hino nacional e as rimas da infância, o Homero do ginásio, os parágrafos do código civil. Em seguida, tentava contar, somar e dividir números quaisquer, mas minha memória não tinha, no vazio, qualquer capacidade de retenção. Não conseguia me concentrar em nada. Sempre voltavam e se insinuavam os mesmos pensamentos: o que eles sabem? O que eu disse ontem, o que tenho de dizer da próxima vez?

"Essa situação, na verdade indescritível, durou quatro meses. Ora, quatro meses, isso é fácil de escrever: apenas umas poucas letras! É fácil de falar: quatro meses – quatro sílabas. Numa fração de segundo, os lábios já articulam rapidamente um som assim: quatro meses! Mas ninguém pode imaginar, pode medir, pode tornar compreensível, nem para outra pessoa nem para si mesmo, o quanto dura um tempo na ausência de espaço, na ausência de tempo; e não se pode explicar a ninguém o quanto isso corrói e destrói uma pessoa, esse nada e nada e nada em torno de alguém, essa contínua presença apenas de mesa e cadeira e bacia e papel de parede, e sempre o silêncio, sempre o mesmo vigia que, sem nem sequer olhar, traz a comida para dentro, sempre os mesmos pensamentos que giram no nada em torno da pessoa, até que ela enlouqueça. Por pequenos sinais, tomei consciência, inquieto, de que meu cérebro estava ficando desordenado. No começo eu ainda possuía uma clareza interna durante os interrogatórios, me expressava com calma e ponderação; aquela reflexão sobre o que eu deveria ou não dizer ainda havia funcionado. Agora eu só conseguia pronunciar até as frases mais simples com hesitação, pois enquanto me expressava olhava fixamente para a pena que corria sobre o papel de protocolo, como se quisesse correr atrás de minhas próprias palavras. Sentia que minha força diminuía, sentia que se aproximava cada vez mais o momento em que eu, para me salvar, diria tudo o que sabia, e talvez ainda mais; no qual eu, para escapar do jugo desse nada, trairia doze homens e seus segredos, sem conseguir com isso mais do que um instante de repouso para mim. Certa noite, realmente cheguei a esse ponto: quando o vigia por acaso me trouxe a comida nesse momento de sufoco, gritei para ele de maneira repentina: 'Leve-me para o interrogatório! Quero contar onde estão os papéis, onde está o dinheiro! Vou dizer tudo, tudo!'. Por sorte ele não estava mais ouvindo. Talvez ele também não quisesse dar ouvidos a mim.

"Nessa penúria extrema, aconteceu algo imprevisto que oferecia uma salvação, pelo menos uma salvação temporária. Era o final de julho, num dia escuro, encoberto, chuvoso: lembro-me muito bem desse detalhe porque a chuva ressoava contra as vidraças no corredor pelo qual fui conduzido para o interrogatório. Tive de esperar no vestíbulo da sala do diretor de investigação. Sempre era preciso esperar, antes de cada interrogatório: deixar a pessoa esperando também fazia parte da técnica. Em primeiro lugar, arrebentavam os nervos da pessoa chamando-a, tirando-a subitamente da cela no meio da noite, e então, quando ela já estava pronta para a inquirição, já havia tensionado o entendimento e a vontade para ser capaz de resistir, deixavam-na esperar, e era uma espera sem sentido, sem propósito, por uma, duas, três horas antes do interrogatório, para cansar o corpo, para debilitar a alma. Especialmente naquela quarta-feira, 27 de julho, eles me fizeram esperar por muito tempo, esperar por duas horas inteiras no vestíbulo, de pé; lembro-me dessa data com tanta exatidão por um motivo determinado, pois nessa sala de espera onde eu – evidentemente sem ter permissão para me sentar – tive de ficar de pé durante duas horas, havia um calendário pendurado na parede. Não sou capaz de explicar ao senhor como eu, em minha voracidade por coisas impressas, por coisas escritas, encarava sem parar este número, estas poucas palavras, '27 de julho', na parede; era como se as devorasse com meu cérebro. E então continuei esperando e olhando fixamente para a porta, esperando o momento em que ela se abriria afinal, e ao mesmo tempo cogitando o que os interrogadores poderiam perguntar daquela vez, mesmo sabendo que eles me perguntariam algo muito diferente daquilo para o que eu me preparava. Mas, apesar de tudo, o tormento dessa espera em pé era, ao mesmo tempo, um benefício, um prazer, porque a sala pelo menos era outro cômodo que não o meu quarto, um pouco maior e com duas janelas em vez de uma, sem a cama e sem a bacia e sem uma certa rachadura no peitoril da janela que eu havia observado milhões de vezes. A porta tinha uma pintura diferente, uma outra poltrona estava encostada na parede, e à esquerda havia um arquivo com documentos e um cabide, no qual estavam pendurados três ou quatro sobretudos militares molhados, os sobretudos dos meus torturadores. Portanto, eu tinha algo novo para observar, algo diferente, finalmente algo diferente para meus olhos famintos, e eles se cravavam com avidez em cada detalhe. Observei cada dobra naqueles sobretudos, reparei por exemplo numa gota que pendia de uma das golas molhadas, e por mais que possa soar ridículo para o senhor, esperei com uma excitação sem sentido para saber se essa gota iria afinal correr ao longo de uma dobra ou se ela ainda iria contrariar a força da gravidade, permanecendo por mais tempo presa na gola – de fato, fiquei olhando fixamente por vários minutos, quase sem respirar, para aquela gota, como se a minha vida dependesse de sua ação. Depois, quando ele finalmente tinha escorrido, passei a contar os botões dos sobretudos, oito num deles, oito no outro, dez no terceiro, em seguida comparei as divisas; todas essas minúcias ridículas, sem importância, eram apalpadas, envolvidas, agarradas pelos meus olhos famintos com uma avidez que não sou capaz de descrever. De repente, meu olhar se fixou sobre algo. Eu havia descoberto que, num dos sobretudos, o bolso estava um pouco abaulado. Cheguei mais perto e acreditei reconhecer, na forma retangular protuberante, o que aquele bolso um pouco inchado escondia: um livro! Meus joelhos começaram a tremer: um LIVRO! Durante quatro meses eu não tivera nenhum livro nas mãos, e a mera idéia de um livro, no qual se podiam ver palavras enfileiradas, linhas, páginas e folhas, de um livro do qual se podiam ler, acompanhar, receber no cérebro outros pensamentos, novos, alheios, diversos, essa idéia tinha algo de encantador e ao mesmo tempo embriagante. Hipnotizados, meus olhos ficaram fixados na pequena protuberância formada pelo livro dentro do bolso, eles contemplavam aquele ponto específico como se quisessem queimá-lo, fazendo um buraco no sobretudo. Por fim, não fui mais capaz de conter minha avidez; inadvertidamente fui chegando mais perto. Só o pensamento de poder ao menos tocar um livro através do tecido fazia meus nervos arderem, dos dedos até as unhas. Quase sem tomar conhecimento, aproximei-me cada vez mais. Por sorte, o vigia não prestou atenção na minha atitude certamente estranha; talvez lhe tenha parecido natural que uma pessoa, depois de passar duas horas de pé, quisesse se apoiar um pouco na parede. Por fim, eu me encontrava bem perto do sobretudo e, de propósito, havia posto as mãos para trás, nas costas, de modo que elas pudessem tocar de maneira discreta o sobretudo. Tateei o tecido e senti, de fato, através dele algo retangular, algo que era flexível e estalava levemente – um livro! Um livro! Como um tiro, ocorreu-me o pensamento: roube o livro! Talvez você consiga e possa escondê-lo na cela e então ler, ler, ler, finalmente voltar a ler! O pensamento, logo que me ocorreu, teve o efeito de um forte veneno; de uma vez, meus ouvidos começaram a zumbir e meu coração a martelar, minhas mãos ficaram geladas e não me obedeciam mais. Contudo, após o atordoamento inicial, cheguei de leve e com cuidado mais para perto do sobretudo e, sempre observando o vigia, fui erguendo o livro pouco a pouco, por fora, a partir da base do bolso, com as mãos escondidas atrás das costas. E então: um fechar de dedos, um gesto leve e cuidadoso, e de repente eu tinha nas mãos o pequeno livro, não muito volumoso. Só então me espantei com a minha ação. Mas não podia voltar atrás. No entanto, como fazer? Meti o livro sob a calça, por trás das minhas costas, num ponto onde o cinto o prendia, e dali gradativamente em direção aos quadris, de modo que pudesse segurá-lo enquanto andava, com a mão apoiada na costura da calça à maneira militar. Foi então o momento do primeiro teste. Recuei de perto do cabide, um passo, dois passos, três passos. Funcionou. Era possível segurar o livro enquanto andava, caso eu apertasse firmemente o cinto com a mão.

"Veio em seguida o interrogatório. De minha parte, ele exigiu mais esforço do que nunca, pois na verdade eu concentrava toda a minha força, enquanto respondia, não no que estava dizendo, mas sobretudo em segurar o livro de maneira discreta. Por sorte, a inquirição não demorou muito daquela vez, e eu consegui levar o livro a salvo para o meu quarto – não quero reter o senhor com todos os detalhes, pois em dado momento ele escorregou perigosamente pela calça, no meio do corredor, de modo que tive de simular um forte acesso de tosse, a fim de dobrar o corpo e recolocá-lo a salvo sob o cinto. Mas que instante de glória quando voltei com o livro para o meu inferno, finalmente sozinho e, no entanto, não mais sozinho!

"É provável que o senhor suponha que apanhei de imediato o livro, observei-o e comecei a ler. De modo algum! Primeiro, queria valorizar o prazer antecipado do fato de ter um livro comigo, prolongar artificialmente esse prazer que excitava de maneira maravilhosa meus nervos, ficar imaginando que tipo de livro seria melhor ter roubado: de preferência com a impressão apertada, contendo muitas, muitas letras, muitas, muitas folhas finas, de modo que eu pudesse ler por mais tempo. Em seguida, desejava que fosse uma obra que me motivasse o espírito, nada superficial, nada leve, mas algo que se pudesse aprender, e aprender de cor, poemas, e na melhor das hipóteses – que sonho audacioso! – Goethe ou Homero. Mas, enfim, não consegui mais conter minha avidez, minha curiosidade. Estirado sobre a cama, de maneira que o vigia, caso viesse a abrir de repente a porta, não pudesse me surpreender, tirei com a mão tremendo o volume da calça.

"O primeiro olhar foi uma decepção e até mesmo uma espécie de raiva indignada: aquele livro capturado com um risco tão grande, reservado com uma expectativa tão ardente, não passava de um repertório de xadrez, uma coletânea de 150 partidas de mestres. Se eu não estivesse encarcerado, fechado, teria jogado o livro por alguma janela aberta, naquele momento inicial de cólera, pois o que eu deveria, o que poderia fazer com aquele absurdo? Quando garoto, no ginásio, uma vez ou outra eu havia me sentado diante de um tabuleiro de xadrez, como a maioria dos garotos, só por estar entediado. Mas para que me serviria aquele trabalho teórico? Xadrez não é algo que se possa jogar sem um parceiro, muito menos sem peças, sem tabuleiro. Contrariado, folheei as páginas, para procurar, quem sabe, algo a ser lido, uma introdução, uma indicação qualquer; mas não achei nada além de simples diagramas quadrados das partidas de mestres e, embaixo, signos que a princípio eram incompreensíveis para mim, a2-a3, Tf1-g3, e assim por diante. Tudo isso me parecia uma espécie de álgebra para a qual eu não encontrava nenhuma chave. Só gradativamente decifrei que as letras a, b, c referiam-se às fileiras horizontais, que os números de 1 a 8 diziam respeito às linhas verticais, e que as letras maiúsculas designavam, quando necessário, as peças; com isso, os diagramas puramente gráficos se tornavam uma linguagem. Talvez, ponderei, eu pudesse construir em minha cela uma espécie de tabuleiro de xadrez e então tentar reproduzir essas partidas; como uma revelação dos céus, dei-me conta de que meu lençol por acaso era quadriculado. Dobrado de maneira correta, era possível arrumá-lo para formar 64 casas. Em seguida, escondi o livro sob o colchão e arranquei apenas a primeira página. Depois, com pequenos pedaços de miolo que eu guardava do pão, comecei a modelar, é evidente que de uma maneira ridiculamente imperfeita, as peças de xadrez, rei, dama e assim por diante; após esforços intermináveis, afinal pude fazer uma tentativa de reproduzir sobre o lençol quadriculado a posição mostrada no livro de xadrez. No entanto, quando tentei refazer a partida inteira, a princípio isso foi um fracasso completo, com as minhas ridículas peças de miolo de pão, das quais eu havia escurecido com poeira a metade, para diferenciar as cores. Nos primeiros dias eu me confundia incessantemente; cinco vezes, dez vezes, vinte vezes eu tinha que recomeçar uma única partida. Mas quem na face da Terra dispunha de tanto tempo inutilizado e inútil quanto eu, o escravo do nada; a quem na face da Terra se oferecia tamanha avidez e paciência e ócio? Depois de seis dias, eu já jogava a partida sem falhas até o final; depois de mais oito dias, já não precisava mais dos pedaços de miolo sobre o lençol para compreender a posição tirada do livro de xadrez, e depois de mais oito dias também o lençol quadriculado se tornara dispensável; de maneira automática, os signos inicialmente abstratos do livro, a1, a2, c7, c8, convertiam-se, na minha cabeça, em posições visuais definidas. A conversão fora bem sucedida, e isso de modo irreversível: eu havia projetado para dentro o tabuleiro de xadrez com suas peças e também, com base na mera fórmula, via cada uma das posições, assim como um músico experimentado precisa apenas ler a partitura para ouvir todas as vozes e seu conjunto. Depois de mais quatorze dias, sem esforço eu tinha a capacidade de reproduzir de cor – ou, com o termo técnico, às cegas – qualquer partida do livro; só então comecei a entender o incalculável benefício que meu furto audacioso me proporcionara. Pois, a um só tempo, eu tinha uma atividade

– sem sentido, sem propósito, se o senhor quiser pensar assim, contudo uma atividade que acabava com o nada em torno de mim –, e com as 150 partidas eu possuía uma arma contra a monotonia opressora do espaço e do tempo. A fim de preservar integralmente o encanto da nova ocupação, eu dividia com exatidão os afazeres de cada dia: duas partidas de manhã, duas partidas à tarde e, ainda, uma breve recapitulação à noite. Com isso, estava preenchido o meu dia, que de outra maneira decorreria sem forma, como um molusco; com isso, eu estava ocupado, sem me cansar, pois o jogo de xadrez possui a fantástica vantagem de, por meio da concentração das energias intelectuais no campo muito restrito, mesmo com grande esforço de pensamento, não fatigar o cérebro, mas, ao contrário, aguçar sua agilidade e seu vigor. Aos poucos, comecei a despertar em mim, pela reprodução a princípio meramente mecânica das partidas dos mestres, uma compreensão artística, prazerosa. Aprendi a entender as sutilezas, as insídias e astúcias dos ataques e das defesas, compreendi a técnica de prever, combinar, responder, e logo passei a reconhecer a nota pessoal de cada mestre de xadrez, tão inconfundível em sua maneira de conduzir a partida quanto, nas poucas linhas de um poema, a voz de seu autor. Aquilo que tinha começado como mera ocupação do tempo se tornou um prazer, e os vultos dos grandes estrategistas do xadrez, como Alekhine, Lasker, Bogoljubov, Tartakower, apareciam como companheiros queridos em minha solidão. Uma alternância sem fim animava dia após dia o silêncio da cela, e justamente essa regularidade dos meus exercícios devolvia à minha capacidade de pensar a segurança já abalada: senti meu cérebro renovado e, com a constante disciplina de pensamento, até mesmo afiado novamente. O fato de eu conseguir pensar de maneira clara e concisa se revelou sobretudo no decorrer dos interrogatórios; de modo inconsciente, eu me havia aperfeiçoado, diante do tabuleiro de xadrez, na defesa contra ameaças falsas e lances encobertos; a partir de então, já não me entregava sem recursos ao interrogatório, e cheguei até mesmo a supor que os membros da Gestapo começaram a me encarar com um certo respeito. Talvez eles se perguntassem, no íntimo, ao verem todos os outros perderem o controle, de que fontes secretas apenas eu tirava a força daquela resistência inabalável.

"Esse período afortunado, no qual eu reproduzia as jogadas daquelas 150 partidas do livro, dia após dia, sistematicamente, durou mais ou menos dois meses e meio ou três meses. Então, de modo inesperado, cheguei a um ponto morto. De repente, voltei a me encontrar diante do nada. Pois, logo após eu ter jogado cada uma das partidas vinte ou trinta vezes, ela perdia o encanto da novidade; a surpresa, sua força antes tão estimulante, tão emocionante, estava esgotada. Qual o sentido de repetir mais e mais partidas que eu já sabia de cor havia muito tempo, lance a lance? Bastava fazer a abertura, e a seqüência do jogo me ocorria como que de maneira automática, não havia mais qualquer surpresa, qualquer tensão, qualquer problema. Para me ocupar, para criar o esforço e a distração que se tinham tornado indispensáveis para mim, eu precisaria na verdade de outro livro, com outras partidas. Uma vez que isso era totalmente impossível de obter, só havia uma saída desse caminho errado: eu tinha de inventar novas partidas em lugar de repetir as velhas. Tinha de tentar jogar comigo mesmo, ou melhor, contra mim mesmo.

"Não sei até que ponto o senhor já refletiu sobre a situação intelectual que diz respeito a esse jogo, o jogo dos jogos. Mas até a consideração mais superficial deve bastar para deixar claro que, no xadrez, por se tratar de um jogo de puro pensamento, livre do acaso, é lógico que constitui um absurdo querer jogar contra si mesmo. No fundo, o atrativo do xadrez se baseia unicamente no fato de que sua estratégia se desenvolve de modo diferente em dois cérebros distintos; no fato de que, nessa guerra intelectual, as pretas não conhecem as manobras das brancas e procuram sempre adivinhá-las e se opor a elas, enquanto as brancas, por sua vez, se esforçam por se antecipar e impedir as intenções secretas das brancas. Se brancas e pretas forem movidas pela mesma pessoa, o resultado é um contra-senso, uma circunstância em que um só cérebro ao mesmo tempo deveria e não deveria saber algo. Ao agir como parceiro jogando com as brancas, ele deveria poder esquecer por completo, a seu comando, o que queria e intentava fazer um minuto antes, como parceiro jogando com as pretas. Essa duplicidade do pensamento, na verdade, provoca uma divisão total da consciência, um poder de ligar e desligar à vontade uma função cerebral como se fosse um aparelho mecânico. Ter a pretensão de jogar contra si mesmo significa, portanto, no xadrez, um paradoxo como o de querer saltar sobre sua própria sombra.

"Agora, para resumir, foi essa impossibilidade, foi esse absurdo o que tentei realizar durante meses, em meu desespero. Mas eu não tinha qualquer escolha a não ser tal contra-senso, para não cair simplesmente na loucura ou num completo marasmo intelectual. Em função da minha terrível situação, era obrigado a pelo menos tentar essa divisão num eu-pretas e num eu-brancas, a fim de não ser sufocado pelo horripilante nada em torno de mim."

O Dr. B. voltou a se reclinar na espreguiçadeira e fechou os olhos por um minuto. Era como se ele quisesse reprimir violentamente uma lembrança perturbadora. De novo, surgiu o tique que ele não sabia controlar no canto esquerdo da boca. Em seguida, ele se ergueu um pouco em sua espreguiçadeira.

– Então, até esse ponto espero ter esclarecido tudo de maneira bastante compreensível para o senhor. Mas infelizmente não tenho certeza alguma de que poderei fazê-lo perceber de maneira tão clara o que houve depois. Pois essa nova ocupação exigia um esforço tão grande do cérebro, que qualquer autocontrole se tornava impossível. Já lhe expliquei que, na minha opinião, não faz sentido querer jogar xadrez contra si mesmo; mas até esse absurdo ainda teria uma chance mínima de funcionar caso houvesse um tabuleiro real de xadrez à disposição, porque a realidade do tabuleiro permite um certo distanciamento, uma exteriorização material. Diante de um tabuleiro de xadrez real, com peças reais, uma pessoa pode intercalar pausas entre as jogadas para refletir, pode se colocar ao menos fisicamente ora de um lado ora de outro lado da mesa, a fim de examinar a situação do ponto de vista das pretas ou do ponto de vista das brancas. Todavia, tendo a necessidade, como eu tinha, de projetar num espaço imaginário essa batalha contra mim mesmo ou, se o senhor preferir, comigo mesmo, eu era obrigado a guardar com clareza cada posição das peças nas 64 casas; além disso, não só precisava lembrar a configuração momentânea, como também calcular os possíveis lances seguintes dos dois parceiros. E na verdade – sei o quanto tudo isso soa absurdo – precisava me duplicar, triplicar; não: me multiplicar por seis, oito, doze, considerando as jogadas para cada eu, para as pretas e para as brancas, com quatro ou cinco lances de antecipação. Perdoe-me por pretender que o senhor imagine essa loucura, mas nesse jogo ocorrido no espaço abstrato da fantasia eu tinha de prever, jogando com as brancas, quatro ou cinco lances, e fazer a mesma coisa jogando com as pretas; portanto, tinha de antecipar a combinação de todas as situações resultantes do desenvolvimento da partida, de certa maneira como se tivesse dois cérebros, um para as brancas, outro para as pretas. Contudo, o elemento mais perigoso de minha experiência absurda não era essa divisão em dois, era o fato de eu, ao imaginar por mim mesmo partidas novas, perder de repente o solo sob meus pés e ser lançado no vazio. A mera repetição das partidas dos mestres, como eu a exercitara nas semanas anteriores, não passava, enfim, de um esforço de reprodução, uma mera recapitulação de uma matéria dada e, como tal, não era um esforço mais cansativo do que se eu tivesse aprendido poemas de cor ou memorizado artigos de leis; era uma atividade limitada, disciplinada, e por isso mesmo um exercício mental extraordinário. As duas partidas que eu examinava de manhã, as duas que eu examinava à tarde representavam uma determinada dedicação mental pela qual eu passava sem grande ansiedade; elas substituíam, para mim, uma ocupação normal e, além disso, eu tinha sempre um apoio do livro, caso me enganasse no decorrer de uma partida e não mais soubesse seguir adiante. Essa atividade só foi tão saudável e tranqüilizadora para os meus nervos abalados porque uma repetição de partidas alheias não me trazia para o jogo; se ganhavam as pretas ou as brancas, era algo indiferente para mim – afinal era Alekhine ou Bogoliubov quem lutava pelo título de campeão –, e minha própria pessoa, meu entendimento, minha alma aproveitavam as peripécias e as belezas daquelas partidas apenas sob a ótica de um espectador, como um conhecedor. Contudo, a partir do instante em que tentei jogar contra mim mesmo, comecei a me desafiar de maneira inconsciente. Cada um dos meus dois eus, meu eu-pretas e meu eu-brancas, tinha de competir com o outro, e cada um, por sua vez, incorria na cobiça, na impaciência da vitória; como eu-pretas, eu tinha uma expectativa febril, depois de cada lance, para saber o que o eu-brancas faria. Cada um dos dois eus triunfava quando o outro cometia um erro, e ao mesmo tempo o outro se exasperava por sua incapacidade.

"Tudo isso parece sem sentido, e de fato tal esquizofrenia artificial, tal cisão da consciência, com sua complexidade de agitação perigosa, seria impensável no caso de uma pessoa normal, numa situação normal. Mas não se esqueça de que havia sido arrancado de maneira violenta de toda normalidade, que era um prisioneiro, inocentemente encarcerado, fazia meses sofrendo uma tortura refinada com a solidão, uma pessoa que desde muito tempo desejava descarregar sua raiva acumulada contra alguma coisa. E como eu não tinha nada além desse jogo sem sentido contra mim mesmo, minha raiva e meu desejo fanático de vingança se concentravam nele. Algo em mim queria manter a razão, no entanto eu só tinha em mim esse outro eu contra o qual podia lutar; assim, durante o jogo, eu me deixava levar por uma agitação quase maníaca. No começo, eu ainda tinha pensado de maneira tranqüila e ponderada, tinha feito pausas entre uma partida e outra, a fim de me recuperar do esforço; mas pouco a pouco os meus nervos excitados não me permitiam mais espera alguma. Mal o meu eu-brancas havia feito um lance, meu eu-pretas já avançava febrilmente; mal uma partida havia terminado, eu já me desafiava para a seguinte, pois a cada vez um dos dois eus-enxadristas fora vencido e exigia revanche. Nunca serei capaz de dizer, mesmo aproximadamente, quantas partidas joguei contra mim mesmo, em conseqüência dessa insatisfação alucinada, durante os últimos meses em minha cela –

talvez mil, talvez mais. Era uma possessão da qual eu não conseguia me livrar; desde cedo até a noite eu não pensava em nada além de bispos e peões e torre e rei e "a" e "b" e "c" e mate e roque; com todo o meu ser e com todo o meu sentimento, eu me precipitava no quadrado quadriculado. A alegria de jogar se convertera num anseio de jogar, o anseio se convertera num impulso, numa mania, numa raiva frenética, que não preenchia apenas minhas horas acordado, como também, pouco a pouco, o meu sono. Só conseguia pensar em xadrez, só em movimentos de xadrez, em problemas de xadrez; às vezes acordava com a testa molhada e percebia que, mesmo durante o sono, devia ter continuado inconscientemente a jogar, e quando sonhava com pessoas, isso seguia exclusivamente os movimentos do bispo, da torre, no salto para frente ou para trás do cavalo. Mesmo quando eu era chamado para o interrogatório não conseguia mais pensar com concentração na minha responsabilidade; tenho a impressão de que, nas últimas sessões de perguntas, devo ter me expressado de maneira bastante confusa, pois os interrogadores me encaravam com estranheza. Na verdade, enquanto eles faziam perguntas e considerações, eu esperava apenas, na minha desgraçada avidez, o momento de ser levado de volta para a minha cela, a fim de continuar meu jogo, aquele jogo sem nexo, começando uma nova partida e mais uma e mais uma. Cada interrupção tornara-se para mim uma perturbação; até mesmo os quinze minutos em que o vigia arrumava a cela, os dois minutos em que ele me trazia a comida atormentavam a minha impaciência febril. Algumas vezes, a tigela com a comida ainda estava intocada à noite, eu havia esquecido de comer de tanto jogar. A única coisa que eu sentia, do ponto de vista corporal, era uma sede terrível; deve ter sido a febre dessa atividade constante de pensar e jogar; eu bebia a garrafa toda em dois goles e atormentava o vigia pedindo mais e, no entanto, sentia a língua seca na boca num instante. Por fim, minha excitação durante o jogo aumentou a tal ponto – e eu não fazia nada além disso, da manhã até a noite – que eu não conseguia mais permanecer um momento sentado; ininterruptamente, andava de um lado para o outro, enquanto pensava nas partidas, cada vez mais rápido e mais rápido e mais rápido, para cá e para lá, para cá e para lá, e de um modo cada vez mais impetuoso, quanto mais a partida se aproximava de uma decisão. A avidez de ganhar, de conseguir a vitória, de derrotar a mim mesmo tornou-se gradativamente uma espécie de fúria: eu tremia de impaciência, pois um dos meus eus-enxadristas sempre era lento demais para o outro. Um impelia o outro; por mais ridículo que isso possa lhe parecer, comecei a me repreender – 'depressa, depressa!', ou 'vamos, vamos!' –, quando um dos eus em mim não respondia com rapidez suficiente ao outro. Obviamente, hoje em dia tenho clareza de que esse meu estado já era uma forma patológica de sobreexcitação intelectual, para o qual não encontro qualquer nome a não ser este até então desconhecido da medicina: envenenamento pelo xadrez. Por fim, essa possessão monomaníaca começou a atacar não só o meu cérebro, como também o meu corpo. Emagreci, meu sono era inquieto e perturbado, ao acordar precisava sempre fazer um esforço especial para forçar as pálpebras de chumbo a abrirem-se. Às vezes, sentia-me tão fraco que, ao segurar um copo, só com muito esforço conseguia levá-lo até os lábios, de tanto que minhas mãos tremiam. Contudo, mal começava o jogo, uma força selvagem se apoderava de mim: andava para lá e para cá com os punhos cerrados, e, como através de uma nebulosidade vermelha, ouvia de tanto em tanto tempo minha própria voz, quando ela exclamava para si mesma, rouca e exasperada: 'xeque' ou 'mate'.

"Como esse estado terrível, indescritível chegou a uma crise é algo que nem eu mesmo sou capaz de contar. Tudo o que sei a respeito é que certa manhã acordei, e o momento de despertar foi diferente. Meu corpo estava como que desligado de mim mesmo, eu descansava de maneira suave e agradável. Um cansaço satisfeito e bom, como eu não havia experimentado por meses, espalhava-se pelos membros do meu corpo, de maneira tão calorosa e benéfica, que a princípio eu não conseguia nem me decidir a abrir os olhos. Permaneci vários minutos acordado, aproveitando aquele torpor pesado, aquela imobilidade tépida, com os sentidos deliciosamente anestesiados. De repente, tive a vaga impressão de estar ouvindo vozes atrás de mim, vozes vivas de pessoas, que diziam palavras, e o senhor não pode imaginar o meu arrebatamento, pois havia meses que eu não escutava nenhuma palavra além daquelas duras, afiadas e maldosas dos interrogadores. 'Você está sonhando', disse para mim mesmo. 'Você está sonhando! Não abra os olhos de modo algum, senão verá de novo a maldita cela em torno, a cadeira e a bacia e a mesa e o papel de parede com o padrão eternamente igual. Você está sonhando... continue a sonhar!'

"Mas a curiosidade assumiu o controle. Abri os olhos devagar, com todo cuidado. E, milagre: era um outro quarto no qual eu me encontrava, um quarto mais amplo e mais espaçoso do que a minha cela no hotel. Uma janela sem grades deixava a luz entrar livremente e dava para árvores, para o verde daquelas árvores que balançavam ao vento, em lugar do muro áspero. As paredes lisas brilhavam, muito brancas, e o teto sobre mim era branco e alto – realmente eu me encontrava numa nova cama, diferente, e pude constatar que não se tratava de um sonho, que ali atrás vozes humanas murmuravam levemente. Sem querer, devo ter me agitado de maneira brusca, em minha surpresa, pois logo ouvi atrás de mim um passo que se aproximava. Uma mulher chegou perto suavemente, uma mulher de touca branca sobre o cabelo, uma enfermeira, uma irmã. Um jato de encantamento caiu sobre mim: havia um ano que eu não via mulher alguma. Olhei fixamente para a aparição graciosa, e aquele deve ter sido um olhar selvagem, desvairado, pois a figura que se aproximava insistia em me tranqüilizar, dizendo: 'Calma! Fique calmo!'. Mas eu só dava atenção à sua voz – não era um ser humano que falava? Realmente havia ainda, sobre a Terra, um ser humano que não me interrogava, que não me atormentava? Além disso – milagre impensável –, era uma voz de mulher, suave, calorosa, quase frágil. Ávido, eu olhava fixamente para sua boca, pois durante todo aquele ano no inferno tinha se tornado improvável, do meu ponto de vista, que um ser humano pudesse se dirigir a outro de maneira bondosa. Ela sorriu para mim – sim, ela sorriu, ainda havia seres humanos capazes de sorrir bondosamente –, depois pôs o dedo nos lábios, num sinal tranqüilizador, e seguiu seu caminho com delicadeza. Mas não fui capaz de obedecer à ordem. Ainda não me saciara de contemplar o milagre. Com força, tentei me endireitar na cama para continuar a olhá-la, para continuar a olhar aquele milagre de um ser humano capaz de ser bondoso. Entretanto, quando tentei me apoiar na beira da cama, isso não foi possível. Onde deveria estar minha mão direita, dedos e palma, senti algo estranho, um tufo branco, grande e grosso, evidentemente um curativo volumoso. A princípio, encarei sem compreender aquela coisa branca, grande, estranha em minha mão, em seguida comecei pouco a pouco a entender onde estava, a pensar no que poderia ter acontecido comigo. Alguém devia ter me ferido, ou então eu mesmo me ferira na mão. Encontrava-me num hospital.

"Ao meio-dia chegou o médico, um senhor de ar amigável, já mais velho. Ele conhecia o nome da minha família e mencionou com tanto respeito meu tio, o médico pessoal do imperador, que tive de imediato a impressão de que ele pretendia me tratar bem. No decorrer da consulta, dirigiu-me várias perguntas, uma das quais me espantou especialmente: se eu era matemático ou químico. Respondi que não.

"– Estranho – sussurrou. – Quando estava com febre, o senhor sempre gritava fórmulas tão estranhas, c3, c4. Nenhum de nós as reconheceu.

"Informei-me a respeito do que havia acontecido comigo. Ele deu um sorriso inusitado.

"– Nada sério. Uma irritação aguda dos nervos. – E acrescentou em voz baixa, depois de ter olhado em torno cuidadosamente: – Afinal, algo bastante compreensível. Desde o dia 13 de março, não é?

"Assenti com um gesto.

"– Não é de se espantar, com esse método – cochichou. – O senhor não é o primeiro. Mas não se preocupe.

"Pela maneira como ele se dirigia a mim para me tranqüilizar, e graças a seu olhar bondoso, soube que estaria protegido perto dele.

"Dois dias depois, o bondoso doutor me explicou, de maneira bastante sincera, o que havia acontecido. O vigia me ouvira gritar alto em minha cela e, a princípio, tivera a impressão de que uma pessoa havia invadido o quarto, alguém com quem eu estivesse brigando. Contudo, assim que abrira porta, eu havia me atirado sobre ele, dirigindo-lhe gritos descontrolados, que soavam aproximadamente como: 'Mova de uma vez, miserável, covarde!'.

Ainda segundo ele, eu tentara segurá-lo pela garganta e, por fim, o tinha atacado de maneira tão selvagem que se fizera necessário chamar ajuda. Quando, em meu estado de insanidade, arrastavam-me para um exame médico, eu teria me soltado, corrido em direção à janela do corredor e quebrado o vidro, cortando assim a mão – o senhor ainda pode ver a cicatriz profunda aqui. Durante as primeiras noites no hospital, eu havia sofrido uma espécie de febre cerebral, mas naquele momento o doutor achava que a lucidez voltara a meus pensamentos.

"– É evidente – acrescentou em voz baixa – que não comunicarei esse fato aos responsáveis, senão levam o senhor de volta para lá. Confie em mim, farei o máximo que puder.

"O que esse médico prestativo relatou aos meus algozes é algo que desconheço. Em todo caso, ele conseguiu o que queria: minha libertação. Pode ser que tenha me declarado incapaz de dar informações confiáveis, ou talvez eu já houvesse perdido a importância para a Gestapo, pois naquele intervalo Hitler havia ocupado a Boêmia, e com isso o caso da Áustria estava encerrado para ele. Assim, precisei apenas assinar o termo de responsabilidade de deixar nossa pátria dentro de quatorze dias, e esses quatorze dias foram de tal maneira preenchidos por todas as mil formalidades de que, hoje em dia, o antigo cidadão do mundo necessita para viajar – documentos militares, da polícia, do fisco, passaporte, visto, atestado médico – que eu não tive tempo algum para refletir muito sobre o que se passara. Ao que parece, funcionam em nosso cérebro forças reguladoras misteriosas, que excluem automaticamente aquilo que poderia ser penoso e perigoso para a alma, pois sempre que eu queria voltar a pensar em meu período preso era como se a luz se apagasse em meu cérebro; só depois de várias semanas, na verdade apenas aqui no navio, reencontrei o ânimo para refletir sobre o que havia acontecido comigo.

"E agora o senhor deve entender por que me comportei de maneira pouco apropriada e aparentemente incompreensível diante de seus amigos. Estava apenas passeando, por mero acaso, no salão, quando vi os senhores sentados diante do tabuleiro de xadrez; involuntariamente, tomado de susto e terror, senti meus pés presos ao chão. Pois tinha esquecido por completo que se podia jogar xadrez num tabuleiro de verdade, com peças de verdade; tinha esquecido que, nesse jogo, dois homens inteiramente diferentes sentam-se um diante do outro. Precisei de alguns minutos para me lembrar que a atividade daqueles jogadores, no fundo, consistia no mesmo jogo que eu, no meu desamparo, tentei durante meses jogar contra mim mesmo. Os sinais dos quais eu me valera durante meus exercícios enfurecidos não passavam de substitutos e símbolos para aquelas peças esculpidas; minha surpresa pelo fato de que o movimento das peças no tabuleiro era o mesmo movimento da minha fantasia, imaginada no espaço do pensamento, talvez seja semelhante à de um astrônomo que, com os mais complicados métodos desenvolvidos no papel, descobrisse a existência de um novo planeta e depois o enxergasse realmente no céu como um astro branco, claro, concreto. Como que preso por uma força magnética, permaneci olhando fixamente para o tabuleiro e vi ali meus esquemas, com cavalo, torre, rei, rainha e peões, como objetos reais, feitos de madeira; para avaliar a posição da partida, tive primeiro que transportá-la do meu mundo abstrato de sinais para as peças em movimento. Pouco a pouco, apoderou-se de mim a curiosidade de observar um jogo real entre dois adversários. E então ocorreu o fato lamentável de eu, esquecendo toda polidez, ter interferido na partida dos senhores. Mas aquele lance errado de seu amigo atingiu meu coração como uma punhalada. Foi um ato realmente instintivo que me levou a interrompê-lo, um impulso, como o de alguém que, sem parar para pensar, segura uma criança inclinada num parapeito. Só depois ficou clara para mim a inconveniência grosseira de que fui culpado, com minha precipitação."

Apressei-me em garantir ao Dr. B. que nos alegráramos muito por dever a esse acaso o fato de o termos conhecido e que, para mim, depois de tudo o que ele me confidenciou, seria duplamente interessante ter a possibilidade de vê-lo no torneio improvisado do dia seguinte. Dr. B. fez um gesto de inquietação.

– Não, realmente não espere muito. Isso não deve passar de um teste para mim... um teste para verificar se... se sou capaz de jogar uma partida de xadrez normal, uma partida no tabuleiro real, com peças concretas e um adversário vivo... pois agora é duvidoso para mim, cada vez mais, se aquelas centenas e talvez milhares de partidas que joguei de fato foram partidas de xadrez segundo as regras, e não apenas uma espécie de xadrez de sonho, um xadrez febril, um jogo doentio no qual, como sempre acontece em sonhos, etapas intermediárias são puladas. Espero que o senhor não suponha a sério que eu tenha a presunção de fazer frente a um mestre de xadrez, muito menos ao primeiro do mundo. O que me interessa e intriga é unicamente a curiosidade de averiguar se aquilo na cela ainda era xadrez ou já era loucura; se naquele período eu ainda me encontrava na beira do perigoso abismo, ou se já me precipitara nele... só isso, nada além disso.

Do tombadilho ressoou naquele instante o gongo que chamava para o jantar. Devíamos ter conversado – Dr. B. me contara tudo de maneira bem mais detalhada do que fiz aqui – por quase duas horas. Agradeci a ele cordialmente e me despedi. Mas ainda não havia atravessado todo o convés quando ele me alcançou e, nervoso, até mesmo gaguejando um pouco, acrescentou:

– Mais uma coisa ainda! Por favor comunique com antecedência aos demais senhores, para que eu não pareça descortês depois: jogarei apenas uma partida... ela não deve ser nada além do traço derradeiro para fechar uma conta antiga, um desfecho e não um novo começo... Não gostaria de ser acometido uma segunda vez por aquela febre de jogo exaltada, na qual só consigo pensar com horror... e além do mais... além do mais o médico me advertiu... advertiu expressamente. Qualquer um que tenha sido acometido por uma mania permanece para sempre afetado, e com um envenenamento pelo xadrez, mesmo curado, o melhor é não se aproximar de nenhum tabuleiro... Portanto, o senhor entende... apenas essa partida de teste para mim mesmo e nada mais.

No dia seguinte, pontualmente na hora combinada, às três, estávamos reunidos no salão de fumar. Nosso grupo tinha aumentado com a vinda de mais dois amantes da arte régia, dois oficiais do navio que haviam solicitado dispensa do serviço a bordo para poder assistir ao torneio. Também Czentovic não se fez esperar, como fizera no dia anterior, e após o sorteio obrigatório das cores começou a memorável partida daquele *homo obscurissimus* contra o famoso campeão mundial. É uma pena que ela tenha sido jogada apenas para nós, espectadores incompetentes, de modo que seu desenvolvimento se perdeu para os anais do xadrez, assim como os improvisos de Beethoven no piano se perderam para a música. Na verdade, tentamos na tarde seguinte reconstruir juntos a partida, de memória, mas foi em vão; provavelmente, durante a partida, todos nós tínhamos prestado atenção de maneira muito intensa nos dois jogadores, e não no desenvolvimento do jogo. Pois a oposição intelectual na atitude dos dois adversários se tornou, no decorrer da partida, cada vez mais marcada, corporalmente, em suas posturas. Czentovic, o profissional, permanecia o tempo todo imóvel, como um bloco de pedra, com os olhos sérios e fixos afundados no tabuleiro de xadrez, de modo que a reflexão parecia, no seu caso, um esforço físico que demandava de todos os seus órgãos a mais extrema concentração. Dr. B., em contrapartida, movia-se de maneira totalmente solta e desembaraçada. Como o verdadeiro diletante, no mais belo sentido da palavra, para o qual a única alegria, no jogo, é o próprio jogo, o *diletto*, manteve seu corpo inteiramente relaxado, conversou conosco para dar explicações durante as primeiras pausas, acendeu um cigarro de maneira descontraída, enquanto dirigia o olhar para o tabuleiro apenas quando chegava a sua vez, por um minuto. A cada vez, a impressão era de que ele já esperava de antemão o lance do adversário.

Os lances de abertura obrigatórios decorreram bastante depressa. Apenas lá pelo sétimo ou oitavo pareceu se desenvolver algo que dava a impressão de um plano definido. Czentovic passou a prolongar suas pausas para pensar; com isso percebemos que a verdadeira batalha pela supremacia começava a se estabelecer. Mas, para não faltar à verdade, o desenvolvimento gradativo da situação significava para nós, leigos, assim como em qualquer partida de torneio, um certo desapontamento. Pois, quanto mais as peças se entrelaçavam numa disposição estranhamente ornamental, mais se tornava impenetrável para a nossa compreensão a verdadeira situação do jogo. Não conseguíamos perceber o que pretendia um adversário ou o outro, nem qual dos dois se encontrava em vantagem. Reparávamos apenas que algumas peças avançavam como alavancas, para romper o *front* inimigo, contudo não éramos capazes – uma vez que cada movimento desses jogadores de alto nível encontrava-se sempre articulado a uma combinação de lances – de compreender a intenção estratégica desse ir e vir das peças. A isso se juntou, pouco a pouco, um cansaço paralisante, causado sobretudo pelas intermináveis pausas de Czentovic para pensar, pausas que começaram visivelmente a irritar também nosso amigo. Observei, inquieto, que este, quanto mais se estendia a partida, passara a se mover na poltrona, cada vez mais agitado, e às vezes acendia um cigarro no outro, por nervosismo, às vezes estendia a mão para o lápis, a fim de anotar alguma coisa. Depois ele pediu uma água mineral, que passou a beber apressadamente, copo após copo; era evidente que fazia combinações cem vezes mais do depressa do que Czentovic. A cada vez, quando este se decidia, depois de uma reflexão interminável, a avançar uma peça com sua mão vagarosa, nosso amigo sorria como alguém que vê ocorrer algo esperado há muito tempo e respondia de imediato. Com o trabalho rápido de sua inteligência, ele devia ter antecipado na cabeça todas as possibilidades do adversário; por isso, quanto mais as decisões de Czentovic tardavam, mais crescia a sua impaciência, e durante a espera seus lábios se apertavam, manifestando irritação, quase hostilidade. Mas Czentovic não se deixava pressionar de maneira alguma. Ele parava para pensar, obstinado, calado, fazendo pausas cada vez mais longas, quanto menor era o número de peças em jogo. No quadragésimo segundo lance, depois de duas horas e 45 minutos, todos nós estávamos esgotados, sentados em torno da mesa quase sem prestar atenção. Um dos oficiais do navio já se havia afastado, um outro observador pegara um livro para ler e dava apenas uma olhada momentânea para a mesa quando havia alguma modificação. Foi então que, de repente, quando Czentovic fazia um lance, ocorreu o inesperado. Assim que o Dr. B. percebeu que Czentovic tocava o cavalo para avançá-lo, encolheu-se como um gato antes de dar o bote. Todo o seu corpo começou a tremer, e mal Czentovic fizera o lance com o cavalo, ele avançou a dama mais que depressa, dizendo em voz alta com ar triunfante: "Pronto! Acabado!", em seguida reclinou-se, cruzou os braços e encarou Czentovic com um olhar desafiador. Uma luz quente brilhou de repente em suas pupilas.

Involuntariamente, todos nós nos inclinamos sobre o tabuleiro, para entender o lance anunciado de maneira tão triunfante. À primeira vista, não era perceptível nenhuma ameaça direta. A declaração do nosso amigo devia se referir então a um desenvolvimento que nós, diletantes de pensamento curto, ainda não conseguíamos calcular. Czentovic era o único entre nós que, ao ouvir aquela declaração desafiadora, não se movera; ele permanecia sentado, tão inabalável como se simplesmente não tivesse ouvido o ofensivo "Acabado!". Nada acontecia. Como todos nós involuntariamente prendíamos a respiração, ouviam-se as batidas do relógio que havia sido colocado sobre a mesa para determinar o tempo dos lances. Passaram-se três minutos, sete minutos, oito minutos – Czentovic não se movia, mas minha impressão era de que suas narinas grossas estavam dilatadas pelo esforço interior. Para nosso amigo, essa espera em silêncio parecia tão insuportável quanto para nós. Ele se levantou de supetão e começou a andar de um lado para o outro na sala, a princípio lentamente, depois cada vez mais depressa. Todos nós o observamos um tanto admirados, entretanto ninguém estava mais inquieto do que eu, pois me parecia que seus passos, apesar de toda a impetuosidade daquele andar, percorriam sempre a mesma extensão do espaço disponível; era como se ele, a cada vez, no meio do salão vazio, esbarrasse numa barreira invisível que o obrigava a fazer a volta. Estremecendo, percebi que esse ir e vir reproduzia inconscientemente a extensão de sua antiga cela; era exatamente assim que ele devia ter corrido para lá e para cá, durante os meses encarcerado, como um animal em sua jaula, exatamente daquele jeito, com as mãos cerradas e os ombros encolhidos; assim, e só assim, ele devia ter percorrido aquele mesmo espaço, de um lado para o outro, milhares de vezes, com as luzes avermelhadas da loucura no olhar fixo e febril. Mas a sua capacidade de raciocínio parecia ainda intacta, pois de tempos em tempos ele se voltava para a mesa, impaciente, querendo saber se Czentovic já havia se decidido. Passaram-se, contudo, nove, dez minutos. Então, finalmente, aconteceu o que já nenhum de nós esperava. Czentovic ergueu devagar sua mão pesada, que até aquele momento permanecera imóvel sobre a mesa. Tensos, todos nós observávamos, à espera de sua decisão. No entanto, Czentovic não fez lance algum; em vez disso, empurrou lentamente com a parte de trás da mão, num gesto decidido, todas as peças do tabuleiro. Só um instante depois entendemos: Czentovic havia abandonado a partida. Ele desistira, para não levar o xeque-mate diante de nós. O improvável havia acontecido, o campeão mundial, vencedor de inúmeros torneios, capitulara frente a um desconhecido, um homem que não tocava em um tabuleiro de xadrez havia vinte ou vinte e cinco anos. Nosso amigo, o anônimo, o ignorado, derrotara em luta aberta o mais forte jogador de xadrez do planeta!

Sem perceber, em nossa excitação, havíamos levantado das cadeiras, um após o outro. Cada um de nós tinha a sensação de ter que dizer ou fazer algo, para dar vazão a nosso espanto cheio de alegria. O único que permaneceu tranqüilo, sem se mover, foi Czentovic. Só depois de uma pausa calculada, ele ergueu a cabeça e encarou nosso amigo com um olhar de pedra.

– Mais uma partida? – perguntou.

– É evidente que sim – respondeu o Dr. B. com um entusiasmo que me desagradou. Em seguida sentou-se bruscamente, antes mesmo que eu pudesse lembrar a ele a sua intenção previamente declarada de se dar por satisfeito com uma partida só, e começou a organizar as peças com uma pressa doentia. Ele as arrumava com tal ardor, que por duas vezes um peão escapou de seus dedos trêmulos e caiu no chão; meu mal-estar, já antes desagradável, cresceu em vista de sua excitação pouco natural, convertendo-se numa espécie de temor. Pois uma exaltação visível acometera aquele homem, antes tão quieto e tranqüilo; o tique se manifestava com maior freqüência em sua boca, e seu corpo tremia como se tivesse calafrios de febre.

– Não! – disse a ele em voz baixa. – Não agora! Já foi o bastante por hoje! É cansativo demais para o senhor.

– Cansativo! Ha! – ele riu alto, com um ar malicioso. – Eu poderia ter jogado dezessete partidas, em vez dessa lengalenga! Para mim só é cansativo o esforço de não dormir, com esse ritmo! Agora! Comece logo de uma vez!

Essas últimas palavras foram dirigidas num tom veemente, quase grosseiro, a Czentovic, que o encarava com um olhar que se mantinha tranqüilo, comedido, mas que possuía, em sua fixação, algo como um punho fechado. De súbito, surgiu algo novo entre os dois jogadores; uma tensão perigosa, um ódio exaltado. Não eram mais dois parceiros que desejavam testar suas capacidades no jogo, eram dois inimigos que juravam aniquilar um ao outro. Czentovic hesitou por bastante tempo, antes de fazer o primeiro lance, e eu tive a sensação clara de que ele estava demorando intencionalmente. É evidente que aquele tático muito escolado já descobrira que, justamente com sua lentidão, cansava e irritava o adversário. Assim, deixou passar nada menos de quatro minutos, antes de fazer a mais normal, a mais simples das aberturas, avançando o peão do rei as usuais duas casas. De imediato, nosso amigo respondeu com seu peão do rei, mas de novo Czentovic fez uma pausa interminável, quase insuportável; era como se um forte raio tivesse caído e, com o coração batendo forte, aguardássemos o trovão, e o trovão não ressoasse. Czentovic não se movia. Pensava quieto, devagar e, como eu sentia com uma certeza cada vez maior, com uma lentidão mal-intencionada; com isso, porém, dava-me muito tempo para observar o Dr. B.. Ele tinha acabado de beber o terceiro copo d'água; involuntariamente, ocorreu-me a lembrança de que ele havia mencionado sua sede doentia na cela. Todos os sintomas de uma agitação anormal se mostravam com clareza; vi sua testa ficar úmida e percebi que a cicatriz em sua mão se tornara mais vermelha e mais acentuada do que antes. Entretanto, ele ainda mantinha o controle sobre si mesmo. Só quando, no quarto lance, Czentovic voltou a parar para pensar interminavelmente, ele perdeu a compostura e, de repente, esbravejou:

– Jogue logo de uma vez!

Czentovic tinha um olhar frio.

– Que eu saiba, combinamos dez minutos para cada lance. Por princípio, não jogo com menos tempo.

Dr. B. mordeu o lábio; notei que, por baixo da mesa, a sola de seu sapato roçava o chão de maneira inquieta, cada vez mais, e eu mesmo não pude deixar de ficar mais nervoso, sob a pressão do pressentimento de que algo de insensato se preparava nele. De fato, no oitavo lance ocorreu outro incidente. Dr. B., que havia esperado de maneira cada vez menos contida, não conseguiu mais esconder sua tensão; mexia-se de um lado para o outro e começou, inconscientemente, a bater com os dedos na mesa. Mais uma vez, Czentovic ergueu sua pesada cabeça de camponês.

– Posso pedir ao senhor que não bata na mesa? Isso me atrapalha. Não posso jogar assim.

– Ha! – Dr. B. soltou uma breve risada. – Percebe-se.

O rosto de Czentovic ficou vermelho.

– O que o senhor quer dizer com isso? – perguntou, de maneira incisiva, com irritação.

Dr. B. soltou mais uma vez uma risada curta e maliciosa.

– Nada. Só que o senhor evidentemente está muito nervoso.

Czentovic se calou e voltou a inclinar a cabeça. Só depois de sete minutos ele fez o lance seguinte, e foi nesse ritmo moroso que a partida continuou. Czentovic como que se petrificava cada vez mais; por fim, passou a fazer uso sempre do máximo de tempo combinado para as pausas, antes de se decidir por um lance, e o comportamento de nosso amigo foi se tornando cada vez mais estranho de um intervalo a outro. A impressão era de que ele não estava mais participando da partida, mas estava ocupado com alguma outra coisa. Ele deixou de andar de maneira impetuosa de um lado para o outro e permaneceu sentado em seu lugar, sem demonstrar agitação. Com um olhar fixo e quase desvairado para o vazio, murmurava sem parar palavras incompreensíveis; ou se perdia em intermináveis combinações, ou então elaborava – era essa minha suspeita mais particular – outras partidas, pois a cada vez, quando Czentovic finalmente havia mexido, era preciso tirá-lo desse estado de ausência. Então ele passou a precisar sempre de alguns minutos para se inteirar de novo da situação; cada vez mais se apoderou de mim a suspeita de que ele já havia esquecido Czentovic e todos nós, fazia muito tempo, tomado por uma forma fria de loucura que pode se descarregar subitamente em algum tipo de violência. De fato, no décimo nono lance, desencadeou-se a crise. Mal Czentovic acabara de mexer sua peça, de repente o Dr. B., sem olhar direito para o tabuleiro, avançou o seu bispo três casas e gritou tão alto que todos nós tomamos um grande susto.

– Xeque! Xeque ao rei.

Na expectativa de um lance especial, olhamos de imediato para o tabuleiro. Mas, após um minuto, ocorreu algo que nenhum de nós esperava. Czentovic ergueu a cabeça, muito, muito devagar, e olhou em volta – o que não fizera até então – para cada pessoa de nosso grupo. Ele parecia estar se deliciando incomensuravelmente com alguma coisa, pois aos poucos seus lábios começaram a ganhar a forma de um sorriso satisfeito e claramente irônico. Só depois de ter aproveitado até a última gota esse triunfo ainda incompreensível para nós, dirigiu-se a nosso grupo num tom de falsa polidez:

– Sinto muito, mas não vejo nenhum xeque. Será que algum dos senhores enxerga um xeque contra meu rei?

Olhamos para o tabuleiro e depois, inquietos, para o Dr. B.. A casa do rei de Czentovic de fato – mesmo uma criança poderia perceber isso – estava protegida do bispo por um peão, portanto não era possível um xeque ao rei. Todos estavam preocupados. Será que nosso amigo, em sua pressa, havia movido alguma peça uma casa a mais ou a menos? Tendo a sua atenção chamada por nosso silêncio, o Dr. B. também olhou para o tabuleiro e começou a balbuciar de maneira descontrolada:

– Mas o rei deveria estar em f7... ele está na casa errada, totalmente errada. O senhor jogou errado! Tudo está equivocado nesse tabuleiro... o peão deveria estar em g5 e não em g4... essa é uma outra partida... Isso é...

Parou de repente. Eu o tinha segurado com firmeza pelo braço, ou melhor, tinha beliscado seu braço com tanta força que mesmo em seu desvario febril ele devia ter sentido o apertão. Olhou em volta e me encarou como um sonâmbulo.

– O que... o que o senhor quer?

Eu disse apenas:

– *Remember!*[6]

Ao mesmo tempo, conduzi seus dedos até a cicatriz em sua mão. De maneira involuntária, ele seguiu meu movimento, seus olhos se fixaram, como se fossem de vidro, no traço cor de sangue. Em seguida, ele começou de repente a tremer, e um arrepio percorreu seu corpo todo.

– Meu Deus – murmurou, com os lábios pálidos. – Eu disse ou fiz alguma besteira... será que fiquei de novo...?

– Não – sussurrei. – Mas o senhor precisa interromper de imediato a partida, não há mais tempo. Lembre-se do que o médico lhe disse!

Dr. B. levantou-se de supetão.

– Peço desculpas por meu erro tolo – disse, com seu tom de voz polido de antes, e inclinou-se diante de Czentovic. – Claro que não faz sentido algum o que eu disse. Obviamente esta partida é sua.

Em seguida, ele se dirigiu a nós:

– Também aos senhores devo pedir desculpas. Mas de antemão tinha avisado que não deveriam esperar muito de mim. Perdoem-me a bobagem... foi a última vez que tentei jogar xadrez.

Inclinou-se e partiu, da mesma maneira tímida e misteriosa como havia aparecido pela primeira vez. Só eu

---

[6]. "Lembre-se!" em inglês no original. (N.T.)

sabia por que esse homem nunca mais tocaria um tabuleiro de xadrez, enquanto os demais permaneceram um tanto desconcertados, com a sensação incerta de que se tinham livrado por pouco de alguma coisa incômoda e perigosa.

– *Damned fool!*[7] – resmungou McConnor em sua decepção.

O último a se levantar de sua poltrona foi Czentovic, que ainda voltou o olhar para a partida não terminada.

– Pena – disse num tom condescendente –, o ataque até que não foi mal planejado. Para um diletante, esse senhor realmente tinha um talento extraordinário.

---

7. "Maldito idiota!" em inglês no original. (N.T.)

Sobre o autor

STEFAN ZWEIG nasceu em Viena, em 1881, filho de Moritz Zweig, rico fabricante judeu de têxteis, e de Ida Brettauer, de uma família de banqueiros italianos. Estudou filosofia e literatura, e na juventude participou de vanguardas artísticas. A religião não teve muita importância na sua educação. Na década de 1920, publicou seus primeiros livros. Praticou os mais variados gêneros literários – poesia, teatro, biografias romanceadas, crítica literária – e também realizou algumas traduções. Seus contos e novelas curtas, assim como as biografias de artistas e figuras históricas, o tornaram célebre no mundo inteiro. Em 1934, com o recrudescimento do nazifascismo na Europa e a ascensão de Hitler ao poder, Zweig emigrou para a Inglaterra, onde viveu na cidade de Bath, indo morar posteriormente nos Estados Unidos. Em 1941 mudou-se para o Brasil, país que visitara pela primeira vez em 1936; ficara tão fascinado que o transformou no objeto de um de seus livros mais conhecidos, *Brasil, um país do futuro*, publicado em português em 1941 (as edições norte-americana, alemã, sueca, portuguesa, francesa e espanhola não tardaram a sair). Desesperançado com o rumo da política européia e com o futuro da cultura de língua alemã, e sentindo-se incapaz de recomeçar uma nova existência, em 23 de fevereiro de 1942 Zweig cometeu suicídio, junto com a sua segunda mulher, Charlotte Elisabeth Altmann (mais conhecida como Lotte), na casa dos dois, em Petrópolis. A carta de despedida diz o seguinte:

"Antes de abandonar a vida por vontade própria e em plena lucidez, sinto necessidade de cumprir um último dever: agradecer profundamente ao Brasil, este maravilhoso país que me proporcionou, assim como ao meu trabalho, um descanso tão amigável e tão hospitaleiro. Um dia após o outro aprendi a amá-lo mais e mais e em nenhuma outra parte eu teria preferido construir uma nova existência, agora que o mundo da minha língua materna desapareceu para mim e que a minha pátria espiritual, a Europa, destruiu a si própria.

"Mas com mais de sessenta anos seria necessário ter forças extraordinárias para recomeçar totalmente a vida. E as minhas esgotaram-se devido aos longos anos de errância. Além disso, creio que vale mais pôr um fim a tempo, e de cabeça erguida, a uma existência na qual o trabalho intelectual sempre foi a alegria mais pura e a liberdade individual, o bem supremo deste mundo.

"Saúdo todos os meus amigos. Que eles possam ver ainda a aurora após a longa noite! Eu sou por demais impaciente, parto antes deles".

Sua obra é muito extensa, e alguns de seus textos ficcionais mais conhecidos são *A confusão de sentimentos*, *Vinte e quatro horas na vida de uma mulher* e *A embriaguez da metamorfose*. Entre as várias exitosas biografias que escreveu, podem-se citar as de *Nietzsche*, *Maria Antonieta*, *Erasmo* e *Balzac*.

Coleção **L&PM** POCKET

1. **Catálogo geral da Coleção**
2. **Poesias** – Fernando Pessoa
3. **O livro dos sonetos** – org. Sergio Faraco
4. **Hamlet** – Shakespeare / trad. Millôr
5. **Isadora, frag. autobiográficos** – Isadora Duncan
6. **Histórias sicilianas** – G. Lampedusa
7. **O relato de Arthur Gordon Pym** – Edgar A. Poe
8. **A mulher mais linda da cidade** – Bukowski
9. **O fim de Montezuma** – Hernan Cortez
10. **A ninfomania** – D. T. Bienville
11. **As aventuras de Robinson Crusoé** – D. Defoe
12. **Histórias de amor** – A. Bioy Casares
13. **Armadilha mortal** – Roberto Arlt
14. **Contos de fantasmas** – Daniel Defoe
15. **Os pintores cubistas** – G. Apollinaire
16. **A morte de Ivan Ilitch** – L.Tolstoi
17. **A desobediência civil** – D. H. Thoreau
18. **Liberdade, liberdade** – F. Rangel e M. Fernandes
19. **Cem sonetos de amor** – Pablo Neruda
20. **Mulheres** – Eduardo Galeano
21. **Cartas a Théo** – Van Gogh
22. **Don Juan** – Molière / Trad. Millôr Fernandes
24. **Horla** – Guy de Maupassant
25. **O caso de Charles Dexter Ward** – Lovecraft
26. **Vathek** – William Beckford
27. **Hai-Kais** – Millôr Fernandes
28. **Adeus, minha adorada** – Raymond Chandler
29. **Cartas portuguesas** – Mariana Alcoforado
30. **A mensageira das violetas** – Florbela Espanca
31. **Espumas flutuantes** – Castro Alves
32. **Dom Casmurro** – Machado de Assis
34. **Alves & Cia.** – Eça de Queiroz
35. **Uma temporada no inferno** – A. Rimbaud
36. **A corresp. de Fradique Mendes** – Eça de Queiroz
38. **Antologia poética** – Olavo Bilac
39. **Rei Lear** – Shakespeare
40. **Memórias póstumas de Brás Cubas** – M. de Assis
41. **Que loucura!** – Woody Allen
42. **O duelo** – Casanova
44. **Gentidades** – Darcy Ribeiro
45. **Mem. de um Sarg. de Milícias** – M. A. de Almeida
46. **Os escravos** – Castro Alves
47. **O desejo pego pelo rabo** – Pablo Picasso
48. **Os inimigos** – Máximo Gorki
49. **O colar de veludo** – Alexandre Dumas
50. **Livro dos bichos** – Vários
51. **Quincas Borba** – Machado de Assis
53. **O exército de um homem só** – Moacyr Scliar
54. **Frankenstein** – Mary Shelley
55. **Dom Segundo Sombra** – Ricardo Güiraldes
56. **De vagões e vagabundos** – Jack London
57. **O homem bicentenário** – Isaac Asimov
58. **A viuvinha** – José de Alencar
59. **Livro das cortesãs** – org. de Sergio Faraco
60. **Últimos poemas** – Pablo Neruda
61. **A moreninha** – Joaquim Manuel de Macedo
62. **Cinco minutos** – José de Alencar
63. **Saber envelhecer e a amizade** – Cícero
64. **Enquanto a noite não chega** – J. Guimarães
65. **Tufão** – Joseph Conrad
66. **Aurélia** – Gérard de Nerval
67. **I-Juca-Pirama** – Gonçalves Dias
68. **Fábulas** – Esopo
69. **Teresa Filósofa** – Anônimo do Séc. XVIII
70. **Avent. inéditas de Sherlock Holmes** – A.C. Doyle
71. **Quintana de bolso** – Mario Quintana
72. **Antes e depois** – Paul Gauguin
73. **A morte de Olivier Bécaille** – Émile Zola
74. **Iracema** – José de Alencar
75. **Iaiá Garcia** – Machado de Assis
76. **Utopia** – Tomás Morus
77. **Sonetos para amar o amor** – Camões
78. **Carmem** – Prosper Mérimée
79. **Senhora** – José de Alencar
80. **Hagar, o horrível 1** – Dik Browne
81. **O coração das trevas** – Joseph Conrad
82. **Um estudo em vermelho** – Arthur Conan Doyle
83. **Todos os sonetos** – Augusto dos Anjos
84. **A propriedade é um roubo** – P.-J. Proudhon
85. **Drácula** – Bram Stoker
86. **O marido complacente** – Sade
87. **De profundis** – Oscar Wilde
88. **Sem plumas** – Woody Allen
89. **Os bruzundangas** – Lima Barreto
90. **O cão dos Baskervilles** – Arthur Conan Doyle
91. **Paraísos artificiais** – Charles Baudelaire
92. **Cândido, ou o otimismo** – Voltaire
93. **Triste fim de Policarpo Quaresma** – Lima Barreto
94. **Amor de perdição** – Camilo Castelo Branco
95. **A megera domada** – Shakespeare / trad. Millôr
96. **O mulato** – Aluísio Azevedo
97. **O alienista** – Machado de Assis
98. **O livro dos sonhos** – Jack Kerouac
99. **Noite na taverna** – Álvares de Azevedo
100. **Aura** – Carlos Fuentes
102. **Contos gauchescos e Lendas do sul** – Simões Lopes Neto
103. **O cortiço** – Aluísio Azevedo
104. **Marília de Dirceu** – T. A. Gonzaga
105. **O Primo Basílio** – Eça de Queiroz
106. **O ateneu** – Raul Pompéia
107. **Um escândalo na Boêmia** – Arthur Conan Doyle
108. **Contos** – Machado de Assis
109. **200 Sonetos** – Luis Vaz de Camões
110. **O príncipe** – Maquiavel
111. **A escrava Isaura** – Bernardo Guimarães
112. **O solteirão nobre** – Conan Doyle
114. **Shakespeare de A a Z** – Shakespeare
115. **A relíquia** – Eça de Queiroz
117. **Livro do corpo** – Vários
118. **Lira dos 20 anos** – Álvares de Azevedo
119. **Esaú e Jacó** – Machado de Assis
120. **A barcarola** – Pablo Neruda
121. **Os conquistadores** – Júlio Verne

122. **Contos breves** – G. Apollinaire
123. **Taipi** – Herman Melville
124. **Livro dos desaforos** – org. de Sergio Faraco
125. **A mão e a luva** – Machado de Assis
126. **Doutor Miragem** – Moacyr Scliar
127. **O penitente** – Isaac B. Singer
128. **Diários da descoberta da América** – C. Colombo
129. **Édipo Rei** – Sófocles
130. **Romeu e Julieta** – Shakespeare
131. **Hollywood** – Charles Bukowski
132. **Billy the Kid** – Pat Garrett
133. **Cuca fundida** – Woody Allen
134. **O jogador** – Dostoiévski
135. **O livro da selva** – Rudyard Kipling
136. **O vale do terror** – Arthur Conan Doyle
137. **Dançar tango em Porto Alegre** – S. Faraco
138. **O gaúcho** – Carlos Reverbel
139. **A volta ao mundo em oitenta dias** – J. Verne
140. **O livro dos esnobes** – W. M. Thackeray
141. **Amor & morte em Poodle Springs** – Raymond Chandler & R. Parker
142. **As aventuras de David Balfour** – Stevenson
143. **Alice no país das maravilhas** – Lewis Carroll
144. **A ressurreição** – Machado de Assis
145. **Inimigos, uma história de amor** – I. Singer
146. **O Guarani** – José de Alencar
147. **A cidade e as serras** – Eça de Queiroz
148. **Eu e outras poesias** – Augusto dos Anjos
149. **A mulher de trinta anos** – Balzac
150. **Pomba enamorada** – Lygia F. Telles
151. **Contos fluminenses** – Machado de Assis
152. **Antes de Adão** – Jack London
153. **Intervalo amoroso** – A. Romano de Sant'Anna
154. **Memorial de Aires** – Machado de Assis
155. **Naufrágios e comentários** – Cabeza de Vaca
156. **Ubirajara** – José de Alencar
157. **Textos anarquistas** – Bakunin
158. **O pirotécnico Zacarias** – Murilo Rubião
159. **Amor de salvação** – Camilo Castelo Branco
160. **O gaúcho** – José de Alencar
161. **O livro das maravilhas** – Marco Polo
162. **Inocência** – Visconde de Taunay
163. **Helena** – Machado de Assis
164. **Uma estação de amor** – Horácio Quiroga
165. **Poesia reunida** – Martha Medeiros
166. **Memórias de Sherlock Holmes** – Conan Doyle
167. **A vida de Mozart** – Stendhal
168. **O primeiro terço** – Neal Cassady
169. **O mandarim** – Eça de Queiroz
170. **Um espinho de marfim** – Marina Colasanti
171. **A ilustre Casa de Ramires** – Eça de Queiroz
172. **Lucíola** – José de Alencar
173. **Antígona** – Sófocles – trad. Donaldo Schüler
174. **Otelo** – William Shakespeare
175. **Antologia** – Gregório de Matos
176. **A liberdade de imprensa** – Karl Marx
177. **Casa de pensão** – Aluísio Azevedo
178. **São Manuel Bueno, Mártir** – Unamuno
179. **Primaveras** – Casimiro de Abreu
180. **O noviço** – Martins Pena
181. **O sertanejo** – José de Alencar
182. **Eurico, o presbítero** – Alexandre Herculano
183. **O signo dos quatro** – Conan Doyle
184. **Sete anos no Tibet** – Heinrich Harrer
185. **Vagamundo** – Eduardo Galeano
186. **De repente acidentes** – Carl Solomon
187. **As minas de Salomão** – Rider Haggar
188. **Uivo** – Allen Ginsberg
189. **A ciclista solitária** – Conan Doyle
190. **Os seis bustos de Napoleão** – Conan Doyle
191. **Cortejo do divino** – Nelida Piñon
192. **Cassino Royale** – Ian Fleming
193. **Viva e deixe morrer** – Ian Fleming
194. **Os crimes do amor** – Marquês de Sade
195. **Besame Mucho** – Mário Prata
196. **Tuareg** – Alberto Vázquez-Figueroa
197. **O longo adeus** – Raymond Chandler
198. **Os diamantes são eternos** – Ian Fleming
199. **Notas de um velho safado** – C. Bukowski
200. **111 ais** – Dalton Trevisan
201. **O nariz** – Nicolai Gogol
202. **O capote** – Nicolai Gogol
203. **Macbeth** – William Shakespeare
204. **Heráclito** – Donaldo Schüler
205. **Você deve desistir, Osvaldo** – Cyro Martins
206. **Memórias de Garibaldi** – A. Dumas
207. **A arte da guerra** – Sun Tzu
208. **Fragmentos** – Caio Fernando Abreu
209. **Festa no castelo** – Moacyr Scliar
210. **O grande deflorador** – Dalton Trevisan
211. **Corto Maltese na Etiópia** – Hugo Pratt
212. **Homem do príncipio ao fim** – Millôr Fernandes
213. **Aline e seus dois namorados** – A. Iturrusgarai
214. **A juba do leão** – Sir Arthur Conan Doyle
215. **Assassino metido a esperto** – R. Chandler
216. **Confissões de um comedor de ópio** – T. De Quincey
217. **Os sofrimentos do jovem Werther** – Goethe
218. **Fedra** – Racine / Trad. Millôr Fernandes
219. **O vampiro de Sussex** – Conan Doyle
220. **Sonho de uma noite de verão** – Shakespeare
221. **Dias e noites de amor e de guerra** – Galeano
222. **O Profeta** – Khalil Gibran
223. **Flávia, cabeça, tronco e membros** – M. Fernandes
224. **Guia da ópera** – Jeanne Suhamy
225. **Macário** – Álvares de Azevedo
226. **Etiqueta na prática** – Celia Ribeiro
227. **Manifesto do partido comunista** – Marx & Engels
228. **Poemas** – Millôr Fernandes
229. **Um inimigo do povo** – Henrik Ibsen
230. **O paraíso destruído** – Frei B. de las Casas
231. **O gato no escuro** – Josué Guimarães
232. **O mágico de Oz** – L. Frank Baum
233. **Armas no Cyrano's** – Raymond Chandler
234. **Max e os felinos** – Moacyr Scliar
235. **Nos céus de Paris** – Alcy Cheuiche
236. **Os bandoleiros** – Schiller
237. **A primeira coisa que eu botei na boca** – Deonísio da Silva
238. **As aventuras de Simbad, o marújo**
239. **O retrato de Dorian Gray** – Oscar Wilde
240. **A carteira de meu tio** – J. Manuel de Macedo
241. **A luneta mágica** – J. Manuel de Macedo

242. **A metamorfose** – Kafka
243. **A flecha de ouro** – Joseph Conrad
244. **A ilha do tesouro** – R. L. Stevenson
245. **Marx - Vida & Obra** – José A. Giannotti
246. **Gênesis**
247. **Unidos para sempre** – Ruth Rendell
248. **A arte de amar** – Ovídio
249. **O sono eterno** – Raymond Chandler
250. **Novas receitas do Anonymus Gourmet** – J.A.P.M.
251. **A nova catacumba** – Arthur Conan Doyle
252. **O dr. Negro** – Arthur Conan Doyle
253. **Os voluntários** – Moacyr Scliar
254. **A bela adormecida** – Irmãos Grimm
255. **O príncipe sapo** – Irmãos Grimm
256. **Confissões e Memórias** – H. Heine
257. **Viva o Alegrete** – Sergio Faraco
258. **Vou estar esperando** – R. Chandler
259. **A senhora Beate e seu filho** – Schnitzler
260. **O ovo apunhalado** – Caio Fernando Abreu
261. **O ciclo das águas** – Moacyr Scliar
262. **Millôr Definitivo** – Millôr Fernandes
264. **Viagem ao centro da Terra** – Júlio Verne
265. **A dama do lago** – Raymond Chandler
266. **Caninos brancos** – Jack London
267. **O médico e o monstro** – R. L. Stevenson
268. **A tempestade** – William Shakespeare
269. **Assassinatos na rua Morgue** – E. Allan Poe
270. **99 corruíras nanicas** – Dalton Trevisan
271. **Broquéis** – Cruz e Sousa
272. **Mês de cães danados** – Moacyr Scliar
273. **Anarquistas – vol. 1 – A idéia** – G. Woodcock
274. **Anarquistas – vol. 2 – O movimento** – G Woodcock
275. **Pai e filho, filho e pai** – Moacyr Scliar
276. **As aventuras de Tom Sawyer** – Mark Twain
277. **Muito barulho por nada** – W. Shakespeare
278. **Elogio à loucura** – Erasmo
279. **Autobiografia de Alice B. Toklas** – G. Stein
280. **O chamado da floresta** – J. London
281. **Uma agulha para o diabo** – Ruth Rendell
282. **Verdes vales do fim do mundo** – A. Bivar
283. **Ovelhas negras** – Caio Fernando Abreu
284. **O fantasma de Canterville** – O. Wilde
285. **Receitas de Yayá Ribeiro** – Celia Ribeiro
286. **A galinha degolada** – H. Quiroga
287. **O último adeus de Sherlock Holmes** – A. Conan Doyle
288. **A. Gourmet *em* Histórias de cama & mesa** – J. A. Pinheiro Machado
289. **Topless** – Martha Medeiros
290. **Mais receitas do Anonymus Gourmet** – J. A. Pinheiro Machado
291. **Origens do discurso democrático** – D. Schüler
292. **Humor politicamente incorreto** – Nani
293. **O teatro do bem e do mal** – E. Galeano
294. **Garibaldi & Manoela** – J. Guimarães
295. **10 dias que abalaram o mundo** – John Reed
296. **Numa fria** – Charles Bukowski
297. **Poesia de Florbela Espanca** vol. 1
298. **Poesia de Florbela Espanca** vol. 2
299. **Escreva certo** – É. Oliveira e M. E. Bernd
300. **O vermelho e o negro** – Stendhal
301. **Ecce homo** – Friedrich Nietzsche
302(7). **Comer bem, sem culpa** – Dr. Fernando Lucchese, A. Gourmet e Iotti
303. **O livro de Cesário Verde** – Cesário Verde
304. **O reino das cebolas** – C. Moscovich
305. **100 receitas de macarrão** – S. Lancellotti
306. **160 receitas de molhos** – S. Lancellotti
307. **100 receitas light** – H. e Â. Tonetto
308. **100 receitas de sobremesas** – Celia Ribeiro
309. **Mais de 100 dicas de churrasco** – Leon Diziekaniak
310. **100 receitas de acompanhamentos** – C. Cabeda
311. **Honra ou vendetta** – S. Lancellotti
312. **A alma do homem sob o socialismo** – Oscar Wilde
313. **Tudo sobre Yôga** – Mestre De Rose
314. **Os varões assinalados** – Tabajara Ruas
315. **Édipo em Colono** – Sófocles
316. **Lisístrata** – Aristófanes / trad. Millôr
317. **Sonhos de Bunker Hill** – John Fante
318. **Os deuses de Raquel** – Moacyr Scliar
319. **O colosso de Marússia** – Henry Miller
320. **As eruditas** – Molière / trad. Millôr
321. **Radicci 1** – Iotti
322. **Os Sete contra Tebas** – Ésquilo
323. **Brasil Terra à vista** – Eduardo Bueno
324. **Radicci 2** – Iotti
325. **Júlio César** – William Shakespeare
326. **A carta de Pero Vaz de Caminha**
327. **Cozinha Clássica** – Sílvio Lancellotti
328. **Madame Bovary** – Gustave Flaubert
329. **Dicionário do viajante insólito** – M. Scliar
330. **O capitão saiu para o almoço...** – Bukowski
331. **A carta roubada** – Edgar Allan Poe
332. **É tarde para saber** – Josué Guimarães
333. **O livro de bolso da Astrologia** – Maggy Harrisonx e Mellina Li
334. **1933 foi um ano ruim** – John Fante
335. **100 receitas de arroz** – Aninha Comas
336. **Guia prático do Português correto – vol. 1** – Cláudio Moreno
337. **Bartleby, o escriturário** – H. Melville
338. **Enterrem meu coração na curva do rio** – Dee Brown
339. **Um conto de Natal** – Charles Dickens
340. **Cozinha sem segredos** – J. A. P. Machado
341. **A dama das Camélias** – A. Dumas Filho
342. **Alimentação saudável** – H. e Â. Tonetto
343. **Continhos galantes** – Dalton Trevisan
344. **A Divina Comédia** – Dante Alighieri
345. **A Dupla Sertanojo** – Santiago
346. **Cavalos do amanhecer** – Mario Arregui
347. **Biografia de Vincent van Gogh por sua sobrinha** – Jo van Gogh-Bonger
348. **Radicci 3** – Iotti
349. **Nada de novo no front** – E. M. Remarque
350. **A hora dos assassinos** – Henry Miller
351. **Flush - Memórias de um cão** – Virginia Woolf
352. **A guerra no Bom Fim** – M. Scliar
353(1). **O caso Saint-Fiacre** – Simenon
354(2). **Morte na alta sociedade** – Simenon
355(3). **O cão amarelo** – Simenon

356(4). Maigret e o homem do banco – Simenon
357. As uvas e o vento – Pablo Neruda
358. On the road – Jack Kerouac
359. O coração amarelo – Pablo Neruda
360. Livro das perguntas – Pablo Neruda
361. Noite de Reis – William Shakespeare
362. Manual de Ecologia – vol.1 – J. Lutzenberger
363. O mais longo dos dias – Cornelius Ryan
364. Foi bom prá você? – Nani
365. Crepusculário – Pablo Neruda
366. A comédia dos erros – Shakespeare
367(5). A primeira investigação de Maigret – Simenon
368(6). As férias de Maigret – Simenon
369. Mate-me por favor (vol.1) – L. McNeil
370. Mate-me por favor (vol.2) – L. McNeil
371. Carta ao pai – Kafka
372. Os vagabundos iluminados – J. Kerouac
373(7). O enforcado – Simenon
374(8). A fúria de Maigret – Simenon
375. Vargas, uma biografia política – H. Silva
376. Poesia reunida (vol.1) – A. R. de Sant'Anna
377. Poesia reunida (vol.2) – A. R. de Sant'Anna
378. Alice no país do espelho – Lewis Carroll
379. Residência na Terra 1 – Pablo Neruda
380. Residência na Terra 2 – Pablo Neruda
381. Terceira Residência – Pablo Neruda
382. O delírio amoroso – Bocage
383. Futebol ao sol e à sombra – E. Galeano
384(9). O porto das brumas – Simenon
385(10). Maigret e seu morto – Simenon
386. Radicci 4 – Iotti
387. Boas maneiras & sucesso nos negócios – Celia Ribeiro
388. Uma história Farroupilha – M. Scliar
389. Na mesa ninguém envelhece – J. A. P. Machado
390. 200 receitas inéditas do Anonymous Gourmet – J. A. Pinheiro Machado
391. Guia prático do Português correto – vol.2 – Cláudio Moreno
392. Breviário das terras do Brasil – Luis A. de Assis Brasil
393. Cantos Cerimoniais – Pablo Neruda
394. Jardim de Inverno – Pablo Neruda
395. Antonio e Cleópatra – William Shakespeare
396. Tróia – Cláudio Moreno
397. Meu tio matou um cara – Jorge Furtado
398. O anatomista – Federico Andahazi
399. As viagens de Gulliver – Jonathan Swift
400. Dom Quixote – v.1 – Miguel de Cervantes
401. Dom Quixote – v.2 – Miguel de Cervantes
402. Sozinho no Pólo Norte – Thomaz Brandolin
403. Matadouro Cinco – Kurt Vonnegut
404. Delta de Vênus – Anaïs Nin
405. O melhor de Hagar 2 – Dik Browne
406. É grave Doutor? – Nani
407. Orai pornô – Nani
408(11). Maigret em Nova York – Simenon
409(12). O assassino sem rosto – Simenon
410(13). O mistério das jóias roubadas – Simenon
411. A irmãzinha – Raymond Chandler
412. Três contos – Gustave Flaubert
413. De ratos e homens – John Steinbeck
414. Lazarilho de Tormes – Anônimo do séc. XVI
415. Triângulo das águas – Caio Fernando Abreu
416. 100 receitas de carnes – Sílvio Lancellotti
417. Histórias de robôs: vol.1 – org. Isaac Asimov
418. Histórias de robôs: vol.2 – org. Isaac Asimov
419. Histórias de robôs: vol.3 – org. Isaac Asimov
420. O país dos centauros – Tabajara Ruas
421. A república de Anita – Tabajara Ruas
422. A carga dos lanceiros – Tabajara Ruas
423. Um amigo de Kafka – Isaac Singer
424. As alegres matronas de Windsor – Shakespeare
425. Amor e exílio – Isaac Bashevis Singer
426. Use & abuse do seu signo – Marília Fiorillo e Marylou Simonsen
427. Pigmaleão – Bernard Shaw
428. As fenícias – Eurípides
429. Everest – Thomaz Brandolin
430. A arte de furtar – Anônimo do séc. XVI
431. Billy Bud – Herman Melville
432. A rosa separada – Pablo Neruda
433. Elegia – Pablo Neruda
434. A garota de Cassidy – David Goodis
435. Como fazer a guerra: máximas de Napoleão – Balzac
436. Poemas de Emily Dickinson
437. Gracias por el fuego – Mario Benedetti
438. O sofá – Crébillon Fils
439. O "Martín Fierro" – Jorge Luis Borges
440. Trabalhos de amor perdidos – W. Shakespeare
441. O melhor de Hagar 3 – Dik Browne
442. Os Maias (volume1) – Eça de Queiroz
443. Os Maias (volume2) – Eça de Queiroz
444. Anti-Justine – Restif de La Bretonne
445. Juventude – Joseph Conrad
446. Singularidades de uma rapariga loura – Eça de Queiroz
447. Janela para a morte – Raymond Chandler
448. Um amor de Swann – Marcel Proust
449. À paz perpétua – Immanuel Kant
450. A conquista do México – Hernan Cortez
451. Defeitos escolhidos e 2000 – Pablo Neruda
452. O casamento do céu e do inferno – William Blake
453. A primeira viagem ao redor do mundo – Antonio Pigafetta
454(14). Uma sombra na janela – Simenon
455(15). A noite da encruzilhada – Simenon
456(16). A velha senhora – Simenon
457. Sartre – Annie Cohen-Solal
458. Discurso do método – René Descartes
459. Garfield em grande forma – Jim Davis
460. Garfield está de dieta – Jim Davis
461. O livro das feras – Patricia Highsmith
462. Viajante solitário – Jack Kerouac
463. Auto da barca do inferno – Gil Vicente
464. O livro vermelho dos pensamentos de Millôr – Millôr Fernandes
465. O livro dos abraços – Eduardo Galeano
466. Voltaremos! – José Antonio Pinheiro Machado
467. Rango – Edgar Vasques

468(8).**Dieta mediterrânea** – Dr. Fernando Lucchese e José Antonio Pinheiro Machado
469.**Radicci 5** – Iotti
470.**Pequenos pássaros** – Anaïs Nin
471.**Guia prático do Português correto – vol.3** – Cláudio Moreno
472.**Atire no pianista** – David Goodis
473.**Antologia Poética** – García Lorca
474.**Alexandre e César** – Plutarco
475.**Uma espiã na casa do amor** – Anaïs Nin
476.**A gorda do Tiki Bar** – Dalton Trevisan
477.**Garfield um gato de peso** – Jim Davis
478.**Canibais** – David Coimbra
479.**A arte de escrever** – Arthur Schopenhauer
480.**Pinóquio** – Carlo Collodi
481.**Misto-quente** – Charles Bukowski
482.**A lua na sarjeta** – David Goodis
483.**O melhor do Recruta Zero (1)** – Mort Walker
484.**Aline 2: TPM – tensão pré-monstrual** – Adão Iturrusgarai
485.**Sermões do Padre Antonio Vieira**
486.**Garfield numa boa** – Jim Davis
487.**Mensagem** – Fernando Pessoa
488.**Vendeta** *seguido de* **A paz conjugal** – Balzac
489.**Poemas de Alberto Caeiro** – Fernando Pessoa
490.**Ferragus** – Honoré de Balzac
491.**A duquesa de Langeais** – Honoré de Balzac
492.**A menina dos olhos de ouro** – Honoré de Balzac
493.**O lírio do vale** – Honoré de Balzac
494(17).**A barcaça da morte** – Simenon
495(18).**As testemunhas rebeldes** – Simenon
496(19).**Um engano de Maigret** – Simenon
497(1).**A noite das bruxas** – Agatha Christie
498(2).**Um passe de mágica** – Agatha Christie
499(3).**Nêmesis** – Agatha Christie
500.**Esboço para uma teoria das emoções** – Jean-Paul Sartre
501.**Renda básica de cidadania** – Eduardo Suplicy
502(1).**Pílulas para viver melhor** – Dr. Lucchese
503(2).**Pílulas para prolongar a juventude** – Dr. Lucchese
504(3).**Desembarcando o Diabetes** – Dr. Lucchese
505(4).**Desembarcando o Sedentarismo** – Dr. Fernando Lucchese e Cláudio Castro
506(5).**Desembarcando a Hipertensão** – Dr. Lucchese
507(6).**Desembarcando o Colesterol** – Dr. Fernando Lucchese e Fernanda Lucchese
508.**Estudos de mulher** – Balzac
509.**O terceiro tira** – Flann O'Brien
510.**100 receitas de aves e ovos** – José Antonio Pinheiro Machado
511.**Garfield em toneladas de diversão** – Jim Davis
512.**Trem-bala** – Martha Medeiros
513.**Os cães ladram** – Truman Capote
514.**O Kama Sutra de Vatsyayana**
515.**O crime do Padre Amaro** – Eça de Queiroz
516.**Odes de Ricardo Reis** – Fernando Pessoa
517.**O inverno da nossa desesperança** – John Steinbeck
518.**Piratas do Tietê** 1 – Laerte
519.**Rê Bordosa: do começo ao fim** – Angeli
520.**O Harlem é escuro** – Chester Himes
521.**Café-da-manhã dos campeões** – Kurt Vonnegut
522.**Eugénie Grandet** – Balzac
523.**O último magnata** – F. Scott Fitzgerald
524.**Carol** – Patricia Highsmith
525.**100 receitas de patisserie** – Sílvio Lancellotti
526.**O fator humano** – Graham Greene
527.**Tristessa** – Jack Kerouac
528.**O diamante do tamanho do Ritz** – S. Fitzgerald
529.**As melhores histórias de Sherlock Holmes** – Arthur Conan Doyle
530.**Cartas a um jovem poeta** – Rilke
531(20).**Memórias de Maigret** – Simenon
532(4).**O misterioso sr. Quin** – Agatha Christie
533.**Os analectos** – Confúcio
534(21).**Maigret e os homens de bem** – Simenon
535(22).**O medo de Maigret** – Simenon
536.**Ascensão e queda de César Birotteau** – Balzac
537.**Sexta-feira negra** – David Goodis
538.**Ora bolas – O humor cotidiano de Mario Quintana** – Juarez Fonseca
539.**Longe daqui aqui mesmo** – Antonio Bivar
540(5).**É fácil matar** – Agatha Christie
541.**O pai Goriot** – Balzac
542.**Brasil, um país do futuro** – Stefan Zweig
543.**O processo** – Kafka
544.**O melhor de Hagar 4** – Dik Browne
545(6).**Por que não pediram a Evans?** – Agatha Christie
546.**Fanny Hill** – John Cleland
547.**O gato por dentro** – William S. Burroughs
548.**Sobre a brevidade da vida** – Sêneca
549.**Geraldão 1** – Glauco
550.**Piratas do Tietê 2** – Laerte
551.**Pagando o pato** – Ciça
552.**Garfield de bom humor** – Jim Davis
553.**Conhece o Mário?** – Santiago
554.**Radicci 6** – Iotti
555.**Os subterrâneos** – Jack Kerouac
556(1).**Balzac** – François Taillandier
557(2).**Modigliani** – Christian Parisot
558(3).**Kafka** – Gérard-Georges Lemaire
559(4).**Júlio César** – Joël Schmidt
560.**Receitas da família** – J. A. Pinheiro Machado
561.**Boas maneiras à mesa** – Celia Ribeiro
562(9).**Filhos sadios, pais felizes** – R. Pagnoncelli
563(10).**Fatos & mitos** – Dr. Fernando Lucchese
564.**Ménage à trois** – Paula Taitelbaum
565.**Mulheres!** – David Coimbra
566.**Poemas de Álvaro de Campos** – Fernando Pessoa
567.**Medo e outras histórias (1)** – Stefan Zweig
568.**Snoopy e sua turma (1)** – Schulz
569.**Piadas para sempre (livro 1)** – Visconde da Casa Verde
570.**O alvo móvel** – Ross Macdonald
571.**O melhor do Recruta Zero (2)** – Mort Walker
572.**Um sonho americano** – Norman Mailer
573.**Os broncos também amam** – Angeli
574.**Crônica de um amor louco** – Bukowski
575(5).**Freud** – René Major e Chantal Talagrand